U0619523

王统照◎著

王统照精品文集

Wangtongzhao jingpin wenji

团结出版社

UNITY PRESS

图书在版编目（CIP）数据

王统照精品文集／王统照著. —北京：团结出版社，2018.1（2024.5重印）
ISBN 978-7-5126-5433-4

Ⅰ.①王… Ⅱ.①王… Ⅲ.①中国文学—现代文学—作品综合集 Ⅳ.①I216.2

中国版本图书馆 CIP 数据核字（2017）第 196887 号

出　　版：团结出版社
　　　　　（北京市东城区东皇城根南街84号　　邮编：100006）
电　　话：（010）65228880　　65244790（出版社）
网　　址：http://www.tjpress.com
E-mail：zb65244790@vip.163.com
经　　销：全国新华书店
印　　装：三河市金兆印刷装订有限公司

开　　本：640mm×915mm　　16开
印　　张：12.5
字　　数：200千字
版　　次：2018年1月　　第1版
印　　次：2024年5月　　第3次印刷

书　　号：978-7-5126-5433-4
定　　价：68.00元

（版权所属，盗版必究）

前言 / QIANYAN

齐鲁之地，孔孟故乡，随着 2012 年诺贝尔文学奖的出炉，文学界的焦点甚至全世界关注的目光都一齐投向了这片代表中华五千年文化的大地。而山东作家以及作品也再一次成为业界与读者热捧的宠儿。

翻开中华文学的历史，山东作家向来贡献颇多，正是他们的笔耕不辍一次次在文学长河里不断谱写锦绣华章，为世人奉上一部又一部文字盛宴。

怀着对文学艺术的渴望以及对文学作家的感恩与崇敬，我们总是忍不住去踏进那片泛着墨香的书海，在里面与文学大师一起品读文字，领悟文字背后的生活真谛。

王统照，字剑三，笔名息庐、容庐，一个普普通通的山东汉子，一个怀着满腔热血的爱国男儿，同时也是对文学有着天生热情的文学大师。他的一生本身就是一部传奇，6 岁入学，7 岁丧父，19 岁发表处女作文言小说《新生活》。1934 年，王统照赴欧游历，并在剑桥大学研习文学，著有著名的散文集《欧游散记》。抗日战争爆发后，王统照强硬地面对日本人对其实施的威逼利诱，毅然留在上海开展文字宣传抗日救国运动。期间著有小说集《华亭鹤》，散文集《游痕》《繁辞集》，诗集《横吹集》《江南曲》等。

虽然人生在不停地经历着特殊的时代环境，但是王统照对文字的热忱始终不减，他将内心的感触与对生活、社会的感悟种种全部付诸笔端，通过文字书写着自己的真实情感。他的文字不仅是一家之言，更是一个不同时代背景下社会的声音，所以，读王统照的作品，就是了解一段岁月、一个时代。

目录 / MULU

>>> **散文**

>>> **诗歌**

短篇小说

长篇小说

散文

　　人类根性不是恶的，谁也不敢相信！小孩子就好杀害昆虫，看它那欲死不死的状态便可一开他们那天真的笑颜。往往是猴子脾气发作的人类，（岂止登山，何时何地不是如此！）"人性本恶，其善者伪也"的话，并非苛论。

青纱帐

稍稍熟习北方情形的人，当然知道这三个字——青纱帐，帐字上加青纱二字，很容易令人想到那幽幽地，沉沉地，如烟如雾的趣味。其中大约是小簟轻衾吧？有个诗人在帐中低吟着"手倦抛书午梦凉"的句子；或者更宜于有个雪肤花貌的"玉人"，从淡淡地灯光下透露出横陈的丰腴的肉体美来，可是煞风景得很！现在在北方一提起青纱帐这个暗喻格的字眼，汗喘，气力，光着身子的农夫，横飞的子弹，枪，杀，劫掳，火光，这一大串的人物与光景，便即刻联想得出来。

北方有的是遍野的高粱，亦即所谓秫秫，每到夏季，正是它们茂生的时季。身个儿高，叶子长大，不到晒米的日子，早已在其中可以藏住人，不比麦子豆类隐蔽不住东西。这些年来，北方，凡是有乡村的地方，这个严重的青纱帐季，便是一年中顶难过而要戒严的时候。

当初给遍野的高粱赠予这个美妙的别号的，够得上是位"幽雅"的诗人吧？本来如刀的长叶，连接起来恰像一个大的帐幔，微风过处，干叶摇拂，用青纱的色彩作比，谁能说是不对？然而高粱在北方的农产植物中是具有雄伟壮丽的姿态的。它不像黄云般的麦穗那么轻袅，也不是谷子穗垂头委琐的神气，高高独立，昂首在毒日的灼热之下，周身碧绿，满布着新鲜的生机。高粱米在东北几省中是一般家庭的普通食物，东北人在别的地方住久了，仍然还很喜欢吃高粱米煮饭。除那几省之外，在北方也是农民的主要食物，可以糊成饼子，摊作煎饼，而最大的用处是制造白干酒的原料，所以白干酒也叫做高粱酒。中国的酒类性烈易醉的莫过于高粱酒。可见这类农产物中所含精液之纯，与北方的土壤气候都有关系，但高粱的特性也由此可以看出。

为什么北方农家有地不全种能产小米的谷类，非种高粱不可？据农人讲起来自有他们的理由。不错，高粱的价值不要说不及麦，豆，连小米也不如。然而每亩的产量多，而尤其需要的是燃料。我们的都会地方现在是用煤，也有用电与瓦斯的，可是在北方的乡间因为交通不更与价值高贵的关系，主要的燃料是高粱秸。如果一年地里不种高粱，那么农民的燃料便自然发生恐慌。除去为作粗糙的食品外，这便是在北方夏季到处能看见一片片高杆红穗的高粱地的缘故。

高粱的收获期约在夏末秋初。从前有我的一位族侄，他死去十几年了，一位旧典型的诗人。他曾有过一首旧诗，是极好的一段高粱赞："高粱高似竹，遍地参差绿。粒粒珊瑚珠，节节琅玕玉。"

农人对于高粱的红米与长杆子的爱惜，的确也与珊瑚、琅玕相等。或者因为这等农产物品格过于低下的缘故，自来少见诸诗人的歌咏，不如稻、麦、豆类常在中国的田园诗人的句子中读得到。

但这若干年来，高粱地是特别的为人所憎恶畏惧！常常可以听见说："青纱帐起来，如何，如何……""今年的青纱帐季怎么过法？"因为每年的这个时季，乡村中到处遍布着恐怖，隐藏着杀机。通常在黄河以北的土匪头目叫做"秆子头"，望文思义，便可知道与青纱帐是有关系的。高粱秆子在热天中既遍地皆是，容易藏身，比起"占山为王"还要便利。

青纱帐现今不复是诗人、色情狂者所想象的清幽与挑拨肉感的所在，而变成乡村间所恐怖的"魔帐"了！

多少年来帝国主义的压迫，与连年内战，捐税重重，官吏、地主的剥削，现在的农村已经成了一个待爆发的空壳。许多人想着回到纯洁的乡村，以及想尽方法要改造乡村，不能不说他们的"用心良苦"，然而事实告诉我们，这样枝枝节节，一手一足的办法，何时才有成效！

青纱帐季的恐怖不过是一点表面上的情形，其所以有散布恐慌的原因多得很呢。

"青纱帐"这三个字徒然留下了淡漠的、如烟如雾的一个表象在人人的心中，而内里面却藏有炸药的引子！

秋林晚步

　　"枯桑叶易零，疲客心易惊！今兹亦何早，已闻络纬鸣。迥风灭且起，卷蓬息复正。百物方萧瑟，坐叹从此生！"

　　中国文人以"秋"为肃杀凄凉的季节，所以天高日回，烟霏云敛的话，常常在诗文中可以读到。实在由一个丰缛的盛夏转到深秋，便易觉到萧凄之感。登山临水，偶然看见清脱的峰峦，澄明的潭水，或者一只远飞的孤雁，一片坠地的红叶，——这须臾中的间隔，便有"物谢岁微"，抚赏怨情的滋味，充满心头！因为那凋零的，扫落的，骚杀的，冷静的景物，自然的摇落，是凄零的声，灰淡淡的色，能够使你弹琴没有谐调，饮酒失却欢情。"春"以花艳，"夏"以叶鲜，说到"秋"来，便不能不以林显了。花欲其娇丽，叶欲其密茂，而林则以疏，以落而愈显，茂林，密林，丛林，固然是令人有苍苍翳翳之感，然而究不如秃枯的林木，在那些曲径之旁，飞蓬之下分外有诗意，有异感；疏枝，霜叶之上，有高苍而带有灰色面目的晴空，有络纬，蟋蟀以及不知名的秋虫凄鸣在森下。或者是天寒荒野，或者是日暮清溪，在这种地方偶然经过，枫、柏、白杨的挺立，朴疏小树的疲舞，加上一声两声的昏鸦，寒虫，你如果到那里，便自然易生凄寥的感动。常想人类的感觉难得将精神的分人说个详尽。从前见太侔与人信中说：心理学家多小年的若心的发明，恒不抵文学家一语道破——所以像为时令及景物的变化，而能化及人的微妙的感觉，这非容易说明的。实感的精妙处，实非言语学问所能说得出，解行透。心与物的应感，时既不同，人人也不相似。"抚已忽自笑，沉吟为谁故？"即合起古今来的诗人，又那一个能够说得毫无执碍呢？还是向秋林下作一迟回的寻思吧。是在一抹的密云之后，露出淡赭色的峰峦，那里有陂陀的斜径，由萧疏打枪中穿过。矫立的松柏，半落叶子的杉树，以及几行待髡的秋柳，——那乱石清流边，一个人儿独自在林下徘徊，一色是淡黄的，为落日斜映，现出凄迷朦胧的景象，不问便知是已近黄昏了。这已近黄昏的秋林独步，像是一片凄清的音乐由空中流出。"残阳已下，凉风东升，偶步疏林，落叶随风作响，如诉其不胜秋寒者！这空中的画幅的作者，明明用诗的散文告诉我们秋林下的幽趣，与人的密感。远天下的鸣鸿，秋原上的枯草，正可与这秋林中的独行者相慰寂寞。秋之凄戾，晚之默对，如果那是个易感的诗人，他的清泪当潸然滴上襟袖；如果他是个少年，对此疏林中的暝色，便又在冥茫之下生出惆怅的心思，在这时所有的生动，激愤，忧切，合成一个密点的网子，融化在这秋晚的憧憬的景物之中，拾不起的剪不断的丢不下的只有凄凄地微感。这微感却正是诗人心中的灵明的火焰！它虽不能烧却野草，使之燎原，然而那无凭的，空虚的感动，已竟在暮色清寥中，将此奇秘的宇宙，融化成一个原始的中心。一切精微感觉的压迫我们，只有"不胜"二字足以代表。若使完全容纳在心中，便无复洋溢有余的寻思：若使它隔得我们远远的，至多也不过如看风景画片值得一句赞叹。然而身在实感之中，又若"不胜"秋寒，而落叶林下的人儿，恐怕也觉得"不胜秋"了！况且那令人眷念怅寻的黄昏，又加上一层凋零的骚杀的意味呢！真的，这一幅小小的绘画，将我的冥思引起。疏言画成赠我，又值此初秋，令人坐对着画儿，遥听着海边的落叶声，焉能不有一点莫能言说的惆怅！

古刹

——姑苏游痕之一

离开沧浪亭，穿过几条小街，我的皮鞋踏在小圆石子碎砌的铺道上总觉得不适意。苏州城内只宜于穿软底鞋或草履，硬邦邦的鞋底踏上去不但脚趾生痛，而且也感到心理上的不调和。

阴沉沉地天气又像要落雨，沧浪亭外的弯腰垂柳与别的杂树交织成一层浓绿色的柔幕，已仿佛到了盛夏。可是水池中的小荷叶还没露面。石桥上有几个座谈的黄包车夫并不忙于找顾客，萧闲地数着水上的游鱼。一路走去我念念不忘《浮生六记》里沈三白夫妇夜深偷游此亭的风味，对于曾在这儿做"名山"文章的苏子美反而淡然。现在这幽静的园亭到深夜是不许人去了，里面有一所美术专门学校。固然荒园利用，而使这名胜地与"美术"两字牵合在一起也可使游人有一点点淡漠的好感，然而苏州不少大园子一定找到这儿设学校，各室里高悬着整整齐齐的画片，摄影，手工作品，出出进进的是穿制服的学生，即使不煞风景，而游人可也不能随意流连。

在这残春时，那土山的亭子旁边，一树碧桃还缀着淡红的繁英，花瓣静静地贴在泥苔湿润的土石上。园子太空阔了，外来的游客极少。在另一院落中两株山茶花快落尽了，宛转的鸟音从叶子中间送出来，我离开时回望了几次。

陶君导引我到了城东南角上的孔庙，从颓垣的入口处走进去，绿树丛中我们只遇见一个担粪便桶的挑夫。庙外是一大个毁坏的园子，地上满种着青菜，一条小路逶迤地通到庙门首，这真是"荒墟"了。

石碑半卧在剥落了颜色的红墙根下，大字深刻的什么话也满长了苔藓。进去，不像森林，也不像花园，滋生的碧草与这城里少见的柏树，一道石桥得当心脚步！又一重门，是直走向大成殿的，关起来，我们便从旁边先贤祠、名宦祠的侧门穿过。破门上贴着一张告示，意思是崇奉孔子圣地，不得到此损毁东西，与禁止看守的庙役赁与杂人住居等话。（记不清了，大意如此。）披着杂草，树枝，又进一重门，到了两庑，木栅栏都没了，空洞的廊下只有鸟粪、土藓。正殿上的朱门半阖，我刚刚迈进一只脚，一股臭味闷住呼吸，后面的陶君急急地道：

"不要进去，里面的蝙蝠太多了，气味难闻得很！"

果然，一阵拍拍的飞声，梁栋上有许多小灰色动物在阴暗中自营生活。木龛里，"至圣先师"的神位孤独地在大殿正中享受这霉湿的气息。好大的殿堂，此外一无所有。石阶上，蚂蚁、小虫在鸟粪堆中跑来跑去，细草由砖缝中向上生长，两行古柏苍干皱皮，沉默地对立。

立在圯颓的庑下，想象多少年来，每逢丁祭的时日，跻跻跄跄，拜跪，鞠躬，老少先生们都戴上一份严重的面具。听着仿古音乐的奏弄，宗教仪式的宰牲，和血，燃起干枝"庭燎"。他们总想由这点崇敬，由这点祈求：国泰，民安。……至于士大夫幻梦的追逐，香烟中似开着"朱紫贵"的花朵。虽然土、草、木、石的简单音响仿佛真的是"金声、玉振"。也许因此他们会有一点点"前不见古人后不见来者"的想法？但现在呢？不管怎样在倡导尊孔，读经，只就这偌大古旧的城圈中"至圣先师"的庙殿看来，荒烟，蔓草，真变做"空山古刹"。偶来的游人对于这阔大而荒凉破败的建筑物有何感动？

何况所谓苏州向来是士大夫的出产地：明末的党社人物，与清代的状元、宰相，固有多少不同，然而属于尊孔读经的主流却是一样，现在呢？仕宦阶级与田主身份同做了时代的没落者？

所以巍峨的孔庙变成了"空山古刹"并不稀奇，你任管到那个城中看看，差不了多少。

虽然尊孔，读经，还在口舌中，文字上叫得响亮，写得分明。

　　我们从西面又转到什么范公祠，白公祠，那些没了门扇缺了窗棂的矮屋子旁边，看见几个工人正在葺补塌落的外垣。这不是大规模科学化的建造摩天楼，小孩子慢步挑着砖、灰，年老人吸着旱烟筒，那态度与工作的疏散，正与剥落得不像红色的泥污墙的颜色相调和。

　　我们在大门外的草丛中立了一会，很悦耳地也还有几声鸟鸣，微微丝雨洒到身上，颇感春寒的料峭。

　　雨中，我们离开了这所"古刹"。

血梯

中夜的雨声，真如秋蟹爬沙似的，急一阵又缓一阵。风时时由窗棂透入，令人骤添寒栗。坐在惨白光的灯下，更无一点睡意，但有凄清的，幽咽的意念在胸头冲撞。回忆日间所见，尤觉怆然！这强力凌弱的世界，这风谦雨晦的时间，这永不能避却争斗的人生，真如古人所说的"忧患与生俱来"。

昨天下午，由城外归来，经过宣武门前的桥头。我正坐在车上低首沉思，忽而哗然一声，引起我的回顾：却看几簇白旗的影中，闪出一群白衣短装的青年，他们脱帽当扇，额汗如珠，在这广衢的左右，从渴望而激热的哑喉中对着路人讲演。那是中国的青年！是热血沸腾的男儿！在这样细雨阴云的天气中，在这凄懵无欢的傍晚，来做努力与抗争的宣传，当我从他们的队旁经过时，我便觉得泪痕晕在睫下！是由于外物的激动，还是内心的启发？我不能判别，又何须判别。但桥下水流活活，仿佛替冤死者的灵魂咽泣，河边临风摇舞的柳条，仿佛惜别这惨淡的黄昏。直到我到了宣武门内，我在车子上的哀梦还似为泪网封住，尚未曾醒。

我们不必再讲正义了，人道了，信如平伯君之言，正义原是有弯影的（记不十分清了姑举其意），何况这奇怪的世界原就是兽道横行，凭空造出什么"人道"来，正如"藐姑射的仙人可望而不可即"。我们真个理会得世界，只有尖利的铁与灿烂的血呢！和平之门谁知道建造在那一层的天上？但究竟是在天上，你能无梯而登么？我们如果要希望着到那门下歇一歇足儿，我们只有先造此高高无上的梯子。用什么材料做成？谁能知道，大概总有血液吧。

如果此梯上而无血液，你攀上去时一定会觉得冰冷欲死，不能奋勇上登的。我们第一步既是要来造梯，谁还能够可惜这区区的血液！

人类根性不是恶的，谁也不敢相信！小孩子就好杀害昆虫，看它那欲死不死的状态便可一开他们那天真的笑颜。往往是猴子脾气发作的人类，（岂止登山何时何地不是如此！）"人性本恶，其善者伪也"的话，并非奇论。

随便杀死你，随便制服你，这正是人类的恶本能，不过它要向对方看看，然后如何对付。所以同时人类也正是乖巧不过，这也或者是其为万物之灵的地方。假定打你的人是个柔弱的妇女，是个矮小的少年，你便为怒目横眉向他伸手指，若是个雄赳赳的军士，你或者只可以瞪他一眼。在网罗中的中国人，几十年来即连瞪眼的怒气敢形诸颜色者有几次？只有向暗里饮泣，只有低头赔个小心，或者还要回嗔作喜，媚眼承欢。耻辱！耻辱的声音，近几年来早已迸发了，然而横加的耻辱，却日多一日！我们不要只是瞪眼便算完事，再进一步吧，至少也须另有点激怒的表现！

总是无价值的，但我们须要挣扎！总是达不到和平之门的，但我们要造此血梯！

人终是要慷厉，要奋发，要造此奇怪的梯的！但风雨声中，十字街头，终是只有几个白衣的青年在喊呼，在哭，在挥动白旗吗？

这强力凌弱的世界，这风雨如晦的时间，这永不能避却的争斗的人生，然而"生的人"，就只有抗进，激发，勇往的精神，可以指导一切了！无论如何，血梯是要造的！成功与否，只有那常在微笑的上帝知道！

雨声还是一点一滴的未曾停止，不知哪里传过来的柝声，偏在这中夜里警响。我扶头听去，那柝声时低时昂，却有自然的节奏，好似在奏着催促"黎明来"的音乐。

卢沟晓月

"苍凉自是长安日，呜咽原非陇头水。"

这是清代诗人咏卢沟桥的佳句，也许，长安日与陇头水六字有过分的古典气息，读去有点碍口？但，如果你们明瞭这六个字的来源，用联想与想象的力量凑合起，提示起这地方的环境，风物，以及历代的变化，你自然感到像这样"古典"的应用确能增加卢沟桥的伟大与美丽。

打开一本详明的地图，从现在的河北省、清代的京兆区域里你可找得那条历史上著名的桑乾河。在外古的战史上，在多少吊古伤今的诗人的笔下，桑乾河三字并不生疏。但，说到治水，㶟水，漯水这三个专名似乎就不是一般人所知了。还有，凡到过北平的人，谁不记得北平城外的永定河——即不记得永定河，而外城的正南门，永定门，大概可说是"无人不晓"罢。我虽不来与大家谈考证，讲水经，因为要叙叙叙卢沟桥，却不能不谈到桥下的水流。

治水，㶟水，漯水，以及俗名的永定河，其实都是那一道河流——桑乾。

还有，河名不甚生疏，而在普通地理书上不大注意的是另外一道大流——浑河。浑河源出浑源，距离著名的恒山不远，水色浑浊，所以又有小黄河之称。在山西境内已经混入桑乾河，经怀仁，大同，委弯曲折，至河北的怀来县。向东南流入长城，在昌平县境的大山中如黄龙似地转入宛平县境，二百多里，才到这条巨大雄壮的古桥下。

原非陇头水，是不错的，这桥下的汤汤流水，原是桑乾与浑河的合流；也就是所谓治水，㶟水，漯水，永定与浑河，小黄河，黑水河（浑河的俗名）

的合流。

桥工的建造既不在北宋时代，也不开始于蒙古人占据北平。金人与南宋南北相争时，于大定二十九年六月方将这河上的木桥换了，用石料造成。这是见之于金代的诏书，据说："明昌二年三月桥成，敕命名广利，并建东西廊以便旅客。"

马哥孛罗来游中国，服官于元代的初年时，他已看见这雄伟的工程，曾在他的游记里赞美过。

经过元明两代都有重修，但以正统九年的加工比较伟大，桥上的石栏、石狮，大约都是这一次重修的成绩。清代对此桥的大工役也有数次，乾隆十七年与五十年两次的动工，确为此桥增色不少。

"东西长六十六丈，南北宽二丈四尺，两栏宽二尺四寸，石栏一百四十，桥孔十有一，第六孔适当河之中流。"

按清乾隆五十年重修的统计，对此桥的长短大小有此说明，使人（没有到过的）可以想象它的雄壮。

从前以北平左近的县分属顺天府，也就是所谓京兆区。经过名人题咏的，京兆区内有八种胜景：例如西山雾雪，居庸叠翠，玉泉垂虹等，都是很幽美的山川风物。芦沟不过有一道大桥，却居然也与西山居庸关一样刊入八景之一，便是极富诗意的

本来，"杨柳岸晓风残月"是最易引动从前旅人的感喟与欣赏的凌晨早发的光景，何况在远来的巨流上有这一道雄伟壮丽的石桥，又是出入京都的孔道，多少官吏，士人，商贾，农，工，为了事业，为了生活，为了游览，他们不能不到这名利所萃的京城，也不能不在夕阳返照，或东方未明时打从这古代的桥上经过。你想：在交通工具还没有如今迅速便利的时候，车马，担簦，来往奔驰，再加上每个行人谁没有忧、喜、欣、戚的真感横在心头，谁不为"生之活动"在精神上负一份重担？盛景当前，把一片壮美的感觉移入渗化于自己的忧喜欣戚之中，无论他是有怎样的观照，由于时间与空间的变化错综，面对着这个具有崇高美的压迫力的建筑物，行人如非白痴，自然以其鉴赏力的差别，与环境的相异，生发出种种的触感。于是留在他们的心中，或留在借文字绘画表达出来的作品中，对于卢沟桥三字真有很多的酬报。

不过，单以"晓月"形容卢沟桥之美，据传说是另有原因：每当旧历的

月尽头（晦日），天快晓时，下弦的钩月在别处还看不分明，如有人到此桥上，他偏先得清光。这俗传的道理是否可靠，不能不令人疑惑。其实，卢沟桥也不过高起一些，难道同一时间在西山山顶，或北平城内的白塔（北海山上）上，看那晦晓的月亮，会比卢沟桥上不如？不过，话还是不这么拘板说为妙，用"晓月"陪衬卢沟桥的实是一位善于想象而又身经的艺术家的妙语，本来不预备后人去作科学的测验。你想，"一日之计在于晨"何况是行人的早发。朝气清蒙，烘托出那钩人思感的月亮，上浮青天，下嵌白石的巨桥。京城的雉堞若隐若现，西山的云翳似近似远，大野无边，黄流激奔，……这样光，这样色彩，这样地点与建筑，不管是料峭的春晨，凄冷的秋晓，景物虽然随时有变，但若无雨雪的降临，每月末五更头的月亮，白石桥，大野，黄流，总可凑成一幅佳画，渲染飘浮于行旅者的心灵深处，发生出多少样反射的美感。

你说：偏以"晓月"陪衬这"碧草卢沟"（清刘履芬的《鸥梦词》中有长亭怨一阕，起语是：叹销春间关轮铁，碧草卢沟，短长程接），不是最相称的"妙境"么？

无论你是否身经其地，现在，你对于这名标历史的胜迹，大约不止于"发思古之幽情"罢？其实，即以思古而论也尽够你深思，咏叹，有无穷的兴感！何况血痕染过那些石狮的鬃鬣，白骨在桥上的轮迹里腐化，漠漠风沙，呜咽河流，自然会造成一篇悲壮的史诗。就是万古长存的"晓月"也必定对你惨笑，对你冷觑，不是昔日的温柔，幽丽，只引动你的"清念"。

桥下的黄流，日夜呜咽，泛挹着青空的灏气，伴守着沉默的郊原，……
他们都等待着有明光大来与洪涛冲荡的一日——那一日的清晓。

丏尊先生故后追忆

　　我与夏先生认识虽已多年，可是比较熟悉还是前几年同在困苦环境中过着藏身隐名的生活时期。他一向在江南从未到过大江以北，我每次到沪便有几次见面，或在朋友聚宴上相逢，但少作长谈，且无过细观察性行的时机。在抗战后数年（至少有两年半），我与他可说除假日星期日外，几乎天天碰头，并且座位相隔不过二尺的距离，即不肯多讲闲话如我这样的人，也对他知之甚悉了。

　　夏先生比起我们这些五十上下的朋友来实在还算先辈。他今年正是六十三岁。我明明记得三十三年秋天书店中的旧编译同人，为他已六十岁，又结婚四十年，虽然物力艰难，无可"祝嘏"，却按照欧洲结婚四十年为羊毛婚的风气，大家于八月某夕分送各人家里自己烹调的两味菜肴，一齐带到他的住处——上海霞飞路霞飞坊，替他老夫妇称贺；藉此同饮几杯"老酒"，聊解心忧。事后，由章锡琛先生倡始，做了四首七律旧体诗作为纪念。因之，凡在书店的熟人，如王伯祥，徐调孚，顾均正，周德符诸位各作一首，或表祷颂，或含幽默，总之是在四围鬼蜮现形民生艰困的孤岛上，聊以破颜自慰，也使夏先生漱髯一笑而已。我曾以多少有点诙谐的口气凑成二首。那时函件尚通内地，叶绍钧，朱自清，朱光潜，贺昌群四位闻悉此举，也各寄一首到沪以申祝贺，以寄希望。

　　记得贺先生的一首最为沉着，使人兴感。将近二十首的"金羊毛婚"的旧体诗辑印两纸分存（夏先生也有答诗一首在内）。因此，我确切记明他的年龄。

他们原籍是浙东"上虞"的,这县名在北方并不如绍兴、宁波、温州等处出名。然在沪上,稍有知识的江浙人士却多知悉。上虞与萧山隔江相对,与余姚、会稽接界,是沿海的一个县份,旧属绍兴府,所以夏先生是绝无折扣的绍兴人。再则此县早已见于王右军写的曹娥碑上,所谓曹氏孝文即上虞人,好习小楷的定能记得!

不是在夏先生的散文集中往往文后有"白马湖畔"或"写于白马湖"之附记?白马湖风景优美,是夏先生民国十几年在浙东居住并施教育的所在。以后他便移居上海,二十年来过着编著及教书生活,直至死时并未离开。他的年纪与周氏兄弟(鲁迅与启明)相仿,但来往并不密切。即在战前,鲁迅先生住于闸北,夏先生的寓处相隔不远,似是不常见面,与那位研究生物学的周家少弟(建人)有时倒能相逢。夏先生似未到北方,虽学说国语只是绍兴口音,其实这也不止他一个人,多数绍兴人虽在他处多年,终难减轻故乡的音调,鲁迅就是如此。

平均分析他的一生,教育编著各得半数。他在师范学校,高初级男女中学,教课的时间比教大学时多。惟有北伐后在新成立的暨南大学曾作过短期的中国文学系主任。他的兴趣似以教导中等学生比教大学生来得浓厚,以为自然。所以后来沪上有些大学请他兼课,他往往辞谢,情愿以书局的余闲在较好的中学教课几点。他不是热闹场中的文士,然而性情却非乖俗不近人情。傲夸自然毫无,对人太温蔼了,有时反受不甚冷峻的麻烦。

他的学生不少,青年后进求他改文字,谋清苦职业的非常多,他即不能一一满足他们的意愿,却总以温言慰安,绝无拒人的形色。反而倒多为青年们愁虑生活,替人感慨。他好饮酒也能食肉,并非宗教的纯正信徒,然而他与佛教却从四十左右发生较为亲密的关系。在上海,那个规模较大事业亦多的佛教团体,他似是"理事"或"董事"之一?他有好多因信仰上得来的朋友,与几位知名的"大师"也多认识。这是一般读夏先生文章译书的人所不易知的事。他与前年九月在泉州某寺坐化的弘一法师,从少年期即为契交。直至这位大彻大悟的近代高僧,以豪华少年艺术家、青年教师的身份在杭州虎跑寺出家之后,并没因为"清""俗"而断友谊。在白马湖,在上海,弘一法师有时可以住在夏先生的家中,这在戒律精严的他是极少的例外。抗战后几年，弘一法师避地闽南，讲经修诵，虽然邮递迟缓，然一两个月总有一二封信寄与夏先生。他们的性行迥异，然却无碍为超越一切的良友。夏先生之研究佛理有"居士"的信仰，或与弘一法师不无关系。不过，他不劝他人相信，不像一般有宗教信仰者到处传播教义，独求心之所安，并不妨碍世事。

他对于文艺另有见解，以兴趣所在，最欣赏寄托深远，清澹冲和的作品。就中国旧文学作品说：杜甫韩愈的诗，李商隐的诗，苏东坡黄山谷的诗；《桃花扇》《长生殿》一类的传奇；《红楼梦》《水浒》等长篇小说，他虽尊重他们，却不见得十分引起他的爱好。对于西洋文学：博大深沉如托尔斯泰；精刻痛切如要以陀思妥夫斯基；激动雄抗，生力勃变如嚣俄之戏剧、小说，拜伦之诗歌，歌德之剧作；包罗万象，文情兼茂如莎士比亚；寓意造同高深周密，如福楼拜……在夏先生看来，正与他对中国的杜甫、苏东坡诸位的著作一样。称赞那些杰作却非极相投合。他要清，要挚，又要真切要多含蓄。

你看那本《平屋杂文》便能察觉他的个性与对文艺的兴趣所在。他不长于分析不长于深刻激动，但一切疏宕、浮薄、叫嚣芜杂的文章，或者加重意气，矫枉过正做作虚撑的作品，他绝不加首肯。我常感到他是掺和道家的"空虚"与佛家的"透彻"，建立了他的人生观，——也在间接的酿发中成为他的文艺之观念。（虽则他也不能实行绝对的透彻如弘一法师，这是他心理上的深苦！）反之也由于看的虚空透彻，尚非"太"透彻，对于人间是悲观多乐观少；感慨多赞美少；蹰躇多决定少！个性，信仰的关系，与文艺观点的不同，试以《平屋杂文》与《华盖集》、《朝花夕拾》相比，他们中间有若何辽远的距离？无怪他和鲁迅的行径，言论，思想，文字，迥然有别，各走一路。

他一生对于著作并不像那些规文章为专业者，争多竞胜，以出版为要务。他向未有长篇创作的企图，即短篇小说也不过有七八篇。小说的体裁似与他写文的兴会不相符合，所以他独以叙事抒情的散文见长。从虚空或比拟上构造人物、布局等等较受拘束的方法他不大欢喜。其实，我以为他最大的功绩还在对于中学生学习国文国语的选材、指导、启发上面。现时三十左右的青年在战前受中学教育，无论在课内课外，不读过《文心》与《国文百八课》二书的甚少。但即使稍稍用心的学生，将此二书细为阅读，总可使他的文字长进，并能增加欣赏中国文章的知识。不是替朋友推销著作，直至现在，为高初中学生学习国文国语的课外读物，似乎还当推此两本。夏先生与叶绍钧先生他们都有文字的深沉修养，又富有教读经验，合力著成，嘉惠殊多。尤以引人入胜的是不板滞不枯燥，以娓娓说话的文体，分析文理，讨论句段。把看似难讲的文章解得那样轻松，流利，读者在欣然以解的心情下便能了解国文或国语的优美，以及它们的各种体裁，各样变化，尤以《文心》为佳。

夏先生对此二书至少有一半以上的功力。尤其有趣的当他二位合讯《国文百八课》，也正是他们结为儿女亲家的时候。夏先生的小姐与叶先生的大儿子，都在十五六岁，经两家家长乐意，命订婚约。夏先生即在当时声明以《国文百八课》版后自己分得的版税一概给他的小姐作为嫁资。于是，以后这本书的版税并非分于两家。可谓现代文士"陪送姑娘"的一段佳话！

此外，便是那本风行一时至今仍为小学后期、初中学生喜爱读物之一的《爱的教育》。

这本由日文重译的意大利的文学教育名著，在译者动笔时也想不到竟能销行得那样多，那样引起少年的兴味。但就版税收入上说，译者获得数目颇为不少。我知道这个译本从初版至今，似乎比二十年来各书局出版白话所译西洋文学名著的任何一本都销得多。

战前创办了四年多的《中学生》杂志，他服劳最多。名义上编辑四位，由于年龄、经验，实际上夏先生便似总其成者。《中学生》的材料，编法，不但是国内唯一良佳的学生期刊，且是一般的青年与壮年人嗜读的好杂志。知识的增益，文字的优美，取材的精审，定价的低廉，出版的准期，都是它特具的优点。夏先生从初创起便是编辑中的一位要员。

浙东人尤以绍兴一带的人勤朴治生，与浙西的杭、嘉、湖浮华地带迥不相同。夏先生虽以"老日本留学生"住在"洋潮的上海二十多年，但他从未穿过一次西装，从未穿过略像"时式"的衣服。除在夏天还穿穿旧作的熟罗衫裤，白绢长衫之外，在春秋冬三季难得不罩布长衫穿身丝呢类面子的皮、棉袍子。十天倒有九天是套件深蓝色布罩袍，中国老式鞋子。到书店去，除却搭电车外，轻易连人力车都不坐。至于吃，更不讲究，"老酒"固是每天晚饭前总要吃几碗的，但下酒之物不过菜蔬，腐干，煮蚕豆，花生之类。太平洋战争起后上海以伪币充斥物价腾高，不但下酒的简单肴品不多制办，就是酒也自然减少。夏先生原本甚俭，在那个时期，他的物质生活是如何窘苦，如何节约，可想而知。记得二十八年春间，那时一石白米大概还合法币三十几元，比之抗战那年已上涨三分之二。"洋潮虽尚在英美的驻军与雇佣的巡捕统治之下，而日人的魔手却时时趁空伸入，幸而还有若干文化团体明地暗里在支持着抗敌的精神。有一次，我约夏先生章先生四五人同到福州路一家大绍兴酒店中吃酒，预备花六七元。（除几斤酒外尚能叫三四样鸡肉类。）他与那家酒店较熟，一进门到二楼上，拣张方桌坐下，便做主人发令，只要发芽豆一盘，花生半斤，茶干几片。

"蛮好蛮好！末事贵得弗像样子，吃老酒便是福气，弗要拉你多花铜钿。"

经我再三说明，我借客打局也想吃点荤菜，他方赞同，叫了一个炒鸡块，一盘糖腌虾，一碗肉菜。在他以为，为吃酒已经太厚费了！为他年纪大，书店中人连与他年岁相仿的章锡琛都以画先生称之（夏读画音）。他每天从外面进来，坐在椅上，十有九回先轻轻叹一口气。许是上楼梯的级数较多，由于吃累？也许由于他的舒散？总之，几成定例，别人也不以为怪。然后，他吸半支低价香烟，才动笔工作。每逢说到时事，说到街市现象，人情鬼蜮，敌人横暴，他从认真切感动中压不住激越的情绪！因之悲观的心情与日并深，一切都难引起他的欣慰。长期的抑郁、悲悯，精神上的苦痛，无形中损减了他身体上的健康。

在三十三年冬天，他被敌人的宪兵捕去，拘留近二十天，连章锡琛先生也同作系囚（关于这事我拟另写一文为记）。他幸能讲日语，在被审讯时免去翻译的隔阂，尚未受过体刑，但隆冬室，多人挤处，睡草荐，吃冷米饭，那种异常生活，当时大家都替他发愁，即放出来怕会生一场疾病！然而出狱后在家休养五六天，他便重行到书店工作，却未因此横灾致生剧变，孰意反在胜利后的半年，他就从此永逝，令人悼叹！

夏先生的体质原很坚实，高个，身体胖，面膛紫黑，绝无一般文人的苍白脸色，或清瘦样子。虽在六十左右，也无佝偻老态，不过呼吸力稍弱，冬日痰吐较多而已。不是虚亏型的老病患者，或以身子稍胖，血压有关，因而致死？

过六十岁的新"老文人"，在当代的中国并无几个。除却十年前已故的鲁迅外，据我所知，只可算夏先生与周启明。别人的年龄最大也不过五十六七，总比他三位较轻。自闻这位《平屋杂文》的作者溘逝以后，月下灯前我往往记起他的言谈、动作，如在目前。除却多年的友情之外，就前四五年同处孤岛，同过大集中营的困苦生活，同住一室商讨文字朝夕晤对上说，能无"落月屋梁"之感？死！已过六十岁不算夭折，何况夏先生在这人间世上留下了深沉的足迹，值得后人忆念！所可惜的是，近十年来你没曾过过稍稍舒适宽怀的日子，而战后的上海又是那样的混乱，纷扰，生活依然苦恼，心情上仍易悲观，这些外因固不能决定他的生存，死亡，然而我可断定他至死没曾得到放开眉头无牵无挂的境界！

这是"老文人"的看不开呢？还是我们的政治、社会，不易让多感的"老文人"放怀自适，以尽天年？

如果强敌降后，百象焕新，一切都充满着朝气，一切都有光明的前途，阴霾净扫，晴日当空。每个人，每一处，皆富有歌欢愉适的心情与气象，物产日丰，生活安定，民安政理，全国一致真诚地走上复兴大道，果使如此，给予一个精神劳动者，——给予一个历经苦难的"老文人"的兴感，该有多大？如此，"生之欢喜"自易引动，而将沉郁、失望、悲悯、愁闷的情怀一扫而空，似乎也有却病销忧的自然力量。

但，却好相反！

因为丏尊先生之死，很容易牵想及此。自然，"修短随化"、"寿命使然"，而精神与物质的两面逼紧，能加重身体上的衰弱——尤其是老人——又，谁能否认。

然而夏先生与晋末间的陶靖节、南宋的陆放翁比，他已无可以自傲了！至少则"北定中原"不须"家祭"告知，也曾得在"东方的纽约"亲见受降礼成，只就这点上说，我相信他尚能瞑目！

人道

阅报室中冷冰冰的地，我真怕陷了下去！本来在这儿必须时时防备猛风从窗外会伸手将你拿了去，何况这两大间屋子中，门向来是关不住，雪花会向你身上跑。一星星炉火都没有，所以我是轻易不愿置身其中的，幸而杨君有份《大公报》还可以早晚解闷。

说来你会不信，不为看新闻与报屁股，我却特别订了一份沈阳的××报。没有办法，绝不敢开玩笑，实话，只是借它作为如厕的利器。你们晓得北方乡间的"坑"吧，也晓得在江南到处都看得见的朱漆描金的"桶"吧，这都好，总是南方和北方虽然是有廓落与精致的不同，然而总还有你的"如厕"的自由。虽然灰尘与臭味差池，只有塞住鼻孔却还没有过不去。至于自来水的西式磁桶我们不提了。这儿却是"透漏的坑"，也亏他们能想出这奇妙的创造品。薄薄的木板屋子下面，如乡间社戏台子似的高高搭起，有二尺多高，下面四周又系活板可以移动，于是这似乎高明了。但每个人当在木屋子恭敬的时候，下面的风须按照力学的原则向上面横冲直撞，你非碰得到（自然非同凡力）天朗气清，力的动荡还小。自然这是有科学的妙用，明明院子中觉不到冷风拂面，而戏台的下面却有些飒飒飕飕了。从内蒙古吹来的风本来挟着十足的劲头，那半指厚的薄板有什么用。准此，风大的日子你如果作件每天你必须办的课程，这便使你畏缩不前。长方形的大孔之下，如有地心的吸力似的，要将大肠吸断。怪不得头一次我尝试的时候，S君说：先不教你方法，给你一个"下马威"。幸得那天还好，不然，我恐怕得进医院。但是从此后我却讨了乖来，这也是S君的传授。每到恭敬的时候将大张报纸铺在长方孔的上面，作戏台上的地毯。

公共的报纸自然不可乱用，为了这个目的，我却每月多化这五十元的奉大洋买得御风的利器。

当然，每天还要看一遍，不过只是副作用而已。许多消息本用不着重看，我每天阅报是注意于地方新闻与那些零星的"文艺"。

一个阴沉的黄昏后，大家都在朱先生屋子中饮茶，我却一点精神没有，宋君几次交涉的结果，方允许我五月中离开。这儿是这样的沉寂，这样的风沙，这样的糊里糊涂的生活，使得我一无办法，只可每天计算着过去的日子。

许多人热心的慰安我，但除了感谢之外我什么不能多说，所以他们聚谈的时候我往往忧愁地沉坐在一边。这次又是规矩的聚会，水由大铁壶中倒入描金的瓷壶，又倾在玻璃杯内，一人一份，"来啊，来啊，"的请着。窗外风声照常的吱吱曳长地叫着，大家谈着上星期六的电影，说着诅恨这地方的种种话。一会不见不好安静的最年轻的明，大家没注意他出去，不久他却回来了，手中拿着报纸，除却《大公报》外还有我订阅的那一份。

"报来了，你还没看？"明将一大沓报纸放在桌上说。

我摇摇头。本没有必须谈的连贯的话，于是人们呗着涩甘的茶味而眼光却落到报纸上面去。

"哎哎！真透着新鲜，哪来的这档子事！"北平话十分流利的朱先生似将下颏伸长了一点，执着报纸向大家说。

"什么？"号叫愉己的好笑的庶务先生问。

"喂喂！您听这真气死人，怪诞！我念——这是标题。非人道的日本院长强奸有病华妇。下面说在吉林的大街上一位妇人由人力车上跌下来碰破头，送到一个日本医院中去。唉！简捷说吧，这碰伤了头的娘们在院中待到深夜。院长是个独身汉子，他只穿着睡衣，裤子当然没有。他叫这娘们到内屋里脱了上衣，又一定得脱下衣，说是检查治病的手续。娘们不肯，但是怀疑是为了病的关系，便全脱光了。这位院长却复在上面，想放肆了。结果是娘们的哭喊惊动了全院的华人与看护，全跑进来，他，这东西跑了。娘们的男的，后来到公安局告状。"

朱先生一面说，一面将脸都涨红了。

于是"可恶"，"该死"诅骂话，人人都说上一句。

接着他们说了许多日本人在南满的故事。

这一张报我取到屋子中却一连三天没肯去作如厕的利器，不知是为保存故事，还是别的原因，老是挑着别的报用。

又一天是星期日，我同三位先生到铁道局的宿舍中去。几位年轻的由北平毕业到此实习的学生，他们唉声叹气地一致说这个地方的苦闷，但为了生活，究竟还是得上班，领薪，熬他们的日子。其中有一个说："你们那儿好啊，多自由！至少每人一间屋子，真的是桃源了。"

我们同去的只是相视微笑。

出门的时候，我无意中看得见墙上的小木牌，大意是注意清洁，后面却有敬惜字纸一类的话。说是：字纸不可乱抛，应该珍拾起来，我在心上动了一动！我想我未免太不珍惜了！

晚饭后，又得如厕，所有的报纸都用净了，只有保存着关于某医院强奸华妇的新闻的那张。为了需要与保护自己起见，究竟带去铺在长方孔的上面。同时我悠然地想了，"人道"只可以这样在足下，在垃圾中践踏与撕乱？

但一念及这日所见的局长的示谕，我觉得悚然了！不是为珍惜字纸，却保存了三天的报纸！究竟须将"人道"两个很好听的名词踏了！但那个故事却永久保存在我的记忆里。

青岛素描

从北平来，从上海来，从中国任何的一个都市中到青岛来，你会觉得有另一种的滋味。北平的尘土，旧风俗的围绕，古老中国的社会，使你沉静，使你觉到匆忙中的闲适，小趣味的享受。在上海，是处处模仿着美国式的摩天楼，耀目的红绿光灯，街市中不可耐的噪音，各种人民的竞猎，凌乱，繁杂忙碌，狡诈，是表现着帝国主义者殖民地的威风派头。然而青岛，却在中国的南方与北方的都会中独自表现着另一副面目。

"青山、碧海、红瓦、绿树。"康有为的批评青岛色彩的八个字，久已悬悬于一般旅行者的记忆之中。讲青岛的表现色，这几个形容字自然不可移易。初到那边界的人一定会亲切地感到。

我早有几次的经验，不是初来此地的生客。然而这一个春季，我特别在这个美丽的地方借住于友人的家中，过了几个月。有许多很好的机会，使我看到以前所未留心的事物。

这地方的道路，花木，房屋的建筑，曾经有不少的人写过游记，似乎不必详谈。然而从另一种的观察上看去，这里一切的情形是混合着德国人的沉重，日本人的小巧，中国固有的朴厚。经过重要街道，你如果是个留心的观察者，可以从街头所有的表现上看得出。

譬如就建筑上来说，这是最能显示一国的民风与其文化的。青岛在荒凉的渔村时代，什么也没有。自从世界上震惊于德国兵舰强占胶州湾以后，一年一年的过去，这里完全现象了。为了德人强修胶济铁路，沿铁路线的强悍的山东农民作了暴争的牺牲者，人数并不很少；可是在另一方面，为了金钱，为了新生路的企图，靠近胶州湾几县的农民，工人，用他们的汗血与聪明，在德国人的指挥之下，把青岛完全改观。深入大海中的石壁码头，平山，开道，由一砖，一木，造成美好坚固德国风的高大楼房，他们有的因此得了奇怪的机会，由一个苦工后来变为有钱有势的人物，有的挣得一分小家私，不在乡间过活，也有的一无所得，或者伤了生命。但青岛的建设事业如其说是凭了德国人的头脑，还不如说是胶东穷民的血汗。自然、一般人都颂扬德国人的魄力。然而我看到这几十年前的海滨渔场，现在居然变为四十多万人口的中等都市，这其间的辛苦经营，除掉西方的机器文化以外，我们能忍心把中国一般苦工的力量全个抛去？

欧战之后，乖巧的日本人承袭了德国人强占的军港，于是太阳旗子，木屐的响声，到处都是；于是又一番的辟路，盖屋；又一番的指挥，压迫。无量的日本货物随着他们的足迹踏遍山东的全境。而一般在这个地方辗转求生的中国人，只好把以前学会的德语抛却，从新学得日本言语，文字，再来做一次的奴隶。

这是有什么法子！"在人矮檐下，怎敢不低头！"于是中国人的心目中觉得那迥非前时可比了。德国人像一只掠空的鸷鹰，他单拣地面上随时可以取得的肥鸡，跑兔；至于小小虫豸则不足饱他的口腹。他是情愿把小小的恩惠赏给奴隶们的。可是××人却不然了，挟与俱来的：街头的小贩，毒品的制造者，浪人，红裙队，什么都来了。一批一批的男女由大阪、神户向这个新殖民地分送，于是以前觉得尚有微利可求的中国居民也渐渐感到恐慌。因为对××人的诅恨，更感到德国人的优容。直到现在，与久居青市的人民谈起话来，说到这两位临时主人，总说："德国人好得多，××最下三烂！"

这是两句到处可以听到的话。

主人是换过了，虽然待遇不比从前好，怎么样呢？因为各种事业的开展仍然最需要苦工。而山东各县的景况恰与这新开辟的都市成了反比例。连年内战，土地跌价，一般农民都想从码头上找生路。于是蓝布短衣，腰掖竹烟管，带苇笠的乡民也如一般××的找机会的平民一样，一批一批地由铁路，由小帆船运到这可以憧憬着什么的地方中来。

从那时起，军港的青岛一变而为纯粹的商港。聪明的××人知道这里还不是久居之地。也不作军港的企图，把德人的修船坞拖回他们的国内，德人费过经营的沿海要塞的炮台，内部完全破坏，只要有利可图，能够继续占有德人在沿铁路的企业，如煤矿、林业、房舍种种，他们一心一意来做买卖。

直待至太平洋会议时，摆了许多架子，在种种苛刻的条件下，算是把这片土地付还中国。

历史，自有不少的聪明历史学家可以告诉后人的，现在我要单从建筑上谈一谈青岛的混合性。

看一个国家或是一个地方的文化，善于观察者从一方面即可推知其全体。即就建筑上说，很明显的如爱司基摩人的雪屋，热带地方人住的树皮草叶的小屋，近而如日本人好建木板房子，而中国北方就有火炕。由于气候，习惯，建筑遂千差万别。从这上面最易分别出一国家一地方的民性。至于更高尚的，如东方西方古代的建筑，何以意大利有许多辉煌奇异的教堂，而埃及则有金字塔，正如中国有著名的长城一样。所以有此的缘故，并不简单，要与其一国的地理，历史，风尚，人民的性质具有关联。这不是几句话可以说明的。

德国的建筑移植到中国来，当然青岛是一个重要地方。在初时一般人只知道德国人在大清府（这是一个不见于历史的名词，乃是山东胶东一带人民在二十年前叫青岛的一个自造专名词，到底是大青还是大清，却无从知道。）盖洋楼，自然是在几层上面，有尖角，有石柱，有雕刻，有突出嵌入的种种凉台、窗子，统名之曰洋式而已。实在直到现在，凡是留心的人还能由这些先建的洋楼上，看出德国人的沉鸷刚勇的气概。例如青岛著名的建筑物，现在的市政府与迎宾馆，以及当年德国人的军营，现在的山东大学与市立中学校。那些建筑物，除掉具备坚固、方正、匀称、高大的种种相之外，你在它们旁边经过，就觉得德国人凡事要立根根深的国民性有点可怕！同时也还有其可爱之点。当初他们对这个港口实在是花过本钱的。究竟不知是多少万马克汇来东方，经营着山路，海堤，森林，铁路，一切事他们早打定了永久的计划，所以都从根本上着想。建筑也是如此。现在凡过青市生活略久一点的人，走到街上，单凭看惯的眼光，便能指出这所房子是德国人盖的，那是××的玩意，是中国式房子，十有八九错不了。自然的分别，就譬如眼见各人的面目不同一样。

有形势与作风，自古代，建筑是与音乐，绘画，并列入文艺之内的。因为它表现着时代精神与人民生活性的全体，而愈长久的建筑物却愈能代表哪一个国家一个地方的最高文化。端庄中具有肃静的姿态，严重形势上包含着条理与整齐。不以小巧见长，同时也不很平板。恰好与日本人的建筑物相反。

日本在维新以后，初时处处惟德国是仿，然而形式上不对。由日本占青市后建造的神社及其他住房上看，很清楚，他们只在玲珑，清秀上作打扮。是一个清瘦精细的女孩，而没有"硕人颀颀"的神态。至于完全出自中国人的意匠所盖的房屋，除却照例的二三层商店房式之外，其他的住房多半是整齐，方正，很能在新形式中仍存有固有的风姿。近年也有几处从上海移植来的所谓立体建筑物。

青岛的建筑是这样混杂着，可以由此推知以前的青岛是如何受了外国的影响。

"不错，这名称不是空负的，据我所到的地方，就连德国说在内，像这么美好适于居住的城市也不多。"

正是一个春末的黄昏，我的亲戚C君——他是一个留德的医学博士——在凉台上告诉我，因为我们又谈到这东方花园的问题。

"我爱这边的幽静，而又不缺乏什么，可是有人说这边没有中国文化，但怎么讲呢？文化两个字解释起来怕也费劲！自然许多人在热心拥护古老的文化精神，是什么呢，你说，……"我呷着一口清茶望着电灯微明下的波光慢慢地说。

"哼！文化！中国的古老文化不是上茶馆，抽水烟，到处有的杂货摊？什么东西只要古香古色的那就是……至于说真正的中国固有文化的精神，你以为在哪里？难道在北平，在济南，在各个大都会里？我们到那些地方也只看到古老文化的渣滓，真正可爱的古文化的精神在哪里……"

"所以啦，我以为在这里反倒清静些……"他感慨地叹着，又加上一句断语。

"本来我对这一句话也认为有点难讲。这地方没有中国古老的文化也许容易造成一个崭新的地方。因为以前没的可保守，所以一切事都容易从新做起。虽然是否能造成另一种更好的文化还不可知。然而至少要把这些文化的没用的渣滓去掉，也并不难，——我知道这边的人民诚实，朴厚，做起事来又认真，虽然不十分灵活，可是凡到本处来的人却很能了解。又配上这么幽静而又有待发展的地方，在国内青岛的将来是不缺少好希望的。"

C君因为我的乐观。便在小桌上用手指敲一下道：

"你可不要忘记了××人！"

这是每个在青岛住得久稍有点知识的人时时容易想到的一个严重问题。××人，虽然似乎大量地把这个地方奉还原主，然而铁路的价值，保留的房产，沿铁道线的种种利权，依然都在他们的掌握之中。兵舰是朝发夕至。对于这个好地方的未来，谁也怕××人再来伸手！

"你想这边××的余势还有多少？重要商业与航运的便利，几乎全被他们所操纵。现在青岛的平和能维持到哪一年，天知道！可是这也不必多虑了。想不了那一些！另外我可告诉你，为什么近十年来这海边小都会人口渐渐加多？不是做生意的人说不好么？不景气么？然而各县，各乡村中的不安定较这里更厉害，就使吃饭便好，那些用手脚来谋生的人往外跑，一年比一年多，各处一例。所以在这里也看出人口增多，而事业并不见大发展的缘故。"

他怕我不明白这种情形，所以尽力的解释。但是我正在靠山面海的凉台上向四方看去。稀稀疏疏的电灯光映着那些一堆一撮，高下错落的楼房，海边就在我们坐的楼下。银色的波涛有节奏似地撞着石堆作响。静静的海面只有几只不知那国的军舰，静静地停泊着。黑暗中海面的胸衣慢慢起落。在安闲平静中却包藏着什么中国、日本、农村、商业的重大问题。这时我另有所思，答复C君道："唉！这人间的苦恼，永久的争斗，从古时到现在，没有演奏完了的时候，今夕何夕？你看，这么好听的涛声，这样好的境界之中！"

"你是'想今夕只可谈风月！'哈哈！"

"……"

"是的，本来人是在环境中容易征服的动物。刺激愈重，动力愈大。从前在德日帝国主义者的铁骑下的中国居民，虽然是被保护者，可是他们究竟还感到压迫的不安。现在大家除却作个人的生活竞争之外，在这幽静的新都市中住惯了的人，差不多随了环境也都染上一种悠闲的性质。就以生活较苦的人力车夫来做比，你看他们与上海、天津、汉口、北平各处他们的同行可一样？"

"不同，不同，青岛市的车夫穿得整齐，他们争坐也不像别的地方那么厉害，甚至吵骂，挥拳头。差得多，这是谁都看得出来的。"

"原因？原因就在这里的钱较容易赚，虽然生活程度并不低于别的都会。外国人多一点，贫苦生活的竞争是有的，然而比别的都会也还差些"。我听了C君的结论，不敢十分相信，然而也无可以驳他的理由。我忽然注目到凉台下面的几棵樱花树。电光下摇动它的花瓣落在青草地上。

"啊！是了。这几天我只从街道旁边看过樱花，没曾专往公园的樱花路上去观观光。"

"这还是日本风的遗留。自从日本人占了此地之后。栽植上不少的樱花树，每年还有一个樱花节在四月中举行几天，与在日本一样。现在这节日自然是取消了，可是每年花开的时候，车马游人依然是十分热闹，春季与盛夏是青岛最佳的时候，所以无论如何，青岛的居民是谈不到秋冬令的感受与刺激的！"

C君很俏皮地这么说，我也明白他也有点别感，话并不直率。可是我一心要拉着他外出游观，便与他订明于第二天一早出发往公园与青岛市外。沿着海岸的太平路、莱阳路，随了汽车队的穿行，这真给我以重游的满足。一面是碧玻璃般明净的大海，一面是山上参差的楼台。汇泉一带的新建筑与团团的一大片草场那么柔又那么绿。未到公园以前便看见比乡镇赛会热闹得多的游众。公园的玩意很多：水果摊，咖啡店，照相处，小饭店，都在花光树影下叫卖着。不是看花，简直是"人市"。

实在这广大的中山公园的美点并不止在这几百株的樱花身上，有许多植物从德人管理时代移植过来，名目繁多，大可供学植物者的参考。据说因为德人要试验这半岛上究竟宜种何种植物，便尽量的撒布下各种植物的种子。再则是最娇美的海棠在这边也成了一条路，路两侧全是丽红粉白的花朵，其实比满树烂漫的樱花好看。

剪平的草地，有小花围绕的喷水池，难于一一说出名字的各种松柏类的植物，熏人欲醉的暖风，每个人都很欣乐地在这自然的美景中游逛，说笑。我因此记起了C君夜来谈话，不禁使自己也有点惘然之感！

因为太喧闹了，我们便离开这里往清净的海水浴场去。还不到海水浴的时候，一大片沙滩上只有那些各种颜色的木板屋，空虚地呆立着，没有特制大布伞，没有儿童的叫嚷，没有女人的大腿与红帽。静静地看，由这处，那处，一层层泛荡过来的层波，轻柔地在沙边吞噬着。恰巧这不是上潮的一天，浅水，明沙，分外显得有趣。我们脱了鞋袜用海水洗过脚，在沙滩上来回的走着。看这片深碧色浮映着一种可爱的明光的圆镜，斜对面的青岛山，小小的山峰孤立在那里，披上春天的薄衣，小的浪花疲倦地，迟迟地，似一个春困的少女的呼吸，由不知何处来的那股冲动的力量使她觉到不安，可又不能作有力的挣扎。沙是太柔软了，脚踏下去比在波斯织的毛毯上还舒适。是那么微荡地又熨帖地使脚心的皮肤感到又麻又痒的一种快感。

风从海面斜掠过来，挟着微有咸湿的气味，并不坏，因为一点也不干燥。空中呢，在这海边的天空是最可爱的，尤其是春秋的时候，晴天的日子那么多，高高的空中，明丽的蔚蓝色，像一片彩色的蓝宝石将这个海边的都市全罩住，云是常有的，然而是轻松的，片段的，流动的彩云在空中时时作翩翩的摆舞，似乎是微笑，又似乎是微醉的神态。绝少有板起青铅色的面孔要向任何人示威的样儿。而且色彩的变化朝晚不同，如有点稍稍闲暇的工夫，在海边看云，能够平添一个人的许多思感，与难于捉摸的幻想。映着初出海面的太阳淡褐色的微蜂色的云片轻轻点缀于太空中。午间，有云，晴天时便如一团团白絮随意流荡。午后到黄昏，如果你是一个风景画家，便可以随时捉到新鲜、奇丽的印象。从云彩从落日的渲染，从海对面的山色上使你的画笔可以有无穷的变化。

这上午我同C君在沙滩上被什么引诱似地坐了许久的时候，时时听到岸上车马来回的响声。

C君为要另给我一种印象，叫了一部马车把我们载到东西镇去。那像青岛市中心的首、尾，东镇在以前是与市区隔着一条荒凉的马路，两旁还是野田。这些年那条路却成了日本居留民的中心地带。由日本神社的下面往东走，好长的一条辽宁路，两旁的生意至少有一半是挂着日文的招牌。

这是公共汽车与各处长途汽车向市外走的要道。东镇原是一个小小的村庄，现在成了工人小贩的住居区。自然，马路、电话、汽车，样样都有，可是旧式的黑板门，红门对小店铺的陈设，冷摊的叫卖者，仿佛到了中国较大的乡村一样。这里很少摩登的式样。有不少的短衣破鞋的男子，与乱拢着髻子仍然穿着旧式衣裤的女人。小孩子光着屁股在街上打架。拾蚌螺的贫女提着柳条筐子从海边回来。这便是青岛的贫民窟么？不对，究竟得算高一级的。不过当我们的马车经过几条冷落的小街道时，看见矮矮的瓦檐下，门口便是土灶，有的还有些豆梗，高粱，似是预备作燃料用的。窄窄的红对联不免有"一元复始，万象更新"的吉利话。三个两个穿红裤子蓝布褂的女人，明明是乡间的农妇，可是满脸厚涂着铅粉，胭脂，向街上时用搜索的眼光找人。经过 C 君的告诉，我才知道这是最低等的卖淫者，大约是几角钱的代价吧。这边有的是普通工人，干粗活的，拉大车的，有一种需要的消费，便有供给的商品。

"你没看见那些门上有一盏玻璃罩的煤油灯？那便是标志，经过上捐的手续，她们便可在晚上点灯，正式营业——其实这些事谁还管是夜里，白天！"

C 君即速催着马车走过，我疑的他这位医学家是怕有什么病菌在空中传布吧。

由东镇再转出去，便是著名工厂地带的四方。触目所见全是整齐的红砖房子。银月、太康等日本人的纱厂都在这里。男女工人在上工放工时，沿四方到东镇的马路上，全是他们的足迹。山东全省人民日常穿的粗衣原料，这里便是整批的供给处。不错，几万的工人在这到处不景气氛围中，似乎容易发生失业的问题。在青岛却差得多，生意，与一切便宜的关系，横竖各个乡村谁不需要一件洋布衣服穿，价廉而又广泛的推销贩卖，这个地方的各个大机器很少有停止运行的时候。

四方这地方就因为若干大工厂的关系，变为工人居住的区域。又加上胶济铁路的机厂也在这里，所以我们在这一带所见到的便是短衣密扣的壮年男子，梳辫剪发的花布衣裳的姑娘，煤灰，马路上的尘土，并且可以听到各种机件的响声。

西镇是紧接着青市的中心市区，除了经过火车道上面的一条大桥之外，并无什么界限。虽然也似乎杂乱，却较东镇整齐得多。小商店与一般职员的住房很多。

日落时马车转到青市的最西偏处。那是著名的马虎窝海岸上的木板屋与草棚，中间有不少的家庭在这荒凉的地方度日。

"这才是青岛的贫民窟。你瞧，与南海岸的高大楼房相比，以为如何？"C君问我。

"哪个都市不是这样！到处都是一律，但我总想不到在这美丽的都市也还有这么苦的地方。"

"傻人！愈是都市愈得需要苦力。没有他们怎么能造成各种享受的事物。一手，一足的力量是一切最需要的。而上级的人士他们宝贵他们的头脑，更宝贵他们的手足。机械还不能支配一切，于是苦力便需要了。所以你以为东镇的小屋是最低等，瞧这儿！"

我在车中不停地注视。矮矮的木屋，有的盖上几十片薄瓦，有的简直是用草坯，鸡栅便在屋旁，疲卧的小狗睁不起警示的眼睛，与西洋女人身后的狼犬不可比量！全是女人，孩子，她们的男子这时正在赚馒头吃的地方工作，还没有回来。

澎湃的涛声在这片荒凉的海岸下响着单调的音乐，向东望，几处高高矗立的烟囱，如同一些高大的警察在空中俯瞰着一切。

"平民的房屋现在正在建筑着，然而怎么能够用。这不是一个问题？"C君说。我没回答他。马车穿过这里，一些黄瘦污脏垂着鼻涕的孩子前前后后地呆看。

渐走渐近，不到半点钟而市中心的红绿光的商标已经放射出刺激视觉的光彩，而流行的爵士音乐，与"我爱你"的小调机片声音也可以听得到了。夜间，我独自在南海岸的杂花道上逛了一会，想着往海滨公园太远了，便斜坐在栈桥北头小公园的铁桥上面前看。新建成的栈桥深入海中的亭子，像一座灯塔。水声在桥下面响的格外有力。有几个游人都很安闲地走着，听不到什么言语，弯曲的海岸远远地点缀着灯光，与桥北面的高大楼台相映，是一种夜色的对称。

一天重游的所见，很杂乱地在我的脑中映现。我想：不错，这么静美而又清洁，一切并不比大都市缺乏什么的好地方。无怪许多人到此来的很难离开。可是从另一方面说，还不是一样，也有中国都市的缺陷。或者少点？虽然静美，却使人感到并不十分强健。理想的境界本来难找，可是除却沉醉于静美的环境中，想一想中国都市的病象，竟差不多！譬如这里，已比别处好得多，然而有什么更好的方法可以使这个静美的地方更充实与健康呢？

我又想了，这问题是普遍于各大都市之中的。

旅途

除掉几位一同由上海来的熟人之外，所有的旅客都是一样陌生的面孔。经过两天甲板上与吸烟室中的交谈后，各人的职业与远行的目的地多半都能明了。自从意大利邮船开辟了到上海的航路以来，中国向欧洲去的旅客搭较为迅速的意船比乘英法船的日见增加。这一次在同等舱中中国人便有三分之二：公费私费的学生，各省专派去调查实业教育的职员，商人，很热闹，每到晚上言笑不断，又是旅途上初遇，到遥远的地方去，自然有点亲密。正是船抵香港的头一天，晚饭后，三三两两在闲谈着些不着边际的话。有几位是往南洋去的，一定在新加坡下船，很高兴地说："路程已经一半了，可是你们还早得很。"是的，即到新加坡还不过海程的三分之一，心里惦记着印度洋的风涛，又回念着国内的家庭、戚、友与各种事件，任是谁难免有茫然之感！

虽然船上的饮食颇为讲究，一想，早哩！常是那样的西餐便不禁有点怅然，但我在这两天里反感到心绪渐渐宁贴。因为这次的远行曾经挫折，虽是从年前就计划着，中间因为旅费与其他问题已决定不能成行，启行前的十几日，忽有机会可以去了，便重新办理一切：护照，行装，以及说不清的个人的事务。直到上船的那一晚上为止，身体与精神没曾得过一小时的安闲。虽是陌生的面孔，虽是远旅的初试，但一想这是暂时摆脱一切，去看看另一样的社会，反而觉得十分畅快。除了吃饭洗浴之外什么事情都不忙迫，比起未上船时的情形，劳、逸、躁、静，相差到无从比较。又幸而风浪不大，躺在椅子上对着白云，沧波，什么事都不多想。

凡是旅客们大概都耐不住长时间的沉默，总欢喜彼此闲谈。灯光下各人找着谈话的对手，海阔天空地谈着种种事。当我从吸烟室穿过时，看见一个学生服装的瘦弱青年独自据了一张方桌，孤寂地坐着，不但没人同他说话，那张桌子的三面完全空着，并无一个人坐的与他靠近。在满屋高谈声中显见得他感着过度的寂寞！我便坐在他的对面，彼此招呼之后，我们便开始作第一次的谈话。

"哪里去？南洋么？"我猜着问他。

"是，南洋，新加坡，先生往欧洲去？"

他的话不难懂，然而并不是说的官话，从语调中我想他是江苏的中部人。

"你是哪省人？看年纪很轻，到新加坡有什么事？"

他的微黑的脸上现出淡淡的苦笑来，"先生，不错，我才十八岁，家住在江苏的江阴。"

"啊，江阴，那不是与清江对岸的地方么？"

"那是小县份。我去新加坡找我母舅，——他在那边的华侨中学里教书。"他的言谈从容，态度沉静，虽然不免有一层阴郁的暗云罩在脸上，然而无论如何，能看得出他是一个受过好教育而无一点浮夸气的青年。

"那末，你去，……"

"去，是他——我母舅写信叫我去的！因为我去年夏天在县里的初中毕业，再升学，不能，闲着又怎么了。家道呢，原是种田的人家，不过自从我父亲前些年去世之后，便把田地租与他家，自己种了，吃饭还能够维持，可是我母舅来信说：年轻，在乡间尽闲着也不是事，叫我去到他那里想法学点英文，好干小事情。"

"家里还有多少人口？"我对这么诚恳的青年便不客气地详细问起来。

"一个姊妹出了嫁，现在除了我就是我的祖母与我的母亲了！"他呆望着门外夜涛的眼睛中浮动着一片泪晕。

"啊！祖母，母亲，连你才三个人，真是太清寂的生活呀！"我对答着他，即时也记起了自己在童年时代家庭中的情形。

"唉！她年纪快七十岁了……我祖母，自从先父死去，她越显得老了，不到一年头发便全变成白色。我母亲也有病，幸而她才四十几岁。先生，我这次出来……"

他要说下去，或者觉得是有点兀秃吧，便把话停下来，一只手抚摸着桌上的咖啡色的薄绒桌衣。

"我晓得，我也是自幼小时便没了父亲的人！不容易，想来你这次出门还是第一次？"

"头一次离开我的家乡，先生……不是有我母舅在那里，我母亲是不会放心我去的。我走时费了不少的事，凑到二百元钱……"

"幸是你家中还来得及……"我虽然这么说着，可是正在想象中绘出一幅这青年游子临行时与那两位孤苦的女人在门前泣别的图画。

"唉！现在什么都不容易换出钱来，米价又那么便宜……可是二百元到上船时便只余下不到六元了！"

"江阴到上海路不远，做什么花费去？"我疑惑地问他。他见我颇为关切，便把在上海时托人办护照花去一百数十元的事详细地对我说了。原来他是头一次到上海，又没有一个可靠的熟人，护照怎么办法，他毫无所知。不知如何转托人说是得往南京去办，于是那代办人的种种费用都有了：路费，衙门中的花销，吃饭，汽车……及至护照到手，这青年的学生却把由家乡带去的钱用去多半。这无疑是上海流氓的生意经之一。本来护照由上海市政府可办，何须一定往南京去；更那里有如此高价的护照费。

我听完后不禁再追问一句：

"那时你到寰球学生会去托他们办也不至如此吃亏。"

"我不知道这个会，因为我对于那么大的上海是毫无所知呀……"

他紧接着把眉头皱起，声音也低了好多，"以外便是旅馆费，买船票，做一身白色粗哔叽的学生服……好歹能够到新加坡吧。上船后……现在还剩下五元与几只角子。"

"过了香港再有两天便到了，船上不用花钱，你尽管放心！"我只得这么安慰他了。

"但是，明天一早到香港，我听沈先生说，可以发电报去，到南洋时有人接。我也记起来了，从上海走时并没给我母舅一封信，其实写信也来不及，他不知道我那天准到，坐什么船。先生，在上海我已经是什么不懂，外国人的地方——新加坡，如果我母舅不来接我，英国字我只认得几个，广东话讲不来，而且我母舅教书的学校是在新加坡市外的芙蓉，听说还得坐两点钟的火车……这不是困难的事！我下了船一个人不认得，一句话弄不清，又没有钱，所以我母舅不来接我，我真是一点法子也想不出来！

地址我这里有，据沈先生说，打一个电报去得合四元多的大洋，下船时又得给外国茶房几元，我愁得很，那里想到！以为上船后便用不着什么钱了。"

"是不是要往巴达维亚去的沈先生？"

"是呀，我与他住在一个房舱里。"

沈先生是一位四十多岁的教育家，他曾在江苏与别省的中学有十几年以上的教学经验。这次也是由新加坡上岸转往荷属南洋的华侨学校任职。从他的沉静的态度与恳挚的言谈上，我便知道他是个良好的教师。在头一天我同他谈过一小时，所以这位青年学生提到他我便知道了。

"出门的人钱是一时也不能缺少的，何况你这次的出门太不容易！

好吧，我上船时还有几块现洋，本来预备在香港或有用处，过一会我下去取来送你，可以够打电报的费用。都是为客的人，能够相助的，你也不必客气了。"

"先生！"他的眼睛里泛出感动的光彩来，"谢谢你！我什么不说了……请你给我一个地址。"

他从衣袋中掏出笔记本来要我写。

"不，我到欧洲去还没有一定的住址哩。"

他又要我把家中的地址给他，我写好，他把笔记本慎重地装入袋中，接着问我往欧洲去的目的，同行的人数等等话，无论如何，他现在觉得快慰得多了。

回到舱里取了一张五元的钞票——这是我上船时除掉把钱兑换成汇票外的零余。——重到吸烟室中送与他，他诚恳地接了，只说："日后总得兑还先生！"

这时已经快十一点了，室中人渐渐散去，这位学生也回到他自己住的房间中与沈先生商量明天打电报的事。

与这位初次尝试到流浪于旅途上的青年谈过了"一席话"之后，我在甲板上靠着船舷，静谧中引起我的回忆与想象。

谁没有一片纯真的爱子的心！何况是从幼年时失去了父亲，为了期望这孤苦的孩子长大，饮食，提抱，当然费过那不幸母亲苦痛的心血。及至十几岁以后，便不能不为这青年人的将来打算，无论怎么说，在社会制度还没达到儿童公育与废除家庭的阶段，即使是一个愚笨不过的妇人也眼巴巴地望着她的孤儿能够成立。不必希望他是什么了不起的人物，"不要下流了，好好地做人，"她才觉得对得住自己的苦心。尤其是中国的家族制下被压迫的旧妇女，假使不幸死了丈夫只余下幼小的孩子，这"寡妇孤儿"的苦况不是经历过的人怕不容易想象。也因此，受着这样磨难的母亲对于孩子比一般处境安乐的妇女便大不相同。

这缪姓学生的家庭状况，虽然他对我只是淡淡地述说几句，恰如读到真情流露的诗歌，我是能体味其中的苦趣的。她——他的母亲，能以凑备旅费打发这十八岁的孩子单个儿向南洋跑，情愿在乡间陪伴着那残年的老婆婆过苦难的日子。想想她给他装办行李时的滋味；想想她在初黄的柳枝下送孩子第一次远行时的泪眼！她心里藏着些什么事？期望这孩子的将来，那一点纯真的爱子心肠如何发遣？现在呢，她大概在床上做着一个忆往的梦境吧？大概暗暗祝祷着她的孩子身子很健适，意兴很活泼地到了自己的兄弟的住处吧？

我替人设想着，同时记起我在幼年头一次出门时那一个下午的光景。

已经是二十几年前的事了，但我没曾忘过，而且每一次想起如同展开一幅色彩鲜明的绘画。自然，前若干日便有了出门的计划了，可是直到那一下午，我母亲并没与我说过几句关于出门的告语。那正是十月初旬的晴明的秋日，大院子中的日影从东边落下来，渐渐地只有不到三分之一的砖地上映着斜阳的明辉。一只花猫在门槛旁边，懒散地抬起前爪蘸着唾液洗自己的面孔。

阶前的向日葵，那碗大的黄花正迎风微动。我的祖母——她是子女都已过世的老妇人了，现在只看着我与三个姊妹在我的母亲的面前，吸着长烟管，正在与我母亲说话。我在廊檐底下走了几个来回，觉得像有些心事，知道今夜须早早动身，好赶距离七十里路的火车。关于应带的行李自己不知道收拾，母亲与一个老仆妇，还有一个女孩子，从昨天便给我预备好了。有人送我到那个大城中去，走路也用不到自己费心。但我缺少什么呢？想不出来，久已希望着到外边去的志愿已经达到，然而在这临行的头一天，幼稚的心中仿佛填上了不少的沉重东西！

挨了一会，踱到屋子里，在光漆的方桌一侧站住，沉静地不说什么。她们看看我，把谈话中止了。旱烟的青圈浮在空中，迸散了一个再现出一个。

还是坐在椅上的母亲慢慢地先说了：

"你的行李都已交与贵林了，他从前走过很多的路，错不了。到省城去，有什么事不懂的问你大哥。"

原来我的堂兄那时正在省城的法政专门学校读书，还有几位同族的兄弟也在各学校里。

她停了一会，看看我，又说：

"你走了，你妹妹们还请先生教着她们上学，她们……小哩！"

以后她不再说什么了，类如自己当心呀，天气不好穿脱衣服与饮食的注意呀，我母亲在我头一次远去的时候反而一个字不提，就只是那几句慢慢说的话。就只是那几句慢慢说的话！对一个孤苦孩子头一次离开了自己说的话！然而我那斑白头发的祖母已经把脸低向着雕花木格子的墙角了。话再不能多说下去，我低头答应了一句：

"放心，我知道了！"

回忆起我比这个学生还小四五岁时自己头一次出门的况味，他更是孤单，从家乡中跑上往外国去的路，比起自己来又如何呢？天空中星光闪闪，远送着这只轮船向天涯走去。深夜的暗涛载了许多人的希望与悒郁，随时默化于他们的心底，浮动于他们不同的幻梦之中！

第二天的下午，我在船面上的起重机边又遇到了那个缪姓的学生，他笑着说：

"沈先生上岸时把电报打了，还是他给我写的英文电报稿，没用到五元大洋"。

"这你可以放心了。"我也微笑着。

又过了两天，船抵新加坡时，我遇到他站在头等舱的客厅门外候着查验护照，交人头税，我被同行友人催促着便先上了岸。

以后在这只船上便没有了这个青年与那位中年教师的影子。又过了七八个月，我在伦敦接着一张附于家函里的信笺，上面写着：××先生大鉴：敬启者，前由舍亲缪某在旅次向阁下借银洋五元，今特交邮汇奉，至希查收为荷，并致谢意！

专此即颂大安。

徐某顿。

这信笺证明那个学生是安然地在他母舅那里了，我很高兴，希望再有一次能够遇到他！

恶意的快乐

以血作糜，以尸为枕，婴儿挑在枪尖，妇女辱于铁爪……现代争战死伤倍多，武器日精，肉体易损，这倒不是什么意外事。令人诧异悲痛的，是为什么有灵性、受教育的人，却完全变成吞吐火弹煽动毒焰的器械？在任何时代的战史里，本少有人道二字的立脚点，但这明明是所谓文化有进的二十世纪了，生存于这世纪中的人类或比野蛮时代的原人还要凶毒，一切教化、理智、同情，俱可不理，人的价值撕灭殆尽。种种行为直不易使一个健康的尚保持良知的人信得过。

伦理学者研究快乐的类别，"恶意的快乐"亦居其一。如举例证，则儿童好虐待小动物，猫将食鼠时先用爪牙戏弄，使多痛苦，即死不得类皆是。

此皆超出其本来的欲望外，而有长远的原始遗传性存于动物的性感之中。所以快乐并非绝对可赞美的本体。社会进化，有赖于智慧的分析，理性的禁制，同情心的发达，可以把原来的蛮性逐渐消去。人群需要正当教育之可贵处在此，"利用、厚生"，只是教育效果的一面，绝非全体。

正史或文艺作品里所描写过的人类"恶意的快乐"，在各国家、各民族里不乏其例，但以现时所演的为最甚。若以教育的功能与时代的先后作比，可说已把"恶意的快乐"达到最高点。人道，良心，自然都在这等"快感"之下成为齑粉，把从原始时代遗传来的野性，如火，如荼，尽量在全人类的目前表示，"侠义"的精神已不必说，西洋文化的模仿却愈发强化了狰狞的面目。

不过物极则反，外受坚强的义愤的抵拒，内有狂暴后渺茫的空虚之感，疯狂者火灼的神经过于激动，债兴的气力渐渐耗散，于是无名的悲恐会变成毒蛇紧咬住自己的心脏。初时，"恶意的快乐"变成失望，见到血滴、骨骼，便如胆怯者在风雨暗夜里，遇到魔鬼。这并非无力的诅咒，善颂善祷的预言。

没听说古屋荒林中的缢尸，异乡迷途中的痛哭，变装攫金的逃亡？过度的"恶意的快乐"的激动，时间久了，自会有亏心的彷徨，忧怖，自会有到处空虚的绝望感！

只要对方保持着正直热烈的心力，与"哀矜勿喜"的态度，那恶意的快乐终有一日会自陷于绝地。

快乐说之另一解

　　偏执一端以评人论事，很少不是拘虚偏重的。正反相冲。合则另生他义，合义生反，新合遂见。概念矛盾何足为病，因分析，综合，便有精严的判断，可以改正多少事实的错误。

　　所以哲理的阐发在任何时代里有利于人群。

　　上文中偶论恶意的快乐略述所感。但人类有求生的本能，快乐是生的惟一途径，不能因人类尚有恶意的快乐遂引起对生的反感，或甚至轻视人生，走入虚无的歧途。

　　快乐有崇高卑下的分别，有利己利他的趋异，加以精密分析亦非易言。有人以为世间罪恶全在于希求快乐，饮食，男女，利禄，权势，但为快乐不计手段。必求铲除根本，不生萌蘖，于是多少宗教家无不以销尽快感为目的。

　　苦身坚修，生活简约，视一切快乐都如洪水猛兽。佛教徒之断绝五根，古代西洋修士的艰苦自炼，其信念坚持皆由于此。

　　但凡属有机体的动物，无不有求生的意志，也无一不知快乐是生命的源泉。忧能伤人，悲甚绝望。世界进化的机能，人类生生不已的精神，一旦灭绝快乐，万有俱亡。因为生命存在于欲望的挣扎中，而欲望却以快乐为归宿。

　　所以宗教的势力在历史中尽管伟大，却不会把人人度去。在某地方某时代，作为警觉凝聚的感与力则可，而非人生永久的大道。以鸟鸣春，以虫鸣秋，花开欲笑，叶脱生悲，欲望所存，那能使人类茹毛饮血，长此终古。一切艺术、科学，无不为求更高远、更完美之快乐感而逐渐发达。中经万千辛苦，而与生俱来的欲望的目标却永久存在。除非是忧郁精神病人，谁也不会自求痛苦，蔑视快感。虽然古希腊有斯多噶派的学说，讲求限制欲望，毋纵快乐。而吾国儒家亦注重克己，爱人。但东西哲人的唯美独标，并非大违人情，力持绝对的议论。于毋纵欲与克己的工夫中，而高尚的快乐一例存在。清静身心，推己及人，"天君泰然"，有真乐在。以言人生哲理，他们并不否定感觉与智慧，并不视人生如尘垢、秕糠，反之他们要抬高高尚的快乐，而轻视低等官能的世俗的享受。

择要而言，则与人为善，以及因一己之快乐（当然非恶意的快乐），为他人设想，更进一步作伟大的民胞物与的光明举动，则暴戾之行，专擅之野心，占有之毒欲，都可融解于高等的快感中，世界常乐人我无私，才真能达到人类最幸福的境界。

自然，这是古今来多少哲人、诗人所幻想的境界，——是过重空想的乌托邦？于今何时，"恶意的快乐"正在到处播散毒种，大家都想扩充私利的欲念，用鲜血涂抹世界，而乃高谈这类近于超人的梦语，至好也不过引起遥思罢了。

还是一句常谈，"理想者事实之母"虽在深沉的痛苦里，与"恶意的快乐"者争持里，却不能消灭了我们更高远地希望，更丰富地对人类的同情！

"私"与"占有欲"（一）

　　要完全消灭人类的"占有欲"，虽然有多少仁人志士的剀切陈言，而事实所在，谈何容易。孩提之童已对于玩具食用品，有你的我的之争斗，更不必论到成年人的"私"心是怎样强烈地发展。血气衰时，在已近撒手长空一切完了时，孔子却用四字点破人类的自私心，"戒之在得！"由此四字，可反映出少年、壮年时"占有欲"之逐步渐进，终求归宿，"语不离宗"。世界纷扰此其主因。各图占有；遂奋力气，斗精神，期胜他人；由一己扩充至族群、国家；由物质、金钱、恋爱，变成地位、权势、名望的占有，从人类进化观点上平情论去，却不必效法枕髑髅梦蝴蝶的庄子的绝对论：绝圣弃智，人我同视。人类既有此天然性，要生存，要生存得快活，在没更好办法的世代中，因图"私"而有助于公共的利益，因求"占有"，而人群的进化不至停滞，这确实是无可奈何的一件大事。

　　人，不管如何提高身份，超越群伦地说，也是动物之一。不管如何，人不过是原子的偶然聚合、凑成，根本上是"物"的，所以唯心派的学者任管怎能巧辩，什么心灵、神智等等，离开物质还不是凿空之谈，至少，到现代还讲不出一个所以然来。

　　原非不食烟火的神仙，则从下生直至老死，那一天也脱不开"物"的引诱与"物"的需求。这倒毋庸慨叹，更不必怅惘。欲望既与有生以俱来，则"占有欲"的发达，因"私"而起的争斗，不能讳言。把人生的窗子打开，你会清楚地看透人是什么！

因此，捧做神圣，视等群蛆；或以为可以灵长万汇，或与露电同观，或以为这都不必。

"创造欲"固是人类的天资独赋，比其他的动物高明，但作另一解，其高明处也是吃亏处，语太玄漠，可不详论，论之亦无益处。不过即言"创造欲"便以为可完全离开"私"之一点，未免过分，不实。"私"与"占有欲"何尝无高下广狭之不同？权势、财富……由单独享受的占有扩充至名望功业的占有，非绝对要不得的事，而且无此一点怎言进化？

"私"与"占有欲"（二）

　　人类自有"自己之发现"后，人我的分别遂生，而利害之冲突日甚，亦即"私"与"占有欲"的起始。

　　哲理的研究与教育的设施，虽千变万化，除纯粹知识之获得外，其对象不过在如何感化，教导人类使由褊狭的利己想进于求公众的安宁与幸福。由小我之卑劣的占有欲，提高至善良行为与光明誉望的博取。道德价值由此而立，而利他心与推己及人的不自私精神其起点全由"我"起。"自我"为"私"之始，然无"自我"又何有利他？

　　所谓不朽之盛业，不朽之名望，引人奋起，动人歆感，何尝不是"占有欲"的崇高发展。有人主张：最进化之社会是最有膨胀之欲望的个体聚合而成之社会，欲望所生，全由"私"起，但看其范围的广狭与目的的高尚卑下，而判断其合否，不能以词害意，对"私"之一字谈虎色变也。

　　现代世界诸种纷扰矛盾的现象，有多数原因在，而狭隘的"占有欲"与褊狭的"私"的发展是造成各国家种族间悲恨的总因。目标不正，热情过狭、偏激、愤恚、妒忌、专有……不但不改正过去时"私"的观念与"占有欲"的卑劣行为，反而积非胜是，愈走愈趋于绝途！

　　正如欧战后到处听见的呼声，世界如不重加一次改造，人间苦痛继长增高，将无宁日。不过在未来的重造世界中，并非根本消灭了"私"与"占有欲"，必须另觅途径，使此二者向光明、正当、公共处发展而已。

　　随笔记感自非专论，理解不备亦觉辞拙。然而这确是值得精切研究的问题，无论在战时或平日。

道德的自律性（一）

在恶氛横流，正义沦亡的现在，提出"道德"二字，大概或被目为不识时务？但欲补救各种危机，与已成的纷扰现象，是否除开"力"与经济的支配外，还需要精神上共同遵守的信念？

正如饮食一样，天天不能缺少，而却最容易被人忽视。"道德"并不是迂阔臭腐的事物，我们日常生活，无论它是合乎道德的，或违反道德的，无时无地不与人的行为活动有密切关联。道德本难有绝对的标准，时代变异，社会的上层机构既非一成不变，伦理的相迎合，相冲突之点，自然到处可见。

如忠君，如愚孝（割股等），如妇女守节，往古时代以此为值得赞叹，颂扬，可贵难能的道德行为，现在说来不值一笑。更有亲殉君父，身报友朋诸事，岂能行于今日。但道德行为的表现方法纵有变革，而道德的酿化却不以时间的阻隔而异其原理。说来太长，不详解释易生误会。简略看法，如忠，如信，如养廉耻，如励仁爱，虽政法的制度不同，经济情形的改革，教育思潮的分歧，科学力的发展，而无论那一个有文化的国家民族，其群体中主要道德的标示，仍然不能不遵守这几点，也仍然被尊重而鼓励实行。

物质生活决定了人类环境，同时也决定了人类精神的活动，变更过人生伦理的标准，却未曾淆乱过道德原理的尊严！在哲理上讲起来，"知识即道德"是一句颠扑不破的名言，但人类知识渐次发达后，第一步须先明了人与人间的关系，亦即自己对于人，对于社会应持守的态度；与人与人间的行为的主要标则。明了属"知"——知识；进一步须表之于行为，实即同时表之于"行为"。"行"即显示道德的尊严性：利己者受人唾弃，利群者得人钦敬，言行划一，信守勿渝，类如这样人生的知行，并不因社会机构、政法经济的变革遂变其质（只是变更了行为的对象）。所谓道德的自律性在此。

道德的自律性（二）

"知识即道德"正见出道德的真实性，与对客观方面的适应，因时，因地，有广狭久暂之不同，可以说是道德目标的伸缩性，如昔日之忠君，现在则忠于社会；昔日的重爱家族今则重爱国家；其标的异，其质则同。曰忠曰爱，不但其本来意义坚实存在，即其为道德的质素何曾变更。于此更显见道德自律性的尊严。

这句颇不易解的话，与"知识即道德"之意并不冲突，精细寻思反见圆融。人生伦理的永久基础，诚如黑格尔所主张："既非纯从客观的法则中得来，亦非纯恃主观的动机便可决定，它是存在于群体间每个人的具体生活之中，一方受客观的法则的制裁，增益；一方挥发个人的本性。"两相融和，两相调剂，人群遂获得进化的机能。人生伦理的永久基础遂能稳定。在我与物（此物字须作广义解，不限于事件或物件）。融和调剂的境界里显示出道德的重要。

道德的自律性，由于个人对环境的决定，或环境必决定个人的行为思想，而给予以反射的意志。

因此，所谓道德绝非教条，亦非对付客观法则的义务，它是联结人类生活的粘合力，是人生伦理的永久基础。自初民社会有形成的组织后，人类的思想行为脱离不开道德的律令。不过这里所谓道德，不是格言、教规，不是义务，更不是限于某种字面的简单概念。话说回来，由于人群逐步进化，阐明了我与物的密切关系，如何使之发展、融合，应知怎样做去，怎样想去，方不背于人生伦理的常则，与昭示个人自觉与活动的普遍性。这其中的质素即是道德。自我约束与对物有自我的决定（那自然与反射意志有关），即是道德的自律性。

谈及此当然会牵连到多少问题，人类如不向着人生伦理的常轨走；如不能自觉其活动的非普遍性，那就是将道德的自律性完全丧失，个人不足惜，而群体却受其扰乱，灾祸。由于知识先走入歧途，或失掉了自我的真实指导与约束力，或无反抗环境的意志，俱能生此恶果。不是无其他原因，而指导制裁知与行的道德的自律性，却握住了人生伦理的密钥。

原始性的情感

　　残忍、暴躁，这都是富有原始性的感情。任何恶人，也有他们的情感：顺我者听我蹂躏，异我者（更不必用那个"逆"字了）便要使同归于尽。这样的原始性者，自私心最重，而视野的狭隘尤可惊奇。任凭这毒热的"性火"烧遍全世界，甚至连在自己左右的人与物也容易被自己的狂虐捏成碎粉。过去历史中，黄巢、张献忠等非人的酷暴行为，一般人多视为不可理解。但在文化日进的现代，利用精巧的武技，予人类以更大更久长的痛苦，其残忍、暴躁，比当年一两个富有原始情感者更加几等？躁病的狂热早已灼焦皮肤，传入腠理，再不能有心灵的宁静。于是他们视万物为刍狗，初时是对异国家与异民族，渐至自己的人民、党羽，都成为躁怒的导火线。非到自焚的完成，不复能压得住这股暴烈的狂劲！为什么？

　　利益、雄图、事业等等，这都是表面上吓鬼的符箓，实则是原始性在身上作祟。自私到了极处，不但是文化，公理不值得审度，就是自己的国家民族的命运也不复关怀。

　　一个国家中有多少这样的原始性者，利害所在，到时自有必然的偿报。究竟这世界不专为一小部分原始性者而存在。死中求活，暴虐的反动力随时滋长，它们不能在沉默中自愿灭亡。

　　所以广布同情的呼声，与合群的行动，是消灭那些原始性者所放野火的方法。至于讲正义人情，虽似迂谈，却也非无用的浪费。

　　记得普法战争中铁血宰相的蛮酷战策："凡有反叛行为的村子烧个精光，

村子中的男子皆以绞刑处死。"

如果全世界竟任凭他们发挥这种疯狂的情感，倒不如大家回到原始时代去！

否则为人类的幸福与安乐，我们——世界上有的是清醒的人，应当联起手来共同拯救人类的灭亡，这并不只是一个国家一个民族的事业。

诗歌

流火、飞弹消毁了柔梦般村镇，
耻恨印记烙在每个男女的面纹，
春风，吹散开多少流亡衰讯？

微雨中的山游

当我们正下山来，

械械的树声，已在静中响了，

迷蒙如飞丝的细雨，也织在淡云之下。

羊声漫长地在山头叫着，

拾松子的妇人，也疲倦的回来。

我们行着，只是慢慢地走在碎石的斜坡上面。

看啊！

疏林中春末的翠影，

为将落的日光微耀。

纷披的叶子，被雨丝洗濯着，更见清丽。

四围的大气，都似在雪中浴过。

向回望高塔的铎铃，似乎轻松的摇动，

但是声太弱了，

我们却再听不见它说的什么。

漫空中如画成的奇丽的景色，

越显得出自然的微妙。

斜飞禅翼的燕子斜飞地从雨中掠过。

它们也知道春去了吗？

下望呀！

烟雾弥漫的都城已经都埋在暗光布满的云幕里。

羊群已归去了，

拾松子的妇人大约是已回了她的茅屋。

我们也来在山前的平坡里，

听了音乐般的雨中的流泉声，

只恋恋地不忍走去！

多年的秋灯之前，一夕的温软之语，
如今随着飞尘散去，
不知那时的余音，
又落在谁的心里？

花影

花影瘦在架下，
人影瘦在墙里，
是三月的末日了，
独有个黄莺在枝上鸣着。

小的伴侣

瓶中的紫藤，
落了一茶杯的花片。
有个人病了，
只有个蜂儿在窗前伴他。
虽是香散了，
花也落了，
但这才是小的伴侣啊！

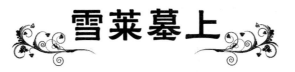

雪莱墓上

东风吹逗着柔草的红心，
西风咽没了夜莺的尖唱。
春与秋催送去多少时光，
他忘不了清波与银辉的荡漾。
墙外，金字塔尖顶搭住斜阳。
墙里，常春藤蔓枝寂静生长。
一片飞花懒吻着轻蝶的垂翅，
花粉，蘸几点青痕霉化在墓石苔上。

安排一个热情待人的幻境：远寺钟声；
小窗下少女织梦；绿芜上玫瑰娇红；
野外杉松低吹着凄清的笙簧；
黄昏后，筛落的月影曳动轻轻。
"心中心"，安眠后当不曾感到落寞？
一位叛逆的少年他早等待在那个角落。
左面有老朋友永久的居室，
在生命里，那个心与诗人的合成一颗。
"对于他没曾有一点点的损伤，
忍受着大海的变化，从此更丰饶、奇异。"

墓石上永留的诗句耐人寻思，
墓石下的幽魂也应有一声合意的叹息？

诗的热情燃烧着人间一切。
教义的铁箍，自由锁链，
欲的假面，黑暗中的魔法，
是少年都应分在健步下踏践。

他们听见了你的名字（自由）的光荣欢乐。
正在清晨新生的明辉上，
超出了地面的群山，
从一个个的峰尖跳过。

"不为将来恐怖，也不为过去悲苦，"
长笑着有"当前"的挣扎，
得住时间中变化的光华，
趁气力撒一把金彩的飞雨。

美丽，庄严，强力，这里有活跃的人生！
一串明珠找不出缺陷，污点，
在窟洞里也能照穿黑暗，
人生！——逃出窟洞，才可见一天晴明。

爱与智慧，双只蹑逐着诗人的身影，
挣脱了生活枷锁；热望着过去光荣。
是思想争斗的前峰，曾不回头，
把被热血洗过的标枪投在沙中。

"水在飞流，冰雹掷击，
电光闪耀，雪浪跳舞——

离开罢！
旋风怒吼，雷声——
森林摇动，寺钟响起——
离开前来罢！"

去罢，离开了你，我的祖国。
那里，到处是吃人者奏着凯歌，
我们一时撕不开伪善的网罗，
过海去，任凭着生命的漂泊。

"南方——碧远通的海波，曾经因战斗血染过的山河。
古城里阳光温丽，
——阳光下开放着争自由的芬芳花萼。"

生命，他明白那终是一片凋落的秋叶，
可要在秋风蹈里，炫耀着
春之艳丽，夏之绿缛，
——不灭的光洁，才能写出生命永恒的诗节。

司排资亚的水面，
一夜间被悲剧的尾声掉换了颜色。
漩浪依然为自由前进，
碧花泡沫激起了一个美发诗身。

去罢！
生命旋律与雄壮的海乐合拍。
去罢！
是那里晨钟远引着自由的灵魂。
抱一颗沸腾心，还让它埋在故国，
大海，明月，永伴着那一点沸腾的光辉。

我默立在卧碑前一阵怅惘！
看西方一攒树顶拖上一卷苍茫。

没带来一首挽歌，一束花朵，
争自由的精神，
永耀着——金色里一团霞光。
墙外，金字塔尖顶搭住斜阳，
墙里，常春藤静静地生长。
守坟园的少年草径上嘤嘤低唱，
"这是一个没心诗人化骨的荒场。"

又一年了

又一年了，毒风横吹着血雨，

大江边消失了年年秋草绿。

一枝芦苇，一道河滨，一个样，

受过洗礼，饮过葡萄的血浆！又一年了！

你又曾安眠在秋场的坟园，

笔尖上的锐眼，

到处看透了这古国的灾难，

你自然听到，

激起每个人的灵魂的巨响，

你早喜盼着，

"阿Q"的众生相会激起愤怒的风旋。生前，曾不发一声呻吟，不沈入凄叹，

投一支标枪黑暗中明光飞闪。

你的周围现在正演出民族的义战，

血泊中的少年应记着当年的"呐喊"。中国也有翻身的一天，

幽冥不隔喜悦的递传！

四郊全奏着周年祭的壮乐，

听：风、雨、炮、火、是壮乐的飞弦。

鲁迅先生逝世周年日作

正是江南好风景

正是江南好风景：
几千里的绿芜铺成血茵，
流火、飞弹消毁了柔梦般村镇，
耻恨印记烙在每个男女的面纹，
春风，吹散开多少流亡哀讯？

正是江南好风景：
桃花血湮没了儿女的碎身，
江流中，腐尸饱胀着怨愤，
火光，远方，近处高烧着红云，
春风，再不肯传送燕雏清音。

正是江南好风景：
到处都弥漫搏战昏尘，
一线游丝黏不到游春人的足跟。
朋友，四月天长你还觉春困？
你，卧在你的国土，
也有你的家乡，你的知亲？

正是江南好风景：

遍山野一片"秋烧"春痕，

谁的梦还牵念着山软水温？

祭钟从高空撞动，滴血红殷，

你，听清否？这钟声——可还为旧江南的春日晨昏？

又一度听见秋虫

一

又一度听见秋虫，
是否还紧追着旅人的秋梦？
调一曲初凉夜的秋音，
万落千村响动战伐的金风。

二

这世代里叫不出小儿女的怨情；
诗人肺腑不再被凄凉乐音引动，
他情愿正看白骨上那一点流萤，
一点燐火，迸跃出光丽的真诚！

三

密云下到处奔驰着风霆，
为震醒"供人食料"的苍生。
城市，郊原，夜夜里烦冤鬼哭，

悲壮的音从人间惊破幽冥！

四

谁曾向毒热的"夏日"低头爱慕，
谁曾为秋气萧瑟战栗吞声？
您不必空挥着忧心的涕泪，
秋来，无根的百草应分凋零。

五

悠悠么，耐不住这惨冷的长夜，
捧一把小心期待着风霆后的空明。
江头，阔野，高空，看多少铁手厮拼，
谁有生命的余力徒念着凄清？

六

这正当时序成熟的壮盛，
荡漾起"秋肃"传音，心底永生。
战士为仇敌备下了"未归箭"，
暗夜里等他们自碰飞锋。

七

又一度听见秋虫，
是否还紧追着旅人的秋梦？
有多少"万窍"惊鸣，
高壮，清肃，压住草下的和应。

八

调一曲初凉夜的秋音，
万落千村齐响动战伐的金风！
听秋音要彻底的悲壮，
谁有生命的余力徒念着凄清？

短篇小说

　　他吐了一口深气，仿佛将一切遗忘似的，急急地又吸了一口没烧好的烟，呛得干咳了一阵。便将竹枪放下，一手无力地执着钢签闭闭双目，又重在脑子里作纷乱的推测。

湖畔儿语

因为我家城里那所向来很著名的湖上，满生了芦苇，和满浮了无数的大船，分外显得逼仄，湫隘，喧嚷，所以我也不很高兴去游逛。有时几个友人强约着去荡桨湖中，每每到了晚上，便各种杂乱的声音，一齐并作，锣鼓声，尖利的胡琴声，不很好听的唱声，粉面光头的妓女的调笑声，更夹杂上小舟卖物的喊声，便几乎把静静的湖水，全起了大波。因此我有时不得已在湖中的时候，只有收视反听地去寻思我自己的事。不过也有时在夕阳明灭，反映着湖水的时候，我却常常一个人，跑到湖边的僻静处去乘凉。而且一边散步一边听着青蛙儿在草中奏着雨后之歌，看看小鸟啁啾的争向柳枝上飞奔，自然还有些兴致。而每在此时，一方引动我对于自然中的景物的鉴赏；一方却同时激发我无限的悠渺之思。

一抹绀色，兼以青紫色霞光，返映着湖堤上的雨后的碧柳，某某祠庙的东边，有个小小的荷荡。这处的荷叶最大不过，高得几乎比人还高。叶下的白洁如玉雕成的荷花，到过午之后，又是将花萼闭起。偶然一两只蜜蜂飞来飞去，还似留恋着花香的气味，不肯即行归去。红霞照在湛绿的水上，散为金光，而红霞中的欲下沉的日光，也幻成异样的色彩。一层层的光与色，相荡相薄，闪闪烁烁的都映现在我眼底。这时我因昨天一连落了有六七个小时的急雨今日天还晴朗些，便独自顺步到湖的西岸来，看一看雨后的湖边景色。斜铺的石道上，满生了莓苔，我穿的皮鞋印在上面，显出分明的印痕来。这时湖中正人声乱嚷着，且是争吵的利害。我便慢慢地踱着向石道的那边走去。

疏疏的柳枝与颤颤的芦苇旁的初开的蓼花随着微吹的西风，在水滨摇舞。这里可谓全湖上最冷静而幽僻的地方了。除了偶尔遇到一两个行人之外，只有噪晚的小鸟，在树上鸣着。而乱草中时有咯咯的蛙声，与他们做伴。

我在这片时之中，觉得心上比较平时静恬了一些。但对于这转眼即去的光景，却也不觉得有什么深重的留恋。因为一时的清幽光景的感受，而又时时记起"夕阳黄昏"的话，也不禁凄凄地生出心底的叹息来。所以对留恋的思想，也有点怕去思索了。

低头凝思着，很疲重的脚步，也懒得时时举起。天上绀色，与青紫色的霞光，也越散越淡了。而太阳的光，沉落在返映的水里。我虽知时候渐渐晚了，却又不愿即行回家。遂即拣了一块湖边的白石，坐在上面，听着新秋犹噪晚的残蝉，便觉得在黄昏迷濛的湖上，渐有秋意了。一个人坐在几株柳树之下，看见渐远渐淡的黄昏之光，从远处返映过来的微茫的灯火。天气并不十分烦热，而且到了晚上，微觉得有些嫩凉的感触。同时也似乎因此凉意，给予我一些苍苍茫茫的没有着落的兴感。

我正自无意的感思着，忽然听得柳树的后面，有擦擦的声音。在静默中，我听了仿佛有点疑惧！过了一会，又听得有个轻动的脚步声，在后面的苇塘里乱走。于是使得我要搜寻的思想，不能再按捺得住，便跳了起来，绕过柳树，到后面的苇塘边下。那时模模糊糊地已不能看得清楚。但在短的苇芽旁边的泥堆上，却有个小小的人影，我便喊了一声道："你是谁？"不料那个黑影却不答我。

本来这个地方，是很僻静的，每当晚上，更是没人在这里停留。况且黑暗的空间，只有较明的星光，在天上照着。而柳叶与苇叶，不时摇擦着作出微响来，于是我陡然觉得有点恐怖了！便接着又将"你是谁"三个字喊了一遍。正在我还没有回过身来的时候，泥堆上的小小的黑影，却用细咽而无力的声音，给我一个答语是：

"我是小顺，在这里钓……鱼。"

他后一个字，已经咽了下去，且是有点颤抖。我听这个声音，便断定是个十一二岁的男孩子的声音，但我分外疑惑了！便问他道："天已经黑了下来，水里的鱼还能在这时钓吗？还能看得见吗？"那小小的黑影又不答我。

"你在什么地方住呵？"

"在顺门街马头巷里。"由他这一句话，使我听这个弱小口音仿佛在那里听过的。便赶近一步道："你从前就在马头巷住吗？"

"不。"那个小男孩子迅速的答："我以前住在晏平街的……"

我于是突然将陈事记忆起来道："哦！你不是陈家的小孩子，你爸爸不是铁匠陈举吗？"

小孩子这时已将竹竿由水中拖起，赤了脚，跑下泥堆来道："是……爸爸是做铁匠的，你是谁？"

我靠近看那个小孩子的面貌，尚可约略分清。那里是像五六岁时候的可爱的小顺呀。满脸上乌黑，不知是泥还是煤烟。穿了一件蓝布小衫，下边露了多半部的腿。而且身上时时发出一阵泥土与汗湿的味来。连小孩子竟会有这样快而且大的变化吗？他见我叫出他的名，便呆呆地看着我。他的确不知道我是谁，的确他是不能记得了。我在片刻中，回想到小顺在四五岁的时候。

那时我还非常的好戏弄小孩子，每从家门首走过，看见他同他母亲坐在那棵古干浓荫的大槐树的底下，他每每在母亲的怀中唱出小公鸡的小儿歌来与我听。现在已经相隔有六年多了，我也时常是不在家中，但是后来听见家中人说，前街上的小顺家迁居走了。这也不过是听自传说，实在也不知道是迁到什么地方住去。但是我每经过前街的时候，看看小顺的门首，另换了人名的贴纸。我便觉得怅然，仿佛失掉了一件常作我的伴侣的东西一般。在这日的黄昏的冷清清的湖畔，忽然遇到他，那能不使我惊疑！而尤其使人奇诧的，怎么先时那个红颊白手的小顺，如今竟然同街头的小叫化子差不多了，他父亲是个安分的铁匠，也还可以照顾得起小孩子。哦！如今竟至于这样，使我蓦然地在心头上满布了疑云。

我即刻将他领到我坐的白石上面与他作详细的问答。

我就先告诉他，他几岁时我怎样常常见他，并且常引逗他喊笑。但他却懵然了。过后我便同他一问一答的作这个初秋之夜的谈话。

"你的爸爸现在在哪里？"

"在家里……"小顺迟疑的答我。而且在暗中，我从他呆呆目光中，还见他对于我这个老朋友有点奇怪。

"你爸爸还给人家做活吗？"

"什么？他每天只是不在家，却也没有一次带回钱来，做活……吗？不知道。"

"你妈呢？"

"死了！"小顺简单而急迅地说。

我骤然为之一惊！然而这也是必然的，因为小顺的母亲，是个瘦弱矮小的妇人，而且据以前我曾听见人家说过，他嫁了十三年，生过七个小孩子，到末后只剩了小顺一个。然想不到时间送人却这样的快呵！

"现在呢，家中还有谁？"

"还有妈，后来的。"

"哦！你家现在比从前穷了吗？看你的……"

小顺果然是个自小时即很聪明的孩子，他见我不客气地问起他家'穷'的这个字，便呆呆地看着远处在迷漫中的烟水。一会儿低下头去，半晌才低声说道：

"常是没有饭吃呢！我爸爸也常常不在家里……"

"他到那里去？"

"我不知道，可是每天到早饭以后，才来家一次。听说在烟馆中给人家伺候……不知道在哪里？"

说这几句简单的话时，他低声而迟缓地对我说，我便对于他家现在的情形，异常的明了了。一时的好奇心，便逼我更进一步的向他继续问道：

"你……现在的妈多少年纪？还好呵？"

"听人家说，我妈不过三十呢。他娘家是东门里的牛家……"他说到这里，在面上仿佛有点疑惑与不安的神气。我又问道：

"你妈还打你吗？"

"她吗，没有工夫……"他决绝地答。

我以为他家现在的状况，一个年轻的妇女，来支持他们的全家的生计，自然没得有好多的工夫。所以我又说：

"那末她做什么活计呢？"

"活计？没有的，不过每天下午便忙了起来。所以也不准我在家里。……每天在晚上，这个苇塘边，我只在这里，在这里……"

"什么……"

小顺也会模仿成人的态度，由他小小的鼻孔中，哼了一声道："我家里常常是有客人去的！有时每晚上总有两三个人，有时冷清清地一个也不来上门。"我听了这个话，便有点惊颤了！他却不断地向我道：

"因此，我妈还可以有个钱做饭吃。但他们来的时候，妈便把我喊出来，不到半夜，是不叫我回去的。我爸爸他是知道的，而且他夜里是再不回来的。"

哦！我听到这里，居然已经明白了小顺是在一个什么环境里了。仿佛有一篇小说中的事实告诉我：一个黄而瘦弱，目眶下陷，蓬着头发的小孩子，每天他只是赤着脚，在苇塘边游逛。忍着饥饿，去听鸟朋友与水边的蛙朋友的言语。时而去听出苇中的风声，所响出的自然的音乐。但是父亲是个伺候偷吸鸦片的小伙役。母亲呢，且是后母，是为了生活，去作最苦不过的卖出肉体的事。待到夜静人稀的时候，惟有星光送他回到家中去。明日呵，又是同样的一天。这仿佛是由小说中告诉我的一般。但我真不相信，我幼时常常见面的玉雪可爱的小顺，竟会到这般田地！末后，我就又问他一句是："天天晚上，在他家出入的是些什么样的人？"小顺道："我也不能常看见他们，然而有时也可以看得见。他们有的是穿了灰色短衣服，歪带了军帽的；有些身上尽是些煤油气，每人身上都带有粗的银的链子的；还有几个是穿长衫的呢，每天晚上常有三个和四个，可是有的时候一个也不上门来。"

"那为什么呢？"我觉得这种逼迫的问法，太对不起这个小孩子了。但我的心思为新奇的悲怜所充满，又不能不问他。小顺笑着向我道："你怎么不知道呢？在马头巷那几条小道上，每家人家，每天晚上都有人去的！"他接着又笑了！仿佛笑我一个读书的人，却这样的少见少闻一般。

我觉得没有什么再问他了；而且也不忍再教这个天真烂漫的孩子，告诉我这种命运的悲惨的历史，他这时也如同正在那里寻思什么一般，望着在黄昏淡露下的星光出神。我真实感到人间的万有不齐，与变化无端的生活的命运，是极难抗违的。本来果使小顺的亲妈在日恐怕还不至于此，然而以一个妇女遇这样的生活，他的现在的妈，自然也是天天在地狱中度生活的！家庭呵！家庭的组织与所遇到的命运堕落呀！社会生计的压迫，我本来在这个雨后的湖畔，为消闲来的，如今许多的烦扰而复杂的问题，又在胸中打起圈子来。

你们试想一个忍着饥苦的小孩子，在黄昏以后，独自跑到苇塘边来，消磨一个半夜。又试想到他的母亲，在家中因为支持全家的生活，而受的最大且长久的侮辱，是个非人的生活。现代社会组织下的贫民的无可奈何的死路，到底是怎样呵！我想到这里，一重重的疑闷与烦激，起于心中，而方才湖上的晚景，所给予我的鲜明而清幽的印象，早随同了黑暗，沉落在湖水的深处了。

我知道小顺不敢在这个时候回到家去，但我又不忍遗弃这个孤无伴侣的小孩子，在夜中的湖岸上独看星光。因此使我既感觉到悲哀，更加上踌躇了！我只索同他坐在柳树下面。待要再问他，实在觉得有点不忍了。同时我静静地想到一个环境中造就的儿童，不由得使我对于眼前的小顺以及其他在小顺的地位上的儿童全为之战栗了！

正在这个无可奈何的时候，突有一个尖呼而急遽的声音，由对面传过来。原来是喊的"小顺……在那……里呵？"的几个字，即时将沉静的空中冲破，我不觉得愕然的立了起来！小顺也吓得将手中所没有放下的竹竿投在水里。由一边的小径上跑了过去。我在迷惘中不晓得怎么的事，突然发生。这时对面由丛树下飞跑过来的一个中年人的黑影，拉了小顺就走。一边走着，一边说道："你爸爸今天晚上在烟馆子被……巡警抓了……进去，你家里，伍大爷正在那里，谁敢去得？小孩子！西邻家李伯伯，叫我把你喊……去……"

他们的黑影，随了夜中的雾雾，渐走渐远。而那位中年男子说话的声音，也听不分明了。

我也就一步一步地踱回家来。在浓密的夜雾中，行人也少了，我只觉得胸头沉沉地，仿佛这天晚上的气压度数，分外低好多！而一路上引导我的星光，也模糊黯淡看不明亮！

生与死的一行列

　　"老魏做了一辈子的好人，却偏偏不拣好日子死，像这样如落棉花瓣子的雪，这样如刀尖似的风，我们却替他出殡。老魏还有这口气，少不得又点头咂舌说'劳不起驾！哦！劳不起驾！'了！"

　　这句话是四十多岁鹰钩鼻子的刚二说的。他是老魏的近邻，专门为人扛棺材的行家。他自十六七岁起首同了他的父亲作这等代传的事，已经将二十余年的筋力，肩肉全消耗在死尸的身上。往常老魏总笑他是没出息的，是专与活人作对的，因为刚二听见那里有了死人，他便向烟酒店中先赊两个铜子的干酒喝。他在这天的雪花飞舞中，却没曾先向常去的烟酒店中喝这一杯酒。他同了同伴们由棺材铺中扛了一具薄薄的杨木棺踏着街上的雪泥走的时候，并没有说话，只觉得老魏的厚而成为紫黑色的下唇，藏在蓬蓬的短髭中间在巷后的茅檐下喝玉米粥，他那失去了乌色的凝住的眼光不大敢向着阳光启视，在朔风逼冷的十二月的清晨，他低头喝着卖零食的玉米粥仿佛尽自向地上的薄薄霜痕上注射。一群乞丐似的杠夫，束了草绳，带了穿洞的毡帽，上面的红缨毛摇飐着，正从他的身旁经过，大家预备着去到北长街为一个医生抬棺材去。他居然喊着我们喝一碗粥再去，记得还向他说了一句"咦！魏老头儿！回头我要替你剪剪下胡子了。"他哈哈地笑了。

　　这都是刚二同了三个同伴由棺材店中出来时走在道中的回忆与感想。天气冷得利害，街上坐着明亮炫耀的包车的贵妇人的颈部全包在皮大氅的白狐毛的领子里，汽车的轮迹在皑皑的雪上也少了好些。虽然听到午炮放过。然而日影却没曾由灰色布满的天空中露出一点来。当着快走近了老魏的门首，刚二沉默了一路，却忍不住说出这几句话来，他那三个同伴，正如自用力往前走去，仿佛以先没有听明他的话一般。又走了几步，在前头的小孩子啊毛道："刚二叔，你不知道魏老爷子不会拣好日子死的，设若他会拣了日子死，他早会拣好日子活着了！他活得日子，全是极坏，依我看来，不，我妈也是这样说呢。他老人家到死也没个老伴，一个养儿子，又病又跛了一条腿，连博利工厂也进不去了，还得他老人家弄饭来给他吃。好日子，是呵，可不是他的！……"这几句话似乎使刚二听了有些动心，便用破洞的袖口装了口，咳嗽了几声，并没有答话。

他们一同将棺材放在老魏的三间破屋前头，各人脸上不但没有一滴汗珠，反而都冻红了。几个替老魏办丧事的老人，妇女，便喊着小孩子们在墙角上烧了一瓦罐煤渣，让他们围着取暖。自然是异常省事的，死尸装进了棺材，大家都觉得宽慰了好多。拉车的李顺暂时充当了木匠，将棺材的盖板钉好，丁，丁……丁，一阵的斧子声中，与土炕上蜷伏着跛足的老魏的养子蒙儿的哀声，与邻人们的嗟叹声，同时并作。

棺殓已毕，一位年老的妈妈更首先提议应该乘着人多手众，赶快送到城外五里墩的义地里去埋葬去。七十八岁的李顺的祖父，便同大家讨论，五六个办丧的人都不约而同地说："应该赶快入土"，独有刚二在煤渣的火边，摸着腮儿没有答应一句。那位好絮叨的妈妈挂着拐杖，一手拭着鼻涕颤声向刚二道：

"你刚二叔今天想酒喝可不成，哼哼！老魏待你也不错，没有良心的小子！""我么……"刚二夷然的苦笑说，却没有续说下去，接着得了残疾的蒙儿又呜呜地哭出声来。

当着棺材还没有抬出门首的时候，大家各人回去午餐之后，重复聚议如何处置蒙儿的问题。因为照例蒙儿应该送他的义父到城外的义地上去，不过他的左足自去年有病，又被汽车轧了一次，万不能有这样的力量走七八里的路程。若是仍教他在土炕上呜呜的哭泣，不但他自己不肯，而李顺的祖父首先不答应，理由是正当而明了的。他在众人的面前，一手捋着全白的胡子，一手用他的铜旱烟管扣着白色的棺木道："蒙儿的事……你们也有几个晓得的，他是一个疯妇的弃儿，十年以前的事，你们年轻的人算算他那时才几岁？"他说至几岁二字，便少停了一会，眼望着围绕他的一群人。于是五岁、八岁的猜不定的说法一齐嚷了起来，李顺的祖父又将硕大的烟斗向棺木上扣了一下，似乎也要教死尸听得见的说："我记得那时他正正是七岁呢。"正在这时，在炕上的蒙儿从哽咽的声中应了一声，别人更没有说话的了，李顺的祖父便如背历史似地重复说下去。

"不知哪里来的疯妇，赤着上身，从城外跑来，在大街上被警察赶跑，来到我们这个贫民窟里，他们便不来干涉了。可怜的蒙儿还一前一后的随着他妈转着，走着，小孩子身上那里是有一丝线，亏得那时还是七月的热天气。那时有些人以为这个疯妇太难看了，也想合伙将她同蒙儿逐出，但终究被我同老魏阻止住了。不过三四天疯妇死去，独余下这个可怜的孩子，以后的事，也不用再说了。我活了这大岁数，还是头一次看见这个命运劣败的蒙儿。就他现在说是这样，将来的事谁还能想得定？可是论理他对于老魏的死去，无论如何，焉能不去送到义地看着安葬。"本来大家的心思，也是如此，更加上蒙儿在炕上直声嚷着就算跪着走去，也是不在屋子里的。于是又经过一番乱哄的纷谈之后，遂决定由李顺搀扶着他走，而李顺的祖父，因为同老魏有几十年的老交情，也要穿了破黑羊皮袄随着棺材前去。他是幼年当过镖师的，虽有这等年纪，筋力却还强壮，他的性情又极坚定，所以众人都不敢去阻止他。

正是极平常的事，五六个人扛了一具白木棺材用打结的麻绳捆缚住，前面有几个穷窘的状况如同棺材的表示一样的贫民先迤逦地走着。大家在沉默中，一步一步的足印踏在雪后的灰泥大街上，还不如汽车轮子的斜方纹印的深些，还不如载重的马蹄踏得重些，更不如警察们的铁钉的皮靴走在街上有些声响。这穷苦的生与死的一行列，在许多人看来，还不如一辆人力车上的妓女所带的花绫结更光耀些，自然的他们都是每天每夜被罩在灰色的暗幕之下，即使死后仍然是用白色而不光华的粗木匣装起，或者用粗绳打成的苇席；不但这样，他们的肚腹，只是用坚硬粗糙的食物渣滓磨成的墙壁；他们的皮肤，只是用冻僵的血与冷透的汗编织成的；至于他们的思想是空幻的，只有从黎明时看得见苍白的朝光，到黄昏时走过的暗雾围的网，他们那里有花绫结的色彩，姿态；与沾染上的肉的香味，与女性之发的奇臭。他们在街上穿行着，在他们没有系统的思想中，自然也会有深深的感触，他们也以为是人类共有的命运的感触，但他们愚蠢，简单，却没曾知道已被命运逐出于宇宙之外了。

虽是冷的冬天，一到雪停风止的时候，看热闹的人也有了，茶馆里的顾客又重复来临。他们这一行列，一般人看惯了，自然再不会有考问的心思。死者是谁？跛足的小孩子是棺材中的死尸的什么人？好好的人为什么死的？这些问题早逐出于消闲的人们的目光与思域之外。他们——消闲的人们，每天在街口上看见开膛的猪，厚而尖锋的刀从茸茸的毛项下插入，血花四射的从后腿间拔出；他们在市口看穿灰衣无领的犯人蒙了白布被流星似的枪弹由十余步外打到脑壳上，滚在地下还微微舞动；他们见小孩子们强力相搏头破血出哭号，这都是消闲的一种方法，也由此可以得到些许的奇异与快乐的愉慰。比较起来，一具白棺材，几个贫民在雪街上走更何足一顾！不过这样冷的天气，一条大街，一个市场玩腻了，更没有什么，所以站在巷口的人，坐在茶肆的人，带了皮帽，穿了花缎的外衣叉手在朱门前的妇人们，也有些将无所定着的眼光向这一行列的生和死者看去。这一群的行列，死者固然是深深地密密地将他终生的耻辱伏在木匣子内去了，而扛棺的人，刚二，李顺，以及老祖父，也似是生活着被装在匣子以内，他们虽没有不敢的思想，却也以为这是不必要的，无需的，抬起头来似乎也不能更向着暗笑的苍穹将生的耻辱涤尽，所以他们并不顾及还有些看热闹与消闲的人，以他们这一行列为有趣味可供玩赏的，实在他们也理解不到。他们如同被命运支配着往前走；他们走着，并不像那些争命运的人要计算时间，与目的地的。

然而正当他们走过长街待要转向西去出城门的时候，一家门口站住了几个男子，与两三个华服的妇女，还领着一个七八岁的小姑娘，而汽车的轮机，正将停未停的从覆盖的狼皮褥下发出涩粗的鸣声。忽地那位也穿了皮服的小姑娘横搂着一位中年妇人的腿部说："娘，娘，害怕！"那位妇人向汽车看了一眼便抚着小姑娘的额发道："多大了，又不是没见过汽车。这点点响声有什么可怕？"

"不。不是，娘，那街上的棺材，走着的棺材！……"

"乖乖！傻孩子！"妇人便不在意地笑了。但是在相离不到七八尺远的街心，这几句话偏在无意中被提了铜旱烟管的老祖父听见了，他也不扬头看去，只是自己咕囔着道："害怕！……傻孩子！"说着便追上他那些少年同伴们出城去了。

出城后并不能即刻便到墓田，但冷冽的空气，一望无际的旷野中，他们似乎是从死人的穴中觉醒过来，他们便自然地，不约而同地扬起头来望望天空。三五丫杈的枯树立在土堤上，噪晚的乌鸦群集在枝上喳喳的啼着。有一群羊儿从他们身边一起一伏的走过，后面跟了个执着皮鞭的长发童子，他看见从城中出来这一行列，却不禁愕然地立住了，而且质朴地问道：

"那儿去？是不是在五里墩的义地？"

"小哥儿，是的，你要进城，这样天气一天的活计很苦！"老祖父代表这一群人郑重的对答。牧羊的长发童子有点疑惑的神气道："现在天可不早了，你们还是赶紧走吧，到了晚上城外的路不大方便。"他说到这里又精细地四下里看了看道："灰色衣的人……要不得呢！"

老祖父独自在后边，听童子说完，不禁从有皱纹的眼角上露出一丝笑容来说："小哥儿，真是傻孩子，像我们还怕呢！"童子自己也知道说的不很恰当，便笑了一笑，又转过身去望了望前边送棺材的一群，就吹着口琴往对方而去。老祖父的脚力，实使这一群人吃惊！他也不用拐杖，走了几步，便追上了棺材，而且他开始同他们谈话。蒙儿黄皮裹了颧骨的面上，已现出红晕的颜色，他的两只犹噙有眼泪的眼，确已表现出疲乏来，就连在一旁用右手扶住他的李顺似乎也很吃累，不过不敢说出来。独有刚二既不害冷，也不见得烦累，只是很自然地交换着肩头在前面横了棺材走路。

老祖父这时从裤袋中装了一烟斗的碎烟，一手笼住破袄的袖口上的败絮，吸着烟气说：

"这便是老魏的福气了，待要安葬的时候，雪也止了，冷点，还怕什么。只要我们不死的，不装在匣子中的先给他收拾好了，我们算是尽过心，对得起人！"

久不做声的刚二也大声道："是呵！我早上还说老魏叔死的日子没拣过好的，现在想想这也难得。他老人家开了一辈子的笑口，死后安葬时没雪没风，也可算得称心了！我今天累死，甚至三年没有酒喝，也要表表心儿，替死人出点力！可是人生能有几次这样？"他说时平生第一次的泪痕在眼眶内慢慢地滚动，又慢慢地收回去。老祖父接着叹口气道："人，早晚还不是这样结果，像我们更不知是在那一天？老魏我与他自从二十余岁结邻居，他三十多年的光阴，作过挑夫，茶役，卖面条，清道夫，烈日的熏蒸，冷风的逼迫，他那有一天停住手脚……有几个钱就同大家喝一壶白烧，几片烧肉，这是这样过活，不但没有家室，就连冬夏的衣服，也没曾穿过一件整齐的。现在很安稳的死去，他一生没有累事倒也算了，不过就是有这个无依靠的蒙儿。咳！咳！我眼见过多少人的死，殡葬，却再也没有他这么平安而又无累无挂地走了。我们还觉得大不了，其实他在暗中还许笑着我们替他忙呢！"

坚定沉着的刚二急急地说："我看得棺材里装着死人，一具一具的抬入，一具一具的抬出，总算不了一回事。就是我们吃这碗饭的也看惯了，如同泥瓦匠的天天搬运砖料一样。孝子们在白布打成的罩篷下，像回事的低头走着，点了胭脂却穿着白衣如同去赛会的女子们坐在送葬的马车里东望西望，在我们看来，太不足奇！不过……老魏这等不声不响地死，我反而觉得了，自从昨夜晚上心里似乎有点事了！老爹，你说不有点奇怪！"

老祖父从涩哑的喉咙中哼了一声，没说出话来。冬日的旷野中的黄昏，沉静而带有死气。城外的雪一些也没有融化过，白皓皓地挂遍了寒林，土山，微露麦芽的田地。天空中若有灰翅的云影来回移动，除此外更没有些生动的景象了。他们在一角的陂陀下面的乱坟丛中，各人尽力的用带来的铁锹掘开冰冻的土壤。老祖父蹲在一坐小坟头的上面吸着旱烟作监工人，而蒙儿斜靠在已停放下的白木棺材上无聊地用指画木上的细纹。

简单的葬仪就这样完结，在朦胧的黄昏中白木棺材去了麻绳埋入土坑里面，他们一面时时用热气呵着手，一面不停地工作，直至将棺材用坚硬的土块盖得很严密的时候，便不约而同地嘘了一口气。蒙儿只有呆呆地立着，被冷气的包围直使他不住地抖颤。眼泪早已在眶里冻干了，老祖父还是不住地用大烟斗轻轻地扣打着棺材上面的新土，仿佛在那里想什么心事。刚二却忙得很，他方做完这个工作，便从腰里掏出一卷粗装的烧纸，借了老祖父烟斗的余火燃着起来力微的火光，不多时便也熄了。而最近的树木上的干枝又被晚风吹动，飒飒刷刷如同呻吟着低语。

他们回路的时候轻松得多了，然而脚步却越发迟缓起来，大家总觉得回时的一行列，不是来时的一行列了！心中都有点茫然，一路上没有一个人能说什么话。但在雪地上的暗影中，他们离此无边的旷野愈远，忽地催睛的北风吹得更利害了，干枯的碎叶，吹散的雪花，都追迹向他们逐去，仿佛来伴这回路的一行列的沉寂。

"搅天风雪梦牢骚"

　　"景武，你真能戒断了？这个稀奇呀！好事，有见识！年轻轻的吃这个干么？"一个四十六七岁的医生躺在铺了青羊皮褥的大床右侧，他那粗糙的右手正斜把着一杆湘妃竹的鸦片烟枪，一口烟方吸了一半，他便从青烟迷漫中向对面躺着的少年说了这几句。

　　对面的少年满脸青苍的皮色，高颧骨，大而无定力的眼睛，瘦削的双颊。这时右手伸向身后，正在摸抚着一件东西，左手的小指置在唇边，仿佛在用思想的神气。听医生说出这两句话，便把左手向羊皮上放下道："子荷，你会不信？他妈的！我从今年立志不吃！吃药已经呵……三个月了，咱不再吃了。但我这是第二次戒。上一次在城里戒着犯了，……你知道真吃不起！"

　　"哈哈！不想景爷还能说这样话，可真不容易，到底有些进步。"另一位坐在方桌前面、正在用墨笔圈点温习经纬的先生，是景武的族兄。他快近六十岁了，为操持家计的劳苦，使他早蓄的胡子变成花白，更时时现出庄重的样子。

　　先说话的那位陈子荷医生，这时已将那半口鸦片对着高座灯一气吸下去，便在床上盘腿坐起，又将烟盘前的旱烟杆拿着，在空中挥舞。"'过而能改'！景武年纪还轻，应该一力戒绝，也好做点事业。像我们不成了，脑子坏了！一辈子也没什么大希望，是不是？萧然，你说呢？可是我过了今年还想戒，真的……'回头是岸'呵！"一段话还未完全说明，他早已装了一筒旱烟，嘶的一声把新兴的保险火柴划着，于是空中的白烟又从他的唇间吐出。

萧然放下笔，回过头来道："你吗？我想，不作医生便可不吃烟，还当医生就永远不能戒绝。现在到哪里去愁这个？吃！只要大爷有钱，再不，有人供给现成。哪里也是一样，就是景武能戒也不容易，或者近来手头不像从前那么阔的缘故吧？"

景武猛然也坐了起来，右手仍然向身后摸着，用他那亢躁而微吃的口音答道："对啦，穷得很！算了，过年时还向二哥……这里借了米、麦，方得混过去，现在赊着吃。管他的！粮米存在囤里，封了，不准动，能喝风吗？我又没处来钱！"他说时并不是深沉地愤恨，只是嬉笑地诅怨。景武二十五岁的日月全是这样的平凡过去，全赖在这一点的兴味上过去。所以他虽然是赌、色伤身，却除了瘦，与眼睛时起红翳之外，精神上却比平常人都爽快得多。因为他根本上是忘天者，——说乐天也许不对，他不知有什么忧虑与预计的心思。他也不容易与人反抗。他所好的是赌，无论何等赌法他都很精巧；再便是看或评论年轻的女人；再便是骂阵——粗俗的、猥亵的、强烈的互骂；尤其奇怪的是"吃"了，他胃口强健得很，可以吃与他年龄相等的少年们两个人的食量，尤其能吃荤腥鲜腻的东西，可也能空口吃馒头，没有一点肴蔬。总之他是一个没一点芥蒂存在胸中，又一点打算没有的人——也可说是一个无辨别力、无持久性、无一点坚强意志的、好乱玩乱跑的大孩子。但环境已把他引诱到堕落的渊中去了。所以每每有人说他是无心人，是头号的好人，虽然也犯恶他那种狂嫖滥赌的脾气与欠累下的债务。

凡是景武的历史与其性行，他那位族兄萧然知道的顶顶清楚。当他坐起来述说的时候，萧然又把他的已往的事如记熟书一样的记起来了。所以便接着说："景武，你本来这几年造作的太厉害了，伯母为你分了家，还了债务，好容易才把上一段弥补过去，听说你后来又拖欠下几千元？你绝不愁，她老人家替你封闭米粮屋子，也许借此警戒警戒你。如今这等世道，你再不知收束，怎么得了？……你现在听说好得多了，果然第一层能戒了鸦片比什么都好！……"萧然恳切地拿出长兄的态度在劝诫了，"老陈，你说不是？你知道的，你虽然学医学得更不长进了，还究竟同我一样的吃过几年的苦头。……"

景武吸了一支"哈德门"香烟，无力地叹了口气，随时嘴角与两腮上现出了自然的笑容，却没有话说。陈医生把铜边的长圆形眼镜戴上，又取下来，用蓝洋布的外袍小襟擦擦，重新戴上。望望景武，又歪向左边，仿佛在相看他的面貌，景武笑着叱道：

"……你怎么……不认得我了？"

"不，我看你还有三十年的好运！"医生颜色故意地庄重。

"老陈，真有些'三教九流'，什么好运？"萧然趁势把抹有银朱的毛笔插在笔筒里面。桃花运、老爷运！还有游手玩耍运！至少三十年。嘴角下垂而内苞不露，财日角高起，必多良妻，有呢。"

飕的一声，一件明亮铁器从景武的身后亮出，一根圆细的杆子正对准陈医生的胸部。景武也蹲伏起来作出要射击的姿势。这不意的惊吓使医生骤然没了知觉似地向右侧一歪，身子即时滚下地去，袖子扑在铜制的痰盂上，一盂脏水泼了满地。而景武以战胜者的态度，便立在桌上把一把十粒连响的盒子枪高高举在空中。除了被跌倒的陈医生之外，满是狂笑的声音。萧然笑着，从痰水的上面将陈医生扶起。

景武拍着手枪的保险机，发出粗犷的讥笑声，喝道："叫你怕不怕……这一样……啊！没有顶门子呢。你真是老古董，这就吓下去了！哈哈哈……"陈医生打抹着两袖上的灰土的渍痕，微愠地说："你这个人本无道理！什么东西好终天拿在手里闹玩笑，设若走了火伤人呢？我真教你吓坏了！咱下次不再给你的二夫人看脉去了！"原来陈医生近来常常到景武的别院里给他的姨太太诊治小产后的虚怯症。

景武又嬉笑着道："看不看要什么紧！死一个省事一个，咱不管这些。"说这话时声音却是有点勉强。

"说嘴可以，若是二夫人见了埋怨一阵，又闹、又哭，看你是一句话没有，成了糖化的了。谁不知道武爷的本领……"陈医生重上了床，把烟灯剔亮，同时用半黑的铜针将小象牙盒内的烟膏挑起。

"咦，你什么知道！好怕老婆有饭吃！"景武忸怩地自嘲了。萧然方出去喊了一个半披着旧羊皮大袄、扎条青绸围巾的老仆人进来，迟钝地把地上的痰水打扫好。他们又把话头扯到女人身上去了，萧然拈着胡子走来走去道："老陈，你那趣事多呢，你这位续婚的夫人，你多早曾忘过她的功德？你忘了上年在椒村同我天天说起？厉害，还得好好的侍奉……你说人呢！自己前室的儿子都各分出去，只同夫人一起住。"

"这正是一个旧制的新家庭。他们大了，娶妻，生了男女，我把土地分给他们；我呢，同家里吃这碗东跑西去的饭，对得住儿女吧？你说，萧然？"医生方将上烟，他又停下，正式地在讨论家庭与社会问题了。

"本来也不容易，在如今这样的时世里，不讲别的，吃碗饭不是容易的事！像我，七个孩子，三亩多地，又要人情来往，还得穿长衫，这怎么办？……小学教员我当不了，四五十个的小孩子，还得分这一级那一级，累烦煞人。一月十几元的薪水可以几个月的下欠，还不如在家里看着种地呢！譬如景武，这说正经话呢，你还是一味的哥儿脾气，哪知道人间的痛苦……"景武忍不住又要接着萧然的话开玩笑，却见茶色的棉门帘动了一动，一个十八九岁的乡村青年，穿了双黑毛猪皮的窝鞋走进来，便说几声："五叔安。陈先生……爹！我找了好多时候，七爷的小铺里、利顺药铺，与……才知道爹正在这边。今天'寨'上，我领了高脚张五去看咱的猪。吃了午饭，又跑回来，雪后路真难走，看看这两脚。"他说着便将猪毛鞋子抬起来，同时方砖铺的地上有了好几个泥水的鞋印。

萧然没说什么，陈医生却喜滋滋地在打招呼了，"成均坐坐，好冷的天气，你真能替你爹了，一早上跑来跑去的。"

"不是这镇上的高脚张五么？他在这大年底下买猪可不能太图便宜……"萧然从容地说。

"就是啊，我也是这样说，所以来同爹商议哩。咱那两只母猪从春天喂起，到现在他看了只给二百二十吊钱，多一个不出，还是卖不？"成均是个乡村中诚朴的少年，也曾在国民学校毕过业，高级呢，花费多，便停了学业，在家跟着萧然读点书。有时同他家的老长工往田里送肥料，割禾喂牛。

他这一清早踏着化雪走了六七里路。到这样求镇上来找猪贩子去看了猪，重行回来。

他说完这些话，把冻得红紫的双手抚摸着，在屋当中的火盆上烤。陈医生又吃了三口烟，双眼蒙眬地要午睡了，而左侧的景武也有了鼻息呼呼的声音，那一把连响的手枪还放在身旁，映着鸦片灯光放出纯钢的光亮。萧然用左手的长指甲剔着右手的指甲中的积垢，虽是似乎从容，从他那双眉上的皱纹中却显出他的踌躇和考虑了。他问成均道："北园你二弟压的春韭怎么样？风挡都打好了吗？""他自己打了一半多呢。今年还好，不大冷，隔过年还有二十天，想来年底'集'上可以卖短韭黄呢……我看没有甚'中头'……"

"'中头'是没有的，可也省得闲着没事干，反正他爱管活……这就好……"萧然说着，在面前似有一个坚壮短衣的青年，黑褐皮色，两只冻皴的手，挑着两柳篮鲜嫩韭黄。他在这刹那不禁想起自己二十岁时正背着小行李包走青州大道去应科考……不同了，一切都已改变。那时还想望着将来……或者至少中了乡试之后，还能……最小的也可作"训导"与"教谕"，虽是想而不得，都比现在的孩子们冒风犯雨以种菜卖猪为生的好。自然不同……他在晴窗之下回想着已往，对于当前的事更使他心烦了。

"尼弟，他能耐苦，整天的在园里做着工，除了来家吃两顿饭，夜里一个人在菜窖里睡。我想他害怕，叫他拿杆火枪去，他也不要……那究竟是在郊外，这将近过年的夜里……"成均这时得了暖气，脸上红红地说。

"还有去偷菜的？"

"年景坏了，难说不有！张邻家一只小黄牛夜里便被坏人牵去。"成均这句话很有力量，似乎给萧然提起了什么心事。他立刻想起家中的小牛，与卖而未成的猪。还有惟一的用具"木车"，再则东小园北屋子中的几架子旧书。于是他站起来，决然地道：

"走吧，我同你回去看看，过一半天再来这里。"

成均摸着脸没说什么，萧然便忙着扎腰，戴上旧绒线织成的厚暖帽，提起每天不离身的黄铜水烟袋。看看床上那一对烟人都不约而同地入梦了，走到门前，提高喉咙把那收拾痰盂的老人唤过来。

"你说：我有事家去了，过两天就来。好在太太吃这几天陈先生的药方，不碍事的。你同少爷说，不用他出来了。就是，就是……"老人弯着腰方要说话，萧然却匆匆地微俯了前肩冒着风霜，领了成均出去了。

床上的灯还一跳一跳地明着，陈医生与景武各在做着他们的甜梦。冷风吹着郊原中枯萎的草根，风是那么的尖劲，河堤上的干柳枝轧轧地似在唱着哀歌。三个五个的冻雀也不大高鸣，只是拢起翅膀互相偎并着，向着西斜的阳光。虽是雪后的四五天了，低洼的道上还满是滑泥，而向阳处却较为干硬。满野的麦田多在湿泥下低着柔软的头，无抵抗地听着长空的吼声。

萧然走在他那儿子的后面，觉得脖颈上的衣领似是短了许多，尖冷的风从衣领上刺入，同时觉得脚下也有点麻木，虽然他还穿了硕大的毡鞋。他看着儿子矫健地在前面冒着风走去，且已来往两回了。这难禁他有"老大"的感伤。他在道中还断续着追念当日背着包裹步行二百里路，往府城赶考时的兴致——那不仅是兴致，也是少年的"能力"啊！他想：在六七月的烈日中奔路，一天可以赶上七八十里的长途，有时碰到坏的天气，还在雨水泥淖中走，这无碍，一样到了。以后"听点"、"背篮"、"做文字"，生书也忘不了。闲时还不住脚听戏，上云门山。考掉了也不是支持不住……如今让与他们了，差不多一转眼就是三十年！……由考童而中学堂、而单级养成所、区视学、私塾先生……小学教员，现在还成了乡村的医生。这条路自七八岁时走来回，哪一块土地、哪棵树木都认得十分清楚。已往的追寻，当前的生活，他岂仅觉得怅惘，直是联记起前年的自作："纵横老泪为家计，恍惚青春付逝波"的"叹老嗟卑"的句子来了。由祥求镇到他那小村子不过六七里远，中间沿着白狼河的支流沙堤上走一大段路。若在夏天，虽是晚上由那里经过，还可与纳凉的农人们相谈；现在只有河冰在薄黄的日光下，被风掠着叫作呻吟地叹息。沙子也似乎格外讨厌，踏在脚下，令人没一点温暖的感觉。萧然低头默诵着他的句子，忽然听见前面成均正在和人说话，他抬头看去，原来正是粮吏吴笑山。

"啊啊，萧然大爷，久违，久违！好冷的天，你不在家里看书，向哪里去来？生意好吧？"吴笑山见萧然走近，立刻离开了成均迎上来，面上堆了通常的微笑。

他有五十多岁，大黑胡子、青布马褂、灰色土布旧羊皮袍子，肩上背了一个大褡裢，左手里却提着一根粗而短的木棍。萧然不意骤然遇上了这么一个颠顸的人，打破了自己的回想。尤其是他那"生意好吧"恭维话，使得心中不舒！

"吴……你怎么？咱不是买卖人，什么生意不生意……你不用说，方从我们庄子里来，听说为这次'预征'又忙了……"萧然明知他有话要向自己说了，觉得还是自己先说吧，免得叫他开口，以为自己装门面。吴笑山的双颊格外起了些三角形的纹路，稀疏的眉头也蹙了起来，却故意地将萧然的有补口的袖子扯了扯，到一棵大柳树后面。似乎他的话恐怕被河岸上晶明的沙粒听去，也或者是向枯柳后取取暖气，使他的话不至冰人？

他仿佛恳切地说了："不瞒你说，真呢叫人跑断了腿。这种事情不是人干的，一年几回了，这用算吗？你大爷还有什么不知道，狗不是人，像我……

我辞了几回了，本官偏一个字的'催'，这碗饭才不能吃呢……这一次十元的'预征'快误期了，上面的电报已经来了三次，委员来到县里都是拍着桌子问县长要……苦了我们的腿！多的地方有兵队带了原差按门坐催，可是还有小户呢。倒霉！我们火急地到各乡下去'催'，不来的，只好我们'取钱'先垫。啊呀！'取钱'在这年头简直遇着鬼，四分五分的月利是平常事。苦不苦？我们耽多少干系？大爷，谁不知道谁？家中过这样的日子，谁有余钱？你那庄子我垫交了七百多元！咱……"萧然勉强似表同情地也皱皱眉头。

"咱更说不了……你那宅上还能欠的下？但急了，我已经先垫上了，三两六钱五差不多了！……好说！……碰得也巧，咱比别家不同，每年的交谊，年前后还我不晚。——也不过就是这些日子，特为告诉一声呢！……你！"催粮吏说完之后，又照例地向四下里望了望，却转过话头来向站在一边的成均道："不冷么？到家可得多喝两杯烧酒。……"

萧然没的说，末后只有"费心"两个字，嗫嚅地送到清冷的空气中去。他同儿子一直看吴笑山向自己来的路上走远了，方转那一片疏林的左角，到自己的庄子上去。

乡村中安睡的早，萧然同他的妻与七个儿子吃过粥饭、豆腐、番薯之后，又把借的庄子里公共看守的一支火枪检点了子药，看明了火门，并一个油漆葫芦——盛药用的，都十分小心地交给他的二儿子，带到庄外的菜园去了。以后又吩咐了成均与他十八岁的三弟夜中换班起来喂猪，看门。看着蓬头的妻抱了几岁的小儿子到里间的暖炕上先睡去了，自己站在土打的外间地上，捻着胡子走来走去，似乎把所有的心事都同"立宪"一般立好了章程，还对着土壁上挂的一盏薄铁做成的煤油灯出神。因为灯上没有玻璃罩子，一缕黑烟熏得墙上木板的彩画黑了一半，却还看得出黄天霸的眉毛与手脚在灯烟底下耀武。密棂窗外的北风呼呼地吹着，他想"今夜的水瓮又要结很深的冰了"。

忽然他又记起一桩事，便开门向东院走去。

那是不满十米平面的一所小园，北面的三间茅屋占了一半地方，其余靠南墙下便是牛棚了，一株大枣树在黑夜中矗立着，发出粗涩的叹声。一块大青石在树下面——在夏天这正是他们一家的乘凉地方。他立在牛棚前面，仿佛在静听什么，然而只有牛舌在嚼刍的迟缓声音，外面冷静得很，连好吠的犬也不出声。于是他便把北屋的外门开了，把着腰中的火柴，燃着了白木桌上的矮座煤油灯，虽然满了尘土，却是有玻璃罩的，屋中便骤然明亮了。

一大旧木几的线装破套书，差不多堆到屋顶。外间挂的没有装裱过的几幅墨笔山水，污旧的十分厉害，烟煤尘灰一层层罩在上面。他端了灯到无门的里间里去，席床、木案，还有朱墨的破砚、几支大小毛笔。虽然是茅舍土墙，然而这却是他最觉适意的地方。他坐下，冷气冰得双脚难过，从硬的土层里仿佛冒出"鬼手"。他又立起来把自己的医书检点一回，看看红木匣里多年习刻的印章还是如旧的排在里面，并没丢失。他满意了，对于成均在镇上所说的话无所介意了。久已不动的一盒干印泥，他从白木案抽屉中取出，便把几年前刻的印章选了一块，呵着手指蘸了又蘸，从席床上取过一本《医宗金鉴》，即把印章齐整地印在封面上。印泥的颜色虽是黄些、干些，但在煤油灯的圆影下很分明的是印着"搅天风雪梦牢骚"的七个朱文细篆。那"搅"字特别刻得好，他想他这时把白天听儿子话起的心事变成自己艺术的欣赏了。

夜是这样的长，风还不息，窗前枣树的干枝响得分外吓人。他迟疑了半晌，冷得手都发颤，又没事办，便吹灭灯，带了这本《医宗金鉴》重复经过牛棚前面，回到同妻与一群小孩子睡的屋子中去。因为他想风吹的冬夜里靠着枕头看书，是有深沉趣味的，虽则书不须看，又不忙着看。也或者是所谓"结习"了，然而他想到"结习"二字，便又诅恨着"儒冠误我"！

妻子的鼾声并不使他厌恶，然而他拿着"搅天风雪梦牢骚"的《医宗金鉴》，却看不下几个字去。老陈的烟与烧酒的快乐，红眼睛与烧烟的姿势，景武的无知，明亮的铁器形，……吴笑山的话，……二百二十吊不卖的两个猪从春初喂起，这是一年的最后孤注了！……他哪能看得下《医宗金鉴》，一口深深的气从胸口吐出，蒙眬中是"三两六钱五"换成的银元，白亮耀眼。同时，两个肥笨的猪鬃黑得可爱。它们跳舞起来了，被风雪吹得交混了，分不出白与黑。

三天以后，还是萧然与陈医生、景武，在景武的堂兄家中相会了。景武的堂兄一云从远处跑回家来几个月侍候、医治他母亲的肺病和肝病。现在不能下床了，只是手足抽搐，肺张痰喘。一云终天忧愁从左近地方请些有名的中医来。病总是有增无退。萧然是他请来陪医生的，因为萧然懂得医理，可以诊脉，料理汤药，景武也常来陪着陈医生谈天。

这天一云特为给陈医生饯行，因为他要回家，其实呢，也是看病重，有些"知难而退"了。微雪后的黄昏，地上像铺了一层薄白绒的毯子。在一云的客屋里，当中点着一盏白瓷罩的铜质灯，空中悬着，温明的光映照一室。还是那穿羊皮袄的老人来回端着几样菜放在圆桌上，桌前有盆炭火，炖着一大壶莲花白酒。陈医生今晚上要居心多喝酒，然而却不能豪爽地饮下，似乎心里究竟有些不痛快，还不住的与萧然讨论着什么"萎仁蒌白汤"与"黑锡丹"类治痰喘的中药治法。然而有些勉强了，萧然也只是摇头不语，——为了在病家的缘故，这一场冬晚的酒会便不容易欢畅下去。

正端上了一大品锅清炖的猪与鸡肉，景武抢先吃了几筷子，却咂着舌头道："好鲜……这非使了好口蘑没有的。……"

"景武，对于吃上真可以，又能吃又有讲究。……"陈医生想换换谈话的题目。景武夹了一筷子的肉，听话便抬起头看了在座的人一眼道："人生有肉便当吃！一辈子容易得很，谁还能带些去？……"一云忍不住一阵心酸，便故意饮了一杯白酒。萧然叹口气才要说话，门外却有一个青年女子的呼声找一云家去。一云知道又在商问用药的事，便揭开风帘出去了。

萧然向景武道："老弟，你就是这样说话，也不管人听了难过不难过！……你只知滋味好吃，——你知道这肉多少钱一斤？"

景武嘻着笑脸道："你真傻，这也没什么相干。"

"我先干一杯，哎！"陈医生失败似的感慨，惟有勉强喝着闷酒。

"没什么相干？买肉的不难——也难说，可是卖猪的可真难过！你只会在家里打手枪，耍牌局，你知道这年下的滋味？横竖你家里的事都不用你操心，……"说到这里，萧然不禁想起他那两个可怜的猪来了。

"我的相面术何尝错来！"陈医生又呷了一大口酒。嗤的一声笑，景武咧了咧嘴角，一大片精肉又吞在喉下去了。

"那么你相我呢？"萧然无聊地问。

"实话！——你今年还有两个母猪的生利，可以过得'肥年'，不像我们这一无所有的。"陈医生也想到他自己的艰难。

"什么，谁知道谁？你不要开玩笑了。两个大的猪，不错，早已收在吴——粮吏的褡裢里去。'三两六钱五'的'预征'，十元一两，七吊五百文的一元钱不错！这一年的希望卖了！贱卖了！简直打了折扣，过年么？都空了，一切的预备都完了！……拿什么来还年底的欠账？……"萧然的遗恨都集到杯间来了。

"嘻嘻！老大哥真是书呆子，我就不管！人生吃得吃，喝得喝，管得了那些！好不好一颗子弹完了！——你不信我欠上上万的利钱，家中不管，我也不管。"这是景武的慷慨话，不是酒后也不容易听到。

陈医生同时郑重地感叹了，"这样的世道只好托身'渔樵'了！什么干不的！不就大将军，不就向荒江——'独钓寒江雪！'……"他说到末一字，便向帘外看着轻飘的雪花。

"我就不那么样！"景武已经停下乌木筷子了，"有便先打死两个出出气，土匪、官匪一个样，苦了乡下老实人！……"他居然把右臂弯了几弯，然而接着靠在圈椅上打了个深长的呵欠。

"正经话，你多早给我刻一方图章，我要叫'独钓叟'，……萧然？"陈医生说。

萧然因他说印章，便记起印在《医宗金鉴》上的"搅天风雪梦牢骚"的印文，——当夜的怪梦，第二天两个可怜的肥猪交到猪经纪手里去了。"焉知这猪的肉不已被吴笑山吃在肚里去，它那皮子已经在他那神行的脚下呢？"

饭已吃过，主人终没出来。雪又大了，陈医生揭起风帘看一看道："萧然！'岁云暮矣，风雪凄然！'看来我明天又不能走了，且自陪我做几天好梦吧。——又何必这样牢骚！……"他居然成了酒后的文雅诗人了。萧然站在微明的火盆旁边，并不答话，像还在想他那颗印章上的句子。

刀柄

　　一点风没有，飞舞的大雪花罩遍了冷冻的平地，正是义合铁匠铺燃旺了炉火迸击出四散火星，制造利器的好时间。这两间长宽各一丈见方红坑石砌成的老屋里，只听见煤炭在火炉中爆裂声；几只铁锤一闪一落地重打在铁砧上有节奏的应和声；以及铁锅里熔炼纯钢的沸腾声，铁器粗粗打成，从火里蘸到冷水时的特别音响。除此外，轻易听不到工作者的言语，似乎这隆冬的深夜只有铁与铁，铁与火，相触相打的急进音响，外面是雪花飞扬的世界，屋中却造着刺砍的兵刃。这是城东关著名的铁匠铺，门口永远挂着三叉形武器的铁招牌，不论昼夜，在黑的檐前跃着锐尖的威武。它是铺主人曾祖的特制器：那时，属于这城的乡村忽有狼灾，是从古旧的琅琊山下跑到平原来的饿狼群，幸得这铺主人的善使三股叉的祖宗将精铁打成多少锋利长叉，交付与乡村少年，救了那场稀有的兽灾。因此，这几个县里没有人不晓三叉铁匠铺的名气，反而把义合二字掩没了。经过七十多年的时光，独有旧门前这铁质招牌未曾损坏，虽然三个锐尖已变成小牛角般的钝角。

　　在所谓承平的时代，他们只造些锹，犁，叉，铲等农人保象的工具，与工人们用的斧，凿，锯，锛，再便是裁纸本的小刀与剪断绒的绣剪；这类书房与小姐们的法宝，然而用途广了，生意并不冷落。近十年来，真的，成为有威力的"铁器时代"了。他们的出品也随了近代"文明"的发展，什么一尺多长的矛头，几寸宽的长刀，给警备队与民团配置的刺刀，甚至于小攮子，也十分流行。所以这老铁铺的生意不惟不比从前衰落，反而天天增加他们的出品。虽然在各地方一切的农民，工人，都不大需要那些旧式粗蠢的工具，而书房用品与小姐们的法宝也早被外货与镍镀的东西代替了去。

支持祖业的独东吴大用从他父亲手里接过这份事业，过了二十个年头，全凭他的经验，他能捉住这时代的需要；更能从他的出品上十分改良以求不负"货真价值"的历代相传的铺规。他从有铁矿的地方整数拣运来的精铁，用他祖传的方术，绝不依赖化学知识能炼成纯钢，能一锤一锤在砧上打成质重锋利的杀人利器。左近地方凡是要预备厮杀的第一要事，便是定购三叉铁匠铺的枪，刀。只见整大车的铁块送来，成担的矛头，大刀送出他的门口比起卖吃食的杂货铺还要兴隆。所以他的工人加多了，身工也贵了，但是门口的招牌永远任凭它变成钝角，百跃的精钢变做炭色，总不换掉。因为纪念他祖业的由来，而且他从各类人的心理上明白久历时间旧招牌的重要。

在这一年将尽的冬夜，并非大都市的 C 城，各种商家因为没有黑天后的生意都早已关门安睡，独有这位六十岁的铁匠铺主人，还勤劳地督催伙计在做这有关人类生命的工作。沉默，沉默，火星迸射在打铁人的脸上，似乎并不觉得热灼，他们在充满热力的屋里多半赤背，围着厚布带漆的围裙，双手起落的闪影显出那些筋结突起的健臂。黑染的鼻，嘴，都带着笑容，足证这工作虽是劳苦并不使人躲懒。这"力"的生动与表现，若有一种隐秘的兴奋注入各个工作者的身心。孤零零地靠近郊野的铁匠铺，风雪长夜里，正制造着残暴的利器。雪花打在油纸窗上时作微响，从外面看来，洁白的大地上只射露出这一团灼热的光彩。

屋子是四大间通开的，当中两扇木条子矮门通着往主人的后院。这夜的轮班夜工，连学习的小徒弟一共八个。主人却坐在东北角的一张白木桌子后面，慢慢地执着大笔用粗手指拨动算盘。他那镇定地，不甚明亮的眼光时时落到屋子中央两个大火炉上。

在紧张工作中，正是铁锤连续不断地敲打时，不但听不见语声，他们也都习惯保持着一定的沉默。每过半点钟住下了铁锤的起落，全在用小小的敲，削，钩，炼，或做炼钢，戋火的工夫。他们便从容地谈着种种的有趣话。

"二月，你把这炉火通一通，你看，你不觉得热的喘不动气？……这回用不了大火使。"仿佛大把头的神气，约有五十岁开外的瘦子，戴了青线挂在耳旁的圆花眼镜，在炉边用小锤敲试一把匕首。

一个十四五岁的孩子，一边通着炉灰，一边从腰袋里抽出一条印花面巾擦抹胖脸上的汗珠。"落雪可不冷？……谁害冷，要到这里来学点活准保他一辈记着热！"孩子聪明而自嘲地说。

"怪不得今年掌柜的这里来荐人的不少，二月想得不错，真真有点鬼见识。……"是比二月大五六岁的一个健壮青年，穿着青布单裤，坐在东面炉边，吸着一支香烟悠然地答复。

"哼！你们这些家伙只会算计现在，忘了夏天来到一天要出几十身臭汗。"口音粗涩带着鼻塞重音，是正在修理小刀剪钢锋的赖大傻的话。戴圆花镜的老人抬头看了一看，"我说大傻子不傻了，你不信，听听他偏会找情理。"

即时满屋中起了一阵哄笑，仿佛借着赖大傻的谈话松动也松开了他们一天的辛劳。

店主人这时随同大众的笑语将右手中指与无名指间夹的毛笔轻轻一放，丢在木案上，发出沙哑的声音。"周二哥，你说现在的人谁是傻子？你放心，他也有眼，有耳朵，从前还可说是老实人，现在……哼！……就没有这回事。傻子不会生在这个年头里！"一屋里独有他还穿着东洋工厂织成的粗绒线紧袖内衣，青布棉裤，脚底下却趿着一双本地蒲鞋。他已将上胡留起，一撮尖劲的毛丛，配上赤褐色圆脸，浓浓的眉毛，凡是看过社戏的一见他的面就想起《盗御马》中的杨香五。周二哥是富有工作经验的，在这古旧铺子里常常居于导师地位而戴圆眼镜的老人。他凡事都保持一种缓和态度，思想常在平和与怜悯中间回旋不定。

因此他虽在少年工人的群中，因为年纪知识，得到相当敬礼，然而背后却也受他们不少的嘲笑。他以吃份的资格老，在这火光铁声的地方，就是吴大用也须不时向他请教。所以这时吴大用便用平等口吻同他谈。周老头听见主人高兴的评判话后，却兀自没停手，还微微皱起疏苍的眉头答道："话不是那般说，我看来是人便有三分傻！'有限，有鼻子，傻来傻去无日子。'张口吃饭不就是糊涂么？一辈子还是打不完的计算，到头来谁曾带些到棺材瓢子里去？"他老是带着感慨的厌世口气。

这一套话不但赖大傻与小二月配不上对答，那些吃烟巧嘴的人也不见得很明了，还是主人张开口哈哈地笑道：

"周二哥，人越老越看得开。"他迅速地将火柴划着一根，吸了口香烟。

有点大会中主席的神气。"不装傻子实在也混不到黄的金，白的银。谁送到门上来？我说，谁都不傻，也是谁会装傻呀。讲'装'可不容易，没有本事只好等人家去喂你？"

他的话还没完，蹲在炉旁的壮健青年便骄矜地搀言："我看掌柜的不装傻，又不傻，然而咱这铺子里生意多好，还不是人家将大把的洋钱送到门上？我可是爱说话，我想……"

主人家的权谋，向来便得伙计们赞成，他绝不用对待学徒的严厉手段，所以伙计们可以自由谈话，工作也十分尽心。他——主人，侧着头，口角松弛地下垂，截住这青年的话："好！你想怎么样？试试你的见识？……"

"我想是掌柜的本事，大家的运气。……"主人浓黑的眉毛顿时松开，显见得这句话多少打中了他心坎上的痒处。圆眼镜老人没有立时说话，执定锉子，在大煤油灯下细琢细磨地修整一把精巧的小刀。过了两分钟，他低低地叹口气"本事？……命运？……你还忘了一点。……"

"什么？"壮健的青年仿佛一个善辩的学生，不意地受到了老师的提问。老人抬起头来没来得及回答，忽听得窗外有人在掸落身上雪花的"扑扑"声，即时用力地敲着裹了镶铁叶的前门。意外的静夜打门，使得全屋子人都跳起来。主人骤然从桌旁掇过一根短短的铁棒，镇定地喊问是谁？别人却惊骇着互相瞪眼。

"快一点！……是找吴掌柜的。……"这声音很高亢，急切，显见得是熟人了。主人听了后面的三个字音，把铁棒丢在地上，立刻便将脸上紧张的筋肉弛落下来，变成和易的笑容。走到门边，一面拔开粗木闩，一面道："我说没有别个，这时候还在街上闲逛不是筋疙瘩，还是……"

门开处，闪进来一个一脸红肿粉刺的厚皮汉子，斜披着粗布制成的雨衣，却带上竹笠，穿着草鞋。一进门便是跺着双脚的声响，门内印上了一大堆泥水。

"好冷！……这地方真暖和呀！你们会乐。我忘记了带两瓶东池子的二锅头来咱们喝喝。……"他说着，雨衣撂在木凳上，将腰里挂着的一口宽鞘子大刀也摘下来丢在雨衣上面。

顿时起了一阵寒暄的笑语，主人便掇过矮凳让大汉坐下，命二月拿香烟，自己从草囤子的茶壶中倒出了一杯艳艳的红汁放在矮凳脚下，别的伙计们又纷纷地执着各人的工具开始工作，而圆眼镜老人到这时才起来伸了一个懒腰，笑着与来客点点头，将手中的东西丢下，也斟一杯茶在一旁喝着，精细地端详这雪夜中的壮汉。

突来的汉子将青粗布制服的外衣双袖捋上去，真的，在肘部已露出聚结的青筋，与红根汗毛。他这时早已将门外的寒威打退了，端起茶杯道："官事不自由，这大雪天里还下乡去打了两天的仗，这不是净找开心？……你说？"

"啊啊！我仿佛也听见说局子里派了兄弟们到石峪一带去，没想到老弟也辛苦一趟，怪不得几天没有看见。"主人斜坐在大木墩上回答着。

"前天半夜五更起了'黑票'，吴掌柜的，谁知道为什么？管这些事，大惊小怪，足足将城中局子的人赶了一半去。第二天呀，就是昨儿个，人家冒烟的时节到了，啊呀！你猜怎么样？好！……有他妈十来个山庄的红枪会在那儿操练。……不大明白。我们的队长，就是独眼老子，他先带了五六个兄弟去问他们要人，……""要什么人？"

"说起真有点古董。原来是替第……军催饷的副官要人。……"

"哪里来的副官？……你把话说明白点。"主人在城中也是一个十字街头说新闻的能手，但对于这新发生的事却完全不懂。

筋疙瘩一口气将一杯热茶喝下，急急地道："什么副官！咱这里不是老固管领的地面么？大队没到，先锋却早下马了。没有别的，一个急字令要！要！要！要！柴、米、谷、麦、牲口、大洋元，县上一时办不及，——数目太多，他可带了护兵，领了差役，亲身到四乡坐催：简断截说，这么一来，碰在硬尖上了。那石峪一带几十个红枪会庄子不好惹的，向来是有点专门与兵大爷作对，这一来也不知那位副爷到那边怎么同人家抓破了脸，一上手几支枪打死了两个乡大哥，还伤了一位小姑娘。结局，反被人家将他带去的差人，护兵，扣下一大半，他下了跪，听说亏得出来三个乡老与红会里说和，算有体面，把他放回来。……我想想，这是前天黑夜里的事。"

戴圆眼镜的老人执着空茶杯悠然地道："不用提，于是你这伙又有财发了。"

"周大爷真会说现成话，说起来在这年头，谁不想发财？还是发横财呀。可是不大好办，不错，那吃大烟的副官到了县政府几乎没把桌子拍碎，一声令下，不管县长的请求与人家的劝解，昨儿一早便强带着我们去要人。"

"他真是劣种! 自己再不敢上前, 还是我们的队长先去交涉, 人家正在分诉, 那劣种他看见这庄子上只有二百左右的红会, 便放了胆, 先打过十几响手枪去, 你猜怎么样? 那些一个个怒瞪起红眼睛扎了红兜肚的小伙子。一卷风地将大刀长枪横杀过来。这怪谁呢? ……"他说到这里, 故意地作了一个疑问, 用棉衣袖揩抹额上的汗珠。正是一个卖关子的说书, 一时全屋子的工人自然都将手里的器具停住, 十几个眼睛很关切地望着这身经血战的勇士出神。

"那不用提, 你们便大胜而归? ……"主人道。

"好容易! ……那时我们跑也跑不掉, 而且那副官, 那队长, 在后面喊着'开火! ''放呀! '的口令, 一时间几百支长枪在小丘子上, 山谷口的树林左近全开了火, 自然啦, 他们是仗的人多, 这次却没来得及下'转牌'。竹叶枪与大砍刀没有打得过我们, ……完了。其实我们也伤了五十几个……他们那股儿凶劲真有一手! "

"你呢? "主人像很关切。

"哈哈, 不瞒你们说, 我还不傻, 犯得着去卖死力气! 我跑到一块大青石后面放空枪, ……事情完了一半, 活捉了十五个红小子, 一把火烧个精光。天还没到午刻, 上急的跑到离城十里的大镇上去休息了半天。听说那边聚集了几千人开过大会, 这才冒着雪将人犯带回来。……"

"怕不来攻城? ……"老人断定的口气。

"攻城? 还怕劫狱呢! 反正事情闹大反了。午后那个坏东西打了个电报与他的军长, 已经接了回电, 先将活捉的人犯就地正法! ……"

"十五个呢! ……"忽然那位作细活的赖大傻大瞪着眼突出了这一句。主人向他看了看道: "用你多什么嘴。"赖大傻便不言语。

"这还不奇。……"筋疙瘩这时已将衣襟解开, 望着炽热的炉火道: "偏偏点了我们五个人的好差事, 是到明天做砍头的刽子手! ……这倒霉不? ……"

"……明天? ……"全屋中的工人在嘴角上都叫出这两个字来。筋疙瘩回身将木凳上青布缠包的宽背大刀拿过来, 慢慢将缠布解开, 映着灯颠弄着那明光闪闪的刀背道: "冤有头, 债有主! 谁教吃了这口饭, 点着你待怎么样? 吴大哥, 我就是为这件事情特意来的。我在那边开火后拾得这把大刀, 说不的我明天就得借重它了。我从前只不过枪毙了一个土匪，还是打不准，这一次辞也辞不了，他以为我有点儿凶相便能杀人。若再辞便受处分！可是我如果这么办，先要痛快！反正我不杀他，他也一样受别的人收拾，不如你腾点工夫替我把这口刀修的愈快愈好！还是他们的东西，叫他们马上死去，也可以表示出我这点好心！……"他的话受了激动说不十分圆满，虽是著名的粗猛汉子在这时反像有些畏缩了。店主人骤然听明这一切消息之后，他老于经历的心上顿时起了一层不安的波澜，近年以来城外沙滩上的正法事件他知道的不少，却曾没有去看过。

对于这来客的复杂心理这时也不暇作理会。他惟一的忧虑还恐怕一两天内红枪会聚起大队要来围城报复，生意怕要暂时闭门，还不定何结局。他吸尽了一支香烟尾巴，似乎不觉烧痛，还夹在二指中间，呆呆地面对着来客手上横拿的大刀没有回答。

而圆眼镜的老人这时在他枯瘦的脸上并没略显惊奇之色，他抬了抬眼皮，向四围看看伙计们都愣愣地立着，又迅速地将眼光落到主人呆想的脸上。便弯过腰去，从客人的右手中接过那把分量很沉的大刀。略略反正地看了看道："这是一定啊，非修理不可。刀不旧，上面的血迹却盖了一层锈，你放心，我来成就你的这份善心！恰好今夜里活不多。大用，你说对不？……"

"……是……是呀，周二哥的意思与我一样。"主人这时也凑到老人面前将刀接在手里。他本无意去细看，但明明的灯光下，却一眼看到刀锋的中间有很细的换补过钢锋的细痕，镶在紫斑的血片之下。这在他人是不会留意的，然而他一看到这里，脸上现出奇诧与骇怖的神色！执刀的手在暗影下微微抖颤。即时，如同避忌似的将它放在靠墙的隔板上，顿了顿道："活是忙，但分……谁的东西呀。"

"东西么，可不是我的。……"筋疙瘩惨笑了一声，"哈哈！说不定还是他们十五个里一个的法宝？像这种刀他们会里能使得好的叫做大刀队，没有多少人。排枪就近打中的也是这一大队上的人多。咳！吴掌柜的，这种杀人的勾当我干够了！谁来谁是大头子，谁调遣，临时逃脱，连当初入队时的保人还得拿问。风里雨里，杀人放枪，为几块钱拼上命？若到乡间去被大家的仇人捉到，不是腰铡，便是剖心，这是玩么！这年头杀个把人还不如宰只鸡来得值钱。……不错，我当初不是为养活老娘我早溜了，可待怎么样？一指地没有，做工上那里去做？找地方担土锄地也没有要得起人的。……老娘今年也终究西归了！我就想着另作打算，顾着一身一口，老是拿不出主意来。凭空里又出了这个岔子！……"他粗暴的形态中潜藏的直率的真性，被火光刀影与两天的血战经验全引出来。说话时，圆瞪的眼眶里仿佛含了一包痛泪。

全屋子里只有很迟缓很断续的打铁声，似乎都被这新鲜奇怪的故事把各人的心劲弛缓了。把他们的预想引到了另一个世界。戴圆眼镜的老人回顾着那把在暗影下光芒作作的宽刀似有所思，静默不语。

善于言谈的主人，一片心早被现在的疑思，未来的恐怖弄得七上八下突突地跳动。

因此，这粗豪大汉的话一时竟没人回答。还是圆眼镜老人回过脸来道："力老大，你倒有见识，走开吧！不要常在这里头混。……等我做了智多星，一定收你做个黑旋风道童。"除了学徒二月之外，工人们都在城中乡镇的集期，从前的农场上，月光下，听过说《水浒》的鼓词。他们都记得很清楚，所以一听老人这句俏皮话不禁将眼光一齐落在清瘦的老人与满面粉刺的筋疙瘩面上，即时，他们在意念中将盲先生口上形容的假扮走江湖的吴用，与梳了双丫髻的李逵活现出来，都将沉闷的容态变成微笑。

"谢谢你，老师傅。……"筋疙瘩将雨衣掖在左臂之下，"早晚我一定这么办。……我得好好睡觉，天明便来取刀。……心里烦得很，睡不着，回到局子里喝白干去。……"他沉郁地披上雨衣，也不作别，如一条大狼似的冲出门去。

"走啊。"主人在后面关起门来，他那高大的身影早隐埋在洁白的雪花下了。早上天气过于冷了，雪已不落，冰冻在街道上也有一寸多厚。铺子里在冬天清早不做大活的，只是修理与磨刮这些零碎事。因此周二哥也没有来，只有些年轻的伙计在作房里乱闹，吴大用不知为了什么一夜没得安睡，从东方刚发白的时候，喝得酒气薰人的筋疙瘩一歪一步地走来，将周二哥给他重新锻过修过的大刀取去后，吴大用披着老羊皮袄便抽身回来躺在作房后面里间的土炕上，将一盏高座烟灯点起来，开始他照例的工作。吴大用年轻时连支香烟都不曾衔上口，后来生意好了，却也将吃鸦片学会。不过他并不是因嗜好而忘了生意的懒人，他是借着这微明的灯光来做他的生意上的考虑。他更有一种特别的习惯便是晚饭以后不但鸦片不吸，反而努力算账。他懂得夜中吸烟早上晏起的道理，便一定在大早上慢慢地吹吸作他一天生活的兴奋剂。所以他一早起来，耽误不了他的事业。这时花纸糊的屋子中青砖地上烘着一份博山瓷盆的炭火，他侧身躺在獾皮小褥子上，方在用两手团弄那黑色的苦汁。这个小屋子是他的上宾招待室，是他个人的游息地，除掉妻子与周二哥都不能轻易进来。有时队长与乡下的会长团长们来拉买卖，这小屋子便热闹起来。

他已经急急地吸下一大口去补救夜来失眠的疲惫，但，第二口老在他手尖上团弄，却老烧不成。因为在困烦时他正寻思着那青筋大汉，那口宽刃大刀，以及那刀的主人。

他记起了筋疙瘩今早提刀在手出门时怪声怪气的话："好热闹，……看我当场出彩！……掌柜，……别忘了十点二刻！……"他说这些话似已失了常态，手里执着刀几乎狂舞起来。大用一直目送他转过街口。这时在花布枕头上又听到了筋疙瘩的语声。"不错！……正是那把刀！夜里一见就对。四月初五交的货算来一年半了。石峪中贾家寨那老头同他那白生生的孩子亲来取去的，八十把里这一把特别的家伙。……他们这些小子早忘了，年轻的人也不知留心。那把刀背上有个深镂的'石'字。……那把刀特别宽，钢锋是加双料的，还有那异常精亮的白铜把！……是云铜把，贾乡绅将他祖上做官时带回来的云铜大面盆打碎了一片交过来嘱咐给他儿子铸成崭新的刀把啊。这事是我一人经手，独有周老头动过手化过铜……看样子他也忘了？幸而精细，还能看得出这上好白铜的成色。……"

他在片断地回念一年半以前的一幕，那带着白辫的老乡绅，那二十多岁自小习武打拳的他的大儿，都在眼前现出。嗤的一声，一滴黑汁滚在灯焰上将一点的明光湮灭了，他赶快再用火柴点好，将钢签子在牛角盒里又蘸了蘸。"记得一点不差，那把是莲花托子的，是精细老乡绅出的样式。……可惜当时专打这托子的人早到别处去了。……他一定认得。……怪不得这小子昨夜里不住口称赞这刀把的精工，他们真弄不来，恐怕这样细工的买卖不会再有。……再有么？如果今天这十五个人当中没那老头子的大儿？……"他迷惑地想到这里，骤然全身打了一个冷噤！把皮袄的大襟往皮褥子上掖了一掖。

他吐了一口深气，仿佛将一切遗忘似的，急急地又吸了一口没烧好的烟，呛得干咳了一阵。便将竹枪放下，一手无力地执着钢签闭闭双目，又重在脑子里作纷乱的推测。

"那把刀除却他没人能用，太重，太好，他会与别人用？他，自从这东西打成之后听说刻不离身。……不知与匪人战过多少次。……那老头子太古怪，他将田地分与大家，却费尽心力教那些无知的肉蛋练武与土匪作对。……几年来也没见他们几十个庄子上出事。他有时进城还着实称赞三叉店中的刀枪真好用。……这回，天运是把刀借与人家？不会！不会！没有的事！我真呆，怎么昨天晚上没细细探问捉的是那些人。……那蠢东西也够不上知道吧？……又大又重的刀，云铜刀把，一些不错，如果是老头子的大儿？……"

他觉得眼前发黑，几乎要从炕上滚下来。"不至于吧，丢了刀的未必会被捉。况且那孩子一身会纵会跳的本事，……"想到这里，觉得宽解好多，恍惚间那盏没有许多油的烟灯已变成了一个光明的火轮。

"他的刀，……这三叉铺子里的手打成的……，又修理得那么快，落到筋大汉有力的手中，受伤的头滚在地上，鲜血地泉般直冒！……如果，"恰好桌上的木框里呆睁着两个大眼的自鸣钟当当地敲了一阵。他不愿想"如果"以下的结论，好像吃了壮药，轻快地翻身跳下床来，恐怕耳朵不好用，然而近前看，双眼怪物的短针，正在十二点上，顺眼看到那下面的6字。即时觉得里衣都冷冰冰粘住了。

"吃饭，吃饭回去顺道看杀人的去！……"这是作屋中二月那孩子的欢叫声，他愣了愣，一口吹灭了烟灯。向后窗喊了一个字，意思是喊他正在烧饭的妻，也来不及听她应声，紧紧黑绉绸扎腰，从作屋里快快地冲出去，并没看清还有几个伙计。

平常日的黄沙全都在一夜换上了平铺的白毯，天空中悬着金光闪耀的太阳，朔风吹着河畔的雪枯芦似奏着自然的冬乐。这洁白耀目的光明，这日光下的万物，都含着迎人微笑，在预备一个未来的春之新生。也仿佛特为预备这个好日子助人间行快乐典礼的兴致。但可惜晶光雪花上可纵横乱杂地印满了铁蹄与秽足的深痕。

几方丈的大圈子是马队与步兵排成的圆屏风，屏风外尽是一重重的人头。在每个柔和的颈上，他们都是精明与活力的表现，是做着各个特有姿势在群众中现出他们的脸子。几十重的人头层：种种黑的，黄瘦的，赤褐色的，铅粉与胭脂的面孔。各个面孔尽力地往上悬荡着，用灵活的瞳孔搜索那出奇的目的物。一片嬉笑的吵叫压下了河畔枯芦的低声叹息。

不久，从肉屏风中塞进过一群人，这显见得有高低，胜败，"王法"与"囚徒"的分别。许多赤背膊的壮士扭拉着十几个只穿单布小衫垂头不能行步的死囚。内中也有一两个挺起胸脯用骄冷得如血的眼光向周围大众恶看。那目光如冷箭一般的锋利，因此周围的人头都一齐将他们的目光落到那些几乎走不成步的劣等死囚身上，谁都慌张地避开那些箭一般的死光。

又是一阵特别的喧嚷，人都争着向前塞，四围的脚尖都深深踏入泥地，西面城墙上还有些自鸣得意的高处立足者，俯看着拥挤人群的争闹，可笑不早找机会，好占地位。

斜披了皮袄连帽子都没带的三叉铁匠铺的主人也在那十几重叠压的人头中间，隔着十几步便是今早未到作房的周二哥，然而，他们彼此望见，可不能挪动寸步，也听不见说话的声音。

吴掌柜两只失神的眼尽在那些赤背膊人所执的大刀下荡来荡去。他偏去向那些死囚中找，只有几个，一个也不对。心里正庆幸着。然而最后看见刀光一闪之下，执着那把云铜莲花把宝刀的凶神，一样是没穿上衣，可曝出一脸的汗珠子，他！……正是昨夜里含着眼泪，今清早熏着酒气的筋疙瘩，啊呀！刀光下面又正是那人，那老乡绅的大儿！脸上乌黑。一些不错！他与那些无力的死囚一样低了头，眼光已经散了。

他——吴掌柜虽被许多人拥塞着，却自觉立不住，一口冰冷的气似从脑盖如蛇行般的钻到腹下部去，啊啊！再看拿那把精巧大刀的，一对红湿的眼光却只在注定那把明亮非常的新刀！他不着这死囚，不看这周围的种种面孔。

"一、二、三、……十五个……十五个东西！"周围的红口中有些特为报数的声音。他本来没有勇气看下去了，又不能走，强被压塞在这样的群中。他只好大张着眼，口里嘘嘘地也看那口扬在老乡绅儿子头上的刀，他的刀！他忘记了去偷眼望望隔十几步的周老人。一颗一颗的血头在雪地上连接着团滚，吴大用这时不会寻思，竟至连口里嘘嘘的气也没了，干焦喉咙正在咽着血水。眼全花了，只是恍惚中有若干黑簇簇的肉丸在雪地上打架。血光像漫天红星的突扫。他的心似乎并不跃动，全身渐渐冰冷。

"啊哈！好快刀！……真快！……"在周围中忽然投落了这几个字，又一阵大大骚动。吴大用方看见十五个中末后的他，……已经从他自己的刀刃上将一颗硕大的头砍下来，有两丈多远，……执刀人因为用力过猛，也许刀太快些，带伏在血泊中还没有爬起来。他即时被人潮拥出原立的地位，人潮松退时，他觉得立不稳，一滑几乎仆在地上，左面来了一只手将他搀定，——是目光依然炯炯的周老人。他试着握他的手像风中枯芦般的抖战，他们没说一字，而周老人的目光与他那像不能睁的眼睛碰了一下，他们都十分了然！

华亭鹤

对着霁红胆瓶里方开的水仙，朱老仙用有长甲的右手中指敲着玻璃桌面，低低吟诵：踧踧周道，鞠为茂草，我心忧伤，怒焉如捣！

抑扬地，和着发抒忧感的自然节奏，他吟到末句的"焉"字，拖长舒缓；像飘过秋云的一声鹤唳，像乐师紧住琵琶么弦弹出凄清的曼音，……音波轻轻抖动，从他那微带嘎声的喉间送出，落到"捣"字上便戛然而止。他向眼前洁美的花萼呆看几分钟，重复低吟，但只吟末后二句。小楼上一切寂静，除掉一只小花猫在长藤椅上打着呼噜外，只听见老人的苦调。

快到残年了，每一过午都觉冷气加重。斜阳从淡蓝花格的窗帏中射入，金光淡淡，更不显一丝暖意。屋子里不生煤炉，却有一盆木炭安置在矮木架上，一堆白灰包住快烧尽的红炭，似闻到某类植物烧化后的暗香在空间散布。薄光，炉火，与这屋主人很调和，他的身世也是将沉没下去的深冬斜日；快要全烧成冷灰的煨炭了。但，一缕真感——包着枯涩的目晕与忧悒心事的感流，通过他的全身。两年以来，几乎没得一日松快，唯有独坐吟诵那些古老的至诚诗句，才觉出暂时有些舒畅。

那两句，约摸吟过了十多遍，恰巧又在"捣"字上住口的刹那，一瓣尖圆的娇白花片从瓶口斜着落到镶螺钿的漆木盘中。老人若有会意地点点头，喉舌间的诗声同时停止。半探着身子用瘦干指尖微微摇动那几朵水仙，却没有别的花片继续下落。他轻轻吐口气，把盘中的落片拈起，随手打开案边一本线装书想夹在古色古香的页间，突然，被一张工整字体的彩笺引起他的注意，原来夹在明刊精印《诗经》里的笺纸上有他前几天亲手抄录的一首宋诗。

重看一遍，怕遗忘了似的，他把彩笺捡出，郑重地放到书案的抽屉里去。然后，离开坐椅，拖着方头棉鞋在粗毛地毯上尽打回旋。一会，自己又若说话若背咒语的嘟哝着：

"嗳！……华亭鹤唳，……知也否耶，——否耶？"

打呼噜的小花猫被主人的步声促醒，它在狼皮褥上用两只前爪交换着洗擦眼角。窗帷外，阳光渐渐收去，屋里的阴影从四面向中间沉凑，白灰下压住的炭火只余一星了。

老人还在来回徘徊，对声音、光辉都不在意。门，缓缓开动，一个短衣长辫的大姐挨进来，她本想一直走到书案旁边，想不到老人却在小小的屋子中央闲踱，她伶俐地赶快止住脚步。

"老爷，——安先生在楼下候您，叫我来回一声呢。"

"安？……安大胡子，是他？"老人的眼光忽然灵活起来。"

"是。"她轻应着。

"去，我就下去。……快！你去喊两部车子，要熟的。……"

半小时后，朱老仙与安大胡子已在"过得居"的临街楼散座上对饮着竹叶青了。

冬天黑得早，市肆的电灯更明得早，这酒楼所在地的大街上有不少蓝红霓光广告牌子在空中与玻璃窗前换着耀眼的流辉，分外显得闹忙。朱老仙虽愿同老朋友到这儿吃几杯，却讨厌一抬头便触着所谓"奇技淫巧"的霓光灯。他，照例是先叹口气，然后端起酒杯皱一皱清疏的眉头。

"如果这酒馆在郊外，那该多好。……口里受用，眼上难过。——不错，是俗套了，可是我总得说，不说不成！安如。"安大胡子的台甫"安如"二字，一向与朱老仙的脾胃相合，任管自个有什么烦恼，一见这位面容发胖、浓髯绕腮、笑眯眯的一双小眼睛的朋友就觉得骤然添了生趣，尤其是"安如"这个最适合不过的称呼。自己喊出来，像一切事都在太平雍容的时代了！所以安大胡子虽然用"仙翁"不离口的尊称，——为了身份与职业的旧观念拘束惯了，不敢与老人平等相看。——朱老仙可老是"安如、安如"地喊着，到现在已二十五六年了。

"这个世道，我说，……仙翁，口里受用便是福气！您，我，不都学过一些佛理？——您教给我的更多呀。'我执'非破不可，咱非破不了？破一层少一层，譬如色，受，行，想，……什么的，哈哈，咱的色要破多容易。真色既破，这点光，红红绿绿地，不碍，——不碍！哈哈，……对不对，仙翁？"

安大胡子有诱动朱老仙的本领，那就在他的口才，他的无可无不可的态度上。论学问、经历，朱老仙自然不用向他攀交道，但要聊天、吃酒，朱老仙却总愿意同他搭在一起。凡是他说的话，不管合理不合理，总听得有趣。

"色，受，——想，行，还有'识'！安如，您倒有您的见解，没错儿，高有高的，低有低的。破色多容易？我看，不见得吧？从低处讲，您，我大概不至过分执着，可是讲到所以然，……"朱老一边赞美着，一边却要发大议论。先一口吃了多半杯金黄色的醇酒，右手摸摸颏下的稀疏须根。拾起竹箸点着木桌上的酒沥画一个圆圈，一字一顿地说：

"讲到所以然，'语小，天下莫能破焉。'这种道理难懂得很。不拘哪项，看呀，听呀，所想所为呀，一股脑儿把自个打消，——无我，也就是'无挂碍亦无恐怖'，那真够上大彻大悟。安如，不客气，不说您差，我也是摸不着边儿。何尝不想？您知道我现在吧，什么心境，找乐子，寻开心？只有咱还合调，别的，我太执著了！……太执著了！……"朱老一谈大道理便易发牢骚，不像初坐下时脸上显浮着愉快的笑容。

"自然，自然，我哪儿——哪儿懂这些。多少记得几个字眼，还不是从仙翁您口上偷来的。不瞒您，我便宜在这点，傻里傻气地混吧，横愁竖想还不是那档子事？我五十半了，仙翁，您长我十一岁，合得着成心给自己找别扭？人老，土埋半截，有吃有喝，下下棋，听听书，色呀，行呀，破也好，不破也得。再一说，……'这'什么世道！命里注定，多大岁数还得过这火焰山。唉！——今朝有酒今朝醉，干一杯，仙翁！……"朱老的清黄面色上渐渐有层润光，原是一双秀目，经酒力牵动，从皱折的眼角里重射出热情的光芒。他对安大胡子凝神直看，及至听到末后几句话，他突然双手按住桌面立起来，像有什么重要的讲辞要向听众大声演说似的，可是不过一分钟又无力地坐在硬木椅上，唇吻微颤，没说什么话。这样动作与他心上的触感，安大胡子自然多少有点明白，三天两次他们见面。他，他的家，他的脾气，清清楚楚地印在安大胡子的记忆里，所以绝不惊奇，还是接说下去：

"——干一杯！"

朱老果然端起满杯一饮而尽，安大胡子照样陪过。

"不是我好多说话，仙翁，承您不弃，不为我在买卖上胡混快三十年便瞧不起，……我有话得尽情说，憋在肚子里总归难受。仙翁，看开点，儿孙自有儿孙福，您别恼，六十六了，不让他们去？再一说，大少君也四十靠边，什么事会上当？资格好，做事不是一年了，又见过大世面，懂得新事。……在别人都对您健羡，有做老太爷的晚福。……仙翁，您干吗净替古人担忧，自己的精神不舒服？这未免想的过点，……哈哈，我说话不会藏奸，都为您！真的！……哈。——"

这一套委婉开畅的劝解，凭空发论，不提事实，又得体，又关切。对面的朱老一直静听下去，只见下陷的腮上那两条半圆形的肉折松一下，又紧一下，像咀嚼着五香茶干的味道，也像品评老朋友言语中的真诚。

安大胡子的谈锋自有分寸，他停住声音，从瓷碟里取过一支"白金龙"用火燃着，深深地吸过几口，等着朱老答话。

有点与平日不一样，他呆坐在那里却急切不表示意见。凡谈到他的少爷，安大胡子向来晓得他有好些偏见，因为看事，论人，父子俩老不一路，可无大碍。不过他时时把不以儿子为然的话向安大胡子絮聒罢了。但，这一回，与平常对同一题材的文章的做法确有变异。安大胡子宽和的性格后面有的是独到的机警，便故意装作不留心，喊着堂倌添酒，又要两样精致的热炒，把时间混过十分多钟。朱老忽然呛咳一阵，几口稠痰吐进铜盂，急喝下一盅清茶，才强自镇定着慢慢地道：

"嗯……安如，您是和气人，应该说这个，我若是您可不一样？……儿孙问题，抛得开吗？您多利落，男花女花没有，到现在，老两口，净找乐子。世事！我早明白，咳！利弊相间。……您不是说他不错，人大心大，更亏他见过大世面，懂得的太多了！——太多了！您凡事洒脱，我虽然多读过两句书，——书害了我！"一提到"书"这个字，朱老在顿咽的嗓音下含有沉郁的重感。因此，他不自禁把一团乱丝似的往事兜上心头，越发难过。又接着吃几口残茶。

"书害了我，无妨，安如，我敢说凭嘛不得法，我一辈子——我能说，从十五岁起吧，竖起脊梁活到现在！有死的那天，我不会再折弯了。您，敢情不信？"几句话火辣辣地富有生力，老人的喉咙突高起来，眼珠骤添威力。

虽是夹杂上一句问话，却不待安大胡子的回复。

"不信？我不管谁信谁不信，人各有志！……话说回来，书害我，不过是不通世故；不过是脾气不大凑合。年轻人呢，我当初教他读书，错吗？从清末维新那时算起，我，怎知道人家叫我做维新党。我宁愿少考两次乡试，到东洋留学，……待会我再说旧日子的闲话。安如，您想我有孩子不教他读书，不教他读书？……"

又一阵咳喘停住了他的长篇大论，安大胡子把香烟尾丢在地板上，赶紧替朱老另倒一杯热茶，趁机会道：

"哪能！哪能不读书，成吗？不要说仙翁这历代家风，我如有儿孙，也得花钱要他们学本领，为一家，也为国家做事。……哪能成，不上学，来，来，先呷一口。"

朱老刚接过杯子，忽又放下，如用读文章的叹气声道：

"是呀，——可来了，净是茶渣。茶渣，这个比方不错，又苦又涩，清香的味儿早没了！读书，现在的读书造就什么？不过是没颜色、没气味的茶渣，还好咧；如果渣子里加上毒药，您想吃下去受得了？"

"仙翁，说笑话，哪有说的厉害，不是新教育也造出好些人才来？"安大胡子陪着微笑轻轻地驳回去。

"对！可怎么，人才，——好的偏咱不会造？"

"自个呢，希望总高些。像……谁说他不是人才，这话，我说辩护。哈哈，……仙翁是过分的，……"

"不，不！人才，我，所讲的人才不是只懂得拨算盘、赚利息那一类货色。至于您以为他是人才，不但，……而且在家里看去，我一五一十地说，也是今之孝子！"

朱老惯例地用右手中指敲着桌面，这时他的气色又沉郁下去，没有回叙维新时代的兴奋劲。

安大胡子明白老人的话中有刺，方在搜索心思，想用什么话应付两句，而老人却先接下去。

"他是人才！照大家讲，一下手从外国回来就被人捧，做教授，干银行……小官……。一见年纪大点的人，恭敬，和气，会说话，会对人，这些，我比不上，我——真比不上。就待我吧，到现在天天碰头，天天垂手侍立，低声下气，外人谁不夸赞，我有什么说的。……唉！"

安大胡子点点头。

"所以咧，仙翁的福气在朋友里谁赶得上，不是瞎恭维。……"老人又用指尖敲敲蓝花的酒杯边缘，头摇一下，叹口气。

"您说福气，……我的亲生儿子，怎么说？但是他那点聪明为他自己可不见得是福气？近来，……您也许比我知道得更多，瞧吧，我懂得他的性格，更懂得他那点机灵，无论如何，……子孝父慈这另是一段，走着瞧吧，我为我，他为他，一句话，不需多讲。……"

老人虽是外貌上显见颓唐，心思却仍然周密，向四座上瞟了一眼，静对着安大胡子，像表示不愿继续谈及他儿子的事情。

安大胡子猜透了七八分，不好明讲，也不敢说老人的执拗，急于更换论题好打破两人中间的闷气，恰好一个卖夜报的小贩往来兜售报纸，便留下两份，先递与朱老一张。

朱老顺手放在菜碟一边，道：

"您细细看吧，我不愿费眼睛，咱们静一会，你看报，我吃……酒。"安大胡子虽善于言谈，当这时候，也只好借报纸做遮蔽，不能强说别的话了。

朱老尽着一口口把上好的竹叶青倒入喉中，然而沉默不能压住自己的闷怀，在酒味的引诱后，缓缓地诵起手抄过的旧句：

多情白发三千丈，
无用苍皮四十围，
晚觉文章真小技，
早知富贵有危机。
………………？

末后两句是竹箸敲着杯子伴唱的，声音放高些。

为君——垂涕君知——否？
千古华亭——鹤自飞！

安大胡子用纸遮着半面，眼睛却盯在第一则新闻上没往后挪动，并不是被新闻吸住他的心思，听朱老又犯了吟诗的癖好，恰当刚才的一段话后，不由不一个字一个字地细细听去。自己虽是只读过"千家诗"，可不记得文人口中常常提到的那些佳句，但这六句可至少有五句都听懂大意，独有末句里"华亭鹤"三字捉摸不定是哪样的比喻。对"垂涕而道"还十分清楚，暗想：这还不是对他那位大少爷道的话？一位乘机善变的留学生，却被老头子看不上眼。论年纪，论世情，他们相换过来还差不多，如今，真是变得太离奇了。

年轻人的活动，老头子的拗性。安大胡子在平时早已胸中雪亮，加上近来听见熟友的传语，……准证实了自己的预断。所以老人今晚上的话显然是有所为。依自己的看法：朱老仙未免太怪，晚年的清福摆在眼前，又安稳地住祖界，瞎操心中嘛用？一切都是下一代的事，成败，是非，横竖隔它远得很。儿子，表面上孝顺，家事又麻烦不着，何苦被道义蒙住心，替云翻雨覆的世事担忧？……这些话，安大胡子存心上可不敢讲，露出来，朱老的性格说不定会真翻脸，日后岂非没了吃老酒和小馆子的东道。但又不肯尽待下去，只好故作郑重地请教。

"唉，典故记的太少了便听不清楚。仙翁，这末句的"华亭鹤自飞"什么意思？而不是与"化鹤归来"相通？真得请教一下。"

"仙鹤，品高性洁，自来是诗人画家的材料。……"

朱老停住吟声，先来一句赞美话。

"仙鹤归来，——城郭是人民非，这光景您我全看到了！虽听不见鹤唳，然而满眼不祥，听与不听一样！嗳！这首诗的寓意就在末尾，语婉而讽，真是有见而作。……"他还没完全把典故解明，堂倌领着一个穿青棉袍、年纪颇老的听差到他们的酒桌边站住，朱老的话自然来不及续说下去。

"老爷，少爷现在回宅了，叫把汽车开来，接您与——安老爷回去，说：今晚上风冷，……怕着凉。厨房已经把鸭锅伺候好了……"朱老向这位干练的用人瞪一眼，方要说什么话，安大胡子哪肯放过这个机会，而且乐得解围，便迭声叫道：

"炖鸭锅非吃不可，我，算饱了也得再到府上尝一口。走，走，仙翁，别的不提，主从客便——主从容便。"说着他已把堆在椅子上的大围巾把脖颈围好，那条粗木手杖也掇在手中。

朱老无话推辞，招呼堂倌马上打电话另喊一部租车来。

"你先坐来车回去，安老爷同我就走。"

那老佣人还像要劝说一句，朱老的面色沉沉地又吐出七个字：

"去！我另喊汽车来。"

堂倌与来人即时照吩咐的办去，安大胡子想阻止也来不及。楼上虽是人语交杂，然而靠他们坐近的几张桌子上的酒客却都瞧着这位倔强老人，有些诧异。安大胡子把一锅炖鸭吃下多半，才带着醺醺酒意回去了。二楼的小客厅里只有朱老仙同他那位孝顺的儿子。

饭后，朱老照例须连吸几筒上好的潮烟，拖起那根湘妃竹长烟筒，自己点火自然费力，用人恰好吃饭去了，那位在外面向有气派的少爷便赶快从崭新西眼袋里掏出一个银制的自来火匣，给老人点着铜锅中的湿烟。

说是少爷称呼，实在他差一年平四十，不过，凭着西洋风绅士打扮与修饰，乍看去还像一个二十六七岁的青年。颇像父亲的眼角，却稍稍往上斜吊，眉毛是浓密中藏着精爽。他的走步，言语，都有自然的规律，可不随父亲那样写意。虽没有客人，他并不坐下休息，只站的距老人坐椅四五步远，一只脚轻轻点着地毯，不知是想心思，还是回忆跳舞场里的节奏？

"真，你还须出去，过十一点？"朱老明明微倦了，眼半开半闭地问。

"是！——爸爸，今夜他们有次例会，不能不去照应一会，个把钟头完事，回来不过一点。"

"不过一点，多晚，真是俾夜作昼。任管什么事，干吗不在白天讨论？"老人把长烟管横搁在皮袍上面，腰直向前挺着。

"这……"儿子稍稍迟回了一下，"这，秘——点，其实没什么，也是一般的公事，因为，因为，地方乱，便……"

"哼！公事，——公事！你觉得比以前办的公事如何？"儿子觉得话机不很顺利，右脚的点拍打住了，向左边踱一步，朗朗地答道：

"不同，自然只是性质上；事务呢，还差不多。更容易因为负责的有人。这倒轻松多了。"

他的朗朗答声是竭力装做出的，老人的耳朵特别灵敏，已从字音中辨明儿子的话是否自然。

"轻松的么？——是身子。累赘的就没有？我不须多絮聒，你，絮聒也是多余，累赘的时候，想，……可来不及。"

老人也有点装扮着，故意从容，迟延着把话吐出给儿子听。儿子晓得这几句里的分量，可不回辩，他知道下面准还有话。果然，老人又吸过两口潮烟，中指敲着竹管，改了谈话的顺序。

"责任二字，提什么，我与你还配把这个名词吐出舌尖？……爽性的还是安胡子，他乐天，好吃好喝，好瞎聊，可有他的，人家从不说责任——这些装金话。你别瞧不起他是旧买卖人出身，我喜欢他就为这个。一个人活一辈子，干嘛像嘛，对得起自己，对得起大家，截了！还用多扯别话。责任吗，人人都说得响亮——我在年轻时，比你还轻得多，那时，做文字，演说，滥用这个名词的地方太多，回想起来，自己快七十了，为大家尽过什么责任？

老实讲，对自己与自己家里的人我也不敢当得起这——两个字。……"你懂得西文，大概对这名词的确义应该真有了解？……"末后一句又是冷利地一个针尖向这中年能干的、有资格的绅士刺去。

"爸爸，"儿子不能不好好回答了，"我觉得中国的成语给这个名词的解释并不下——不次于欧洲文字的解释。类如'天下兴亡匹夫有责'，以及'任重而致远'，细细体会起来，怕比英国那些功利派的学者讲得更有深义。……"

"啊！这两句你还记得？"

朱老听儿子到现在还把二十五年前自己亲口教给的这两句背得纯熟，一股微温心情暂时打退了冷淡态度。那时：他自己正在北京做法官，儿子还没进中学，每晚上虽是坐守着一堆诉讼文卷，总得抽出几十分钟专教他几句有关修养的古语。曾手抄成薄薄的竹纸本子，用红蓝笔圈点过两次，每晚上背着方木格油纸窗，与儿子同做这班功课。直有三四个年头，自己被调到外省去方才停止。老人早已把未来的希望全寄在这自小聪明的儿子身上。一帆风顺，大学毕业，居然凭学力考得官费到外国去弄个学位回来。……已往的梦痕，借两句古语引起了老人的怅惘！如今，这有资格、干练的儿子明明依在身旁，同念五年前冬宵静读时比较一下，老人不自禁地向壁炉左手的玻璃窗外远看一眼。……更难自抑制地质问自己：为什么他……偏与自己青年时的精神来一个反比呢？……个性？还是教育的结果？都有点，却不都对。怎么看，怎么想，不会有的事，不该得到的报酬，如今摆在眼前。回念十四五岁孩子样的他，天真，嬉笑，——现在与自己相对。老人蒙眬的眼光突然明朗，向身旁端立的儿子看了一眼，口中轻轻唠叨着：

"你还记得，……你还记得！……"

"读过书的应该知道这两句要话，何况是爸爸，您亲自教给我的。并且——并且教我实行，不可只记熟词儿。——这些年，——现在，儿子别的不敢说，做什么事都忘不了自己的'责任'！您，爸爸刚才埋怨，提起这两个字，儿子却情愿干去，'任重道远'！管不了那些盲目之论。——不单有识，还须有胆。爸爸，您放心！……"

儿子一抓到老人怀旧的温情，像有了反刺的机遇，居然从容不迫地对老人说这一串的议论。老人早已决定不向他争议什么了，就是，有时的冷言也感出毫无效果。老人看透在他身边恭敬有余的，是善能随机应变的新绅士，而不是天真嬉笑的学童了。所以这段议论倒不会激动老人分外心烦。

正在这时，楼下电话响动，接着楼梯上一阵急促的步声，到二楼上敲门。闪身进来的不是往酒楼去的那个用人，却是穿着短衣皮鞋，这楼房少主人的"镖客"。

"电话，来催请。××处的老爷们快到齐了。"从说话者的腰缝边，在圆罩大电灯下闪露出钢铁的明光。

"恰巧差十分。"少主人把吊在背心袋中的金表取出看了一眼，"车呢？"

"都预备好了。"镖客双足并立，站的很有规矩。

"爸爸，您早歇着，放心。……再晚了不好意思，一会喊娘姨来搀您上去。"老人摆摆手没有答话。

他们出去后，汽车上的摩托渐渐响动，渐向暗途上驰去。一点二十分了，老人和衣躺在软榻上却没睡熟。儿媳屋里的收音机像方才停止。一阵滑稽经卷，一阵说书，老人偏不想听那些可恶的怪音，偏偏送来打扰。每晚上他独坐吟诗，不大觉出听惯了的收音机有这样乱。可是这两个钟头一切都有点异象。向例酒后易睡，——向例须早钻在丝棉被里休息着身子，现在越急闷越不能合眼。闪闪的霓虹光，摇动的老安的胡子，二楼上点脚拍的节奏，……窗外呼呼风声吹得空中铁条尖锐地叫响。

一点四十五分了，老人眼对着案头的小台钟，再躺不住，坐起来，把壁上电铃快一会、松一会尽着按捺。……专伺候老人的那个用人从梦中惊醒，披上青长袍踉跄着跑进来看看光景。

"来！——你来！汽车还没回？……少爷！"

"没。敢情事忙？十二点快三刻那会，少奶奶还打过一次电话。——是于清回的话……没散会。"

老人摇摇头坐着，像记起一件大事，忽地弓着身子到书案前把抽屉翻了一阵，找出那张彩花信笺，就是当天下午方从"诗经"本子里抽出的。老人手指抖抖地交给老佣人。

"少爷——回来，你就交他这个！说：我吩咐的，天明不忙着见我。明白？……告诉他。……"

"是。"他小心接过来，只一瞥眼，却认得最后行那七个字是：

"千古华亭鹤自飞！"

长篇小说

这你就不懂。祈雨是自古以来的大事，庄稼旱了，像咱们以食为天，诚心诚意的求雨，是大家都应该干的！不是吞符子，撒天灾的妖言。"

山雨（节选）

十五

　　初冻的土地用铁器掘下去格外困难。西北风峭冷的由大野中横吹过来，工作的农人们还是有半数没有棉衣。他们凭着坚硬的粗皮肤与冷风抵抗，从清早工作到过午，可巧又是阴天，愈希望阳光的温暖，却愈不容易从阴云中透露出一线的光亮。铅凝的空中，树叶子都落尽了，很远很远的绝无遮蔽，只是平地的大道向前弯曲着，有一群低头俯身的苦工在作这样毫无报酬的工作。沿着早已撒下的白灰线，他们尽力的掘打，平土，挑开流水的路边的小沟，一切全用你一手我一手的笨力气。他们用这剩余的血汗为官家尽力。三五个监工，——穿制服与穿长衫的路员，带着绒帽，拿着皮鞭，在大道上时时做出得意的神气来。虽然还不十分冷，然北方的十月底的气温在冷天中干起活来，须要时时呵着手，在清早上得先烤火。黎明时就开始修路，一样的手，在监工的路员的大袖子里伸不出来，农民们只能就野中的木柴生起火来烤手。这样还时时听到"贱骨头"，"是官差就脱懒"的不高兴的骂声。他们听惯了到处是利害的声口，看惯了穿长衫的人的颜色，忍耐，忍耐，除此外更没有别的方法可以报复。然而一个个心头上的火焰正如干透了的木柴一样易于燃烧。

　　数不清的形成一个长串的工作者，有中年的男子，有带胡子的老人，还有干轻松活的十五六岁的孩子。木棍，扁担，绳，筐，铁锹，尖镢，各人带的食物篮子，在路旁散放着。他们工作起来听不见什么声音，大家都沉默着，沉默着，低了头与土地拼命！只有一起一落的土块的声响。不过这不是为他们自己耕耘，也不是可以预想将来的收获的，他们是在皮鞭子与威厉的眼光之下忍耐着要发动的热力，让它暂时消化于坚硬的土块之中。至于为什么修路？修路又怎么样？他们是毫无所容心的。

路线在头三个月已经画定了，到处打木桩，撒灰线，说是为了省时与省得绕路起见，于是那一条条的灰线，树林子中有，人家的地亩内有，许多坟田中也有。本来不能按着从前的大道修，便有了不少的更改。然而因此那些修路员工便有了许多的事情要办了。暗地的请托，金钱的贿买，听凭那些不值钱的灰线的挪动，忽然从东一片地内移到西一片地内去，忽然扫去了这一家有钱人家的墓地，到另一家的墓地上去。这并不是稀有的事，于是灰线所到的地方便发生不少的纠纷。从三个月前直到现在，还没有十分定明路线的界限，而每到一处人们都是十分恭敬，小心的伺候，谁也提防灰线忽然会落到自己的土地，坟茔之内。有官价，自然不是白白占人家的土地，然而那很公平，一律的不到地价一半的虚数，先用了再办，发下钱来也许得在汽车的利润有了十成的收入之后吧。所以原是为了利便交通的修路，却成了每个乡民听说就要头痛的大问题。

有些农民明明知道是自己随着大家去掘毁自己的田地，却仍然是闭着口不敢做声。这只是一段也许长度不过两丈好好的初下种的麦田，将加入肥料的土壤掘发出来。明明是秋天已经定好的路线，却让出来，那都是城里或镇上有钱有势力人家的地方，应该他们不敢掘动。所以这一条几十里连接中工作的农民，除了自尽的力量之外，还有说不出的情感压在他们的心上。

大有头一天的病后，出屋子便随着陈庄长，徐利，跑到村南边的六里地外去作这共同的劳工。他穿了妻给他早早缝下的蓝布棉袍，一顶猫皮帽子，一根生皮腰带，在许多穿夹衣的农民中他还显得是较为齐整的。虽然额上不住的冒汗珠，然而他确实还怕冷。劲烈的风头不住地向他的咽喉中往下塞，他时时打着寒战，觉得周身的汗毛孔像浸在冷水里一样。陈老头不做工，笼着袖头不住地向他看，他却强咬着牙根睬也不睬，努力扛起铁器在徐利身旁下手。陈老头从村子里带来将近百多人，却老跟在他与徐利的身旁，他并不顾及别人的工作，只是十分在意地监视着这个病后的笨汉。徐利究竟乖巧，他老早就知道陈老头小心的意思，并不是专为大有病后的身体，这一生谨慎的老人自从上一次大有带了尖刀，率领着许多推夫从外县里跑回来，他常常发愁，这匹失了性的野马，将来也许闯下难于想象的大祸。他并没有嫌恶大有的心思，然乡民的老实根性，激动他对于这缺乏经验的汉子的忧虑。本来不想叫他出来，想不到仍然使出他的牛性，天还没明，他抖着身子带了铁器来，非修路不可！……这些事徐利是完全明白的，所以他在工作的时间中什么话都不多说一句。

大有自己也觉得奇怪，出力的劳动之后，他觉到比起坐在土炕上仰看屋梁还适宜得多。经过初下手时的一阵剧烈的冷战，他渐渐试出汗滴沾在里衣上了。虽然时时喘着粗气，面色被冷风逼吹着却红了许多。用力的兴味在他的自小时的习惯中随时向外挥发，纵然干着不情愿的事，却仍然从身体中找出力量来。

"老利，说不上这一来我倒好了病，还得谢谢这群小子！"他高兴了，并没管到监工人还时时从他的身旁经过。

陈老头看了他一眼。徐利道：

"你这冒失鬼，说话别那么高兴！病好了不好？应该谢谢我是真的！"他故意将话引到自己身上。

"谢你！谁也不必承情，还是吃了老婆的符子得的力吧！回头再喝他妈的一碗。"大有大声喊着。

"怎么，老大你也吞过那些玩意？"陈庄长略略松了一口气。

"怎么不好吃？横竖药不死人。是？陈大爷，独有你不赞成吞符子？"

"说不上赞成不赞成，吞不吞有什么。这些怪事少微识几个字的人大约都不信。"陈庄长捻着化了冻的下胡说。

"不信？这个，为什么跪在太阳里祈雨？就信？不是也有许多认字的老头？"徐利在陈庄长左边俏皮着说。

"这你就不懂，祈雨是自古以来的大事，庄稼旱了，像咱们以食为天，诚心诚意的求雨，是大家都应该干的！不是吞符子，撒天灾的妖言。"

"好诚心诚意的！祈下来一场大战，死了两个短命的！小勃直到现在那条左腿不能动，——也是灵应？陈大爷这些还不是一样的半斤八两，信也好不信也好！"徐利的反驳，又聪明又滑稽。

"听说南乡的大刀会是临上阵吞符子，还能枪刀不入呢。"大有不愿意陈老头与徐利说的话都太过分，便想起了另一件事作为谈话的资料。旁边一个年老的邻居接着答道："别提大刀会，多会传过来才算倒运！我上年到南山里去买货，亲眼见过的。哈！练习起来恰像凶神，有的盘着大辫子，带红兜肚，乱跳乱舞，每个人一口大刀，真像义和团。……"

"真是枪弹不入？"徐利问。

"老远的放盒子炮，——好，他们那里并不是没有手枪，快枪，当头目的更是时刻不离。……谁看得清是有子弹没有？明明朝着带红兜肚的胸口上打，他却纹风不动站在那里。后来从地上捡起落地的子弹来，说是穿不过装符子的兜肚……"

那做工的老人在他们前边弯着腰扬土，口里说着，并没回头。大有这时觉得出了一身的大汗，气力渐渐松懈下来，便直起脊骨倚着镬头道：

"陈大爷，你老是不信，这么说来，——那和尚显然是来救命的了！你不吞可不要到后来来不及。"他有心对陈老头取笑。

"老大，你放心，我那年在直隶的大道上没死于义和团大哥的手下，想来这一辈子还可以无妨。说起义和团，你们都不知道，那才是凶劲！记得到沧州店里一同捉起了十多个人，排成行，烧起香来，香烟不向上走就开刀。直到现在我记得明白，是厚脊的大刀，真亮，砍起人来就像切瓜，不含糊，头落在地上要滴溜溜滚得多远。幸而砍到末后的三个人，那里香烟又直起来，好歹松了绑，打发起身，我就在那三个人之内，'死生有命'，从此我真服了！……"

"所以陈大爷用不到再吞那怪和尚的红符子！"徐利接说了一句。

"吞不吞没有别的，你总得服命，不服命乱干，白费，还得惹乱子！我从年轻时受过教训，什么事都忍得下，'得让人处且让人'！不过年纪差的，却总是茅包……"

大有向空中嘘了一口气。

陈庄长向左边踱了几步，看看监工人还在前面没走过来，又接着说："老大，你经历的还少，使性子能够抵得过命？没有那回事！这几年我看开了，本来六十开外的人，还活得几年？不能同你们小伙子比硬。哎！说句实在话，谁愿意受气，谁也愿意享福呀！无奈天生成的苦命，你有力量能够去脱胎换骨？只好受！……"他的话自然是处处对准这两个年轻不服气的人说的，徐利更明白，他一面用铁锹除开坚硬的碎石，土块，一面回复陈老头的话里的机锋。

"我从小就服陈大爷，不必提我，连顶混账的大傻子他也不敢不听你老人家的教导。实在不错，经历多，见识广，咱这村子里谁比得上？可是现在比不了从前了！从前认命，还有的吃，有的穿，好歹穷混下去。如今就是命又怎么样？挨人家的拳头，还得受人家的呵斥，那样由得你？怪和尚的符子我信不信另说，——可是他说的劫运怕是实情。年纪大了怎么都好办，可是不老不小，以后的日子怎么过？无怪南乡又有了义和团。……"

"赶活！赶活！"陈庄长一回头看见穿了黄制服青裤子的监工人大踏步地走过来，他即时垂了袖子迎上了几步。鹰鼻子，斜眼睛的这位监工员，很有点威风。他起初似乎没曾留意这群农工的老领袖，恭敬地站在一旁等待着问话。他先向左近弯腰干活的农人看了一遍，听不见大家有谈话的口音。他仿佛自己是高高地立在这些奴隶的项背之上，顺手将挟在腋下的鞭子丢在路旁，从衣袋里取出纸烟点火吸着。然后向陈庄长愣了一眼。

"你带来多少人？"声音是异常的冷厉。

"一百零四个，昨儿已经报知吴练长了。"

"瞎话！说不的，过午我就查数，晚上对册子，错了？……哼！受罚！这是公差，辛苦是没法子的事，大冷天我们还得在路上……受冻！"他后面的两个字说得分外沉重，意思显然是："我们还要受冻呢！"陈老头十分明白这位官差的意思。

"本来为的是好事，谁也得甘心帮忙。路修起来，民间也有好处。——这里没敢报假数！"虽然这么说，可也怕这位官差不容易对待，有别的话暂时说不上来。

"甘心么？这就好！"这位黄制服的先生重重地看了陈老头一眼，便跨着大步过到路那边去。徐利趁工夫回过头来向陈老头偷看，他那一双很小的眼睛直直的送着那官差的后影，脸色却不很好看。

勉强挨到吃中饭，大有已经挫失了清晨时强来的锐气了。在土地上守着，干硬的大饼一点都不能下咽，汗刚出净，受了冷风的吹袭身上又重复抖颤起来。有村子中送来的热汤，他一气喝了几大碗。老是不曾离开大有身旁的陈庄长，他的过度的忧虑现在可以证明，大有还不能战胜他自己的肉体的困难，所以那太小心地防范，自己想来不免有点愧对这位老邻居的儿子！看到他一会发烧，一会害冷，并且是的确没有力气支持土地上的工作，他将徐利叫在一边，偷偷地说了几句话，徐利走过来对大有劝说，还是要他回家。陈老头已经派人去叫他的聂子来替他抬土，本来可以不用，因为下午要点工，还怕大有回不过赌气而来的话，只好这么办。强毅的心力抵不住身体的衰弱，午后的冷风中仍旧由徐利扶着大有送回家去。路上正遇着那红红的腮颊的小学生，穿着青布制服到大道旁替他爹做工。

直到徐利走后，大有还是昏昏迷迷地躺在炕上睡。他的妻守在一边，大气也不敢喘。她，一个乡村中的农妇的典型，她勤于自己应分的工作，种菜，煮饭，推豆腐，摊饼，还得做着全家的衣服，鞋子，好好地伺候丈夫。她自在娘家时吃过了不少的苦楚，从没有怨天咒地的狠话。近来眼看着家中的日月愈过愈坏，丈夫的脾气也不比从前，喝酒，赌气，好发狠，似乎什么都变了！她不十分明白这是为的什么，末后她只好恨自己的命运不济！这些日子大有的一场重病，她在一边陪着熬煎得很厉害，虽然有杜妹妹托人捎与她衣料，难得的礼物，但相形之下更加重她的感叹！

一夜没得安睡，拗不过大有的执气，天刚明就把他送走。直到这时又重复守着他躺在炕上。她诚心感激陈庄长与徐利的好意！自然也不放心孩子去做工，究竟她希望丈夫快快复原，好重新做人家，过庄家日子的心比什么还重要。初时她什么活都不作，静静的守着气息很重的病人沉睡。经过一个小时后，她渐渐有些熬不住了，倚在土墙上闭着眼休息。

其实大有完全没有睡宁，自从倚在徐利的肩头上从野中走回来，他觉得他一身的力气像是全个融化在泥土里似的，耳朵旁边轰轰着数不清的许多声音，一颗心如同掉在灼热的锅中，两只脚下全是棉絮般的柔软。直到在自己的炕上将身子放平了，他什么话都不能说。徐利的身影，与妻的面貌，都还看得清，却怎么也没了说话的力量。微温的席子贴着热度颇高的肌肤，他得到一时的安息，少睡一会，却梦见不少的怪事。

仿佛先到了一个伟大的城市，数不清的行人，种种自己没曾坐过的车辆，满街上飞行着奇异的东西。地面上相隔不远便有一堆堆的血迹，不知是杀人的兽类，还是死的孩子的红血？没人理会，也没人以为奇怪。很多的足迹踏在上面，那些美丽的鞋底将血迹迅速的带到别处去。于是他所看到的地方几乎全是一片血印。自己不敢挪步，也想着学那些很雍容华贵的男女们绝不在意地走上去，却觉得终于没有那样胆量！……一会，又到一处，本来是隐约着曾看见一大段树林子，阴沉沉的没有天日。现在却连树影也没了。四处尽是无尽的黑暗。他不知道自己在那黑暗中待了多久，呼吸十分不顺，恰像闷在棺材里面。……不过一转眼的工夫，在光明的大道上看见了爹的后身，他仿佛背着一个沉重的包裹往前走，不歇脚地走去，他尽力追，脚下却老用不上十分力量，如踏着绵纸。一会又像是掉在松松的沙堆里，愈要向上跑，愈起不动身。……空中传来很多的枪声，眼前的光明失去了，阴暗，阴暗，从四围很快的合拢过来；在晦冥的前面伸过来一只大手向自己拿，并且那大手指尖向自己的头上洒着难闻的臭水！……不久，喉咙已经被那大手叉住了！……

醒过来，眼光骤然与墙上所挂的煤油灯光相遇，很觉得刺痛。屋子中什么人都没有，窗子外的水磨辘辘似的响动，一定是妻在推磨。自从将那匹牝驴丢给向北去的逃兵后，妻便代替了驴的工作。他听得很分明，那转过来的脚步轻轻地是妻的布底鞋的踏地声。风还是阵阵地吹，门外的风帐子上的高粱叶的响声如同吹着尖音的啸子。炕头上一只小花猫饿的咪咪地叫着。他觉得粘汗湿遍了全身，如同方从很厚重的夹板上放下来，一动都不能动。梦中的种种景象还在目前。他在平日劳动惯了，轻易不曾做梦，除去小的时候也梦过在空中飞行，在人家屋脊上跳舞之外，偶尔做的梦不等到醒来早已忘了。一起身就忙着出力的农家生活，来不及回想梦里的趣味。然而这一次稀有的怪梦，从下午做起，直到醒后，他一切都记得分明。过度的病中的疲劳，与心理上的变化，融合在复杂的梦境之中，这不能不使得自己十分惊异！妻推完了碾高粱面的石磨后，恰好徐利送聂子回来，一同到里屋里，她首先看见那十三岁的孩子还有不少的汗滴流在两个发红的小腮上。徐利这高个儿一进门并不待让，便横躺在大有的足下。

"妈妈的！修路真不是玩意！不怕卖力，只怕出气！——大嫂，你想有那么狠的事？那把式监工的，一连抽了七八个，这是头一天，幸亏大有哥早回来，气死人！"

大有的妻一边领着聂子给他用破手巾擦汗，一边却问徐利道：

"打的谁？"

"咱这村子里就有两个，萧达子和小李。"

"唉！偏偏是萧达子，没有力气偏挨打！"

"哼！他妈的！"徐利一骨碌又坐起来，"为的什么？就是为他两个没力气多歇了一会，——不长人肠子的到处有，怎么钻狗洞弄得这狗差使，却"镇上也没有消息么？"徐利心头上动了几下。

"谁都不知道。"老长工低声道："因为弄不清是土匪还是败兵，老天睁睁眼，可不要再叫他们突过来，刚刚送走了那一些，不是还修着路！"

徐利即时辞了老长工，怀了一肚皮的疑惑走回家去，会享福的伯父正在小团屋子中过鸦片瘾，徐利虽然是个愣头愣脑的年轻人，因为自小时没了爹，受着他伯父的管教，所以向来不敢违背那位教过几十年穷书的老人的命令。每天出去，任干什么活，晚上一定要到伯父的鸦片烟床前走一走。他一闯进去，仅仅放的下一张高粱秸编的小床的团屋里，他伯父躺在暗淡的灯光旁边吞喷着有一种异样的气味的麻醉药，并没向他问话。他知道这位怪老人的性格，在过瘾的时候不愿意别人对他说什么，徐利低着头站在床边等待那一筒烟的吸完。名叫玄和的徐老秀才，这十年以来变成一个怪人了。他从前在村子里是惟一的念书多的学问人，直到清末改考策论，他还下过两回的大场。那时他不但是将旧日的经书背得烂熟，更爱看些讲究新政的书籍，如《劝学篇》、《天演论》，以至《格致入门》等书，他虽然快到五十岁了，还怀抱着很大的希望，想着求得更广阔的知识。及至停了科举，自己空负有无穷的志愿却连个举人的头衔也拿不到手，这一处那一处的教学生，又不是他的心思。所以他咬着牙不教子侄多念书，终天念《陶诗》与苏东坡的《赤壁赋》，鸦片也在那个期间成了瘾。本来没有很多的产业，渐渐凋落下去，幸亏自己用口舌赚来的余钱他就全花费在自己的嗜好上。民国以后，他索性什么地方都不去，与陈老头还谈得来，眼看着那识时务的老朋友也逐渐的办起地方事来，他便同人家疏淡了。在他家的旧院子中出主意盖起了一座小团瓢，他仿着舟屋的名目叫做瓢屋。于是这用泥草茅根作的建筑物成了他自己的小天地，一年中全村子的人很难得遇到这老秀才一次。徐利的叔伯哥哥在镇上当店伙，两个兄弟料理着给人家佃种的田地。这位老人便终天埋没在鸦片的烟雾之中，几年过去了，大家对于他的奇怪的行径也看作平常。时候更久了，他几乎完全被村人忘掉，陈庄长终天乱忙，难得有工夫找他谈话，况且谈劲不大对，自然懒得去。因此这老人除去常见徐利与他的儿子之外，外面的人并看不到，他从实也忘掉了人间，一盏鸦片灯与几本古色古香的旧书成了他的亲密的伴侣。

直待老人的烟瘾过足之后，徐利才得对他报告了一天的经过。者人将颤颤的尖指甲拍着烟斗道，"这些吗，——不说也一个样！横竖我不稀罕听。——你能照应着奚家那小子倒还对，奚老二是粗人，比起这下一辈来可有血性的多！咳！'英雄无用武之地'！……"伯父常说的鬼话听不清是常事，所以末一句徐利也不敢追问。方要转身出去吃晚饭，他伯父将两片没血色的嘴唇努一努，又道："修路，……造桥是好事，好事罢了！我大约还能看这些小子把村子掘成湾，扬起泥土掏金子，总有那一天！……'得归乐土是桃源'！老是不死，……可又来，老的死，小的受，年轻的抬轿子！找不到歇脚的凉亭，等着看吧！我说的是你！……年轻，等着，等着那天翻地覆的时候，来得快，……本来一治一乱……是容易的事！别瞧得真切，……看吧！"

于是他又从小牛角盒里用铁签挑烟膏，永远是乱颤的指尖，烧起烟来更慢。徐利看他伯父的幽灵般的动作，与听着奇怪的言语，暂时忘记了肚皮里的饥饿。他呆呆地从他伯父的堆在尖瘦的头顶上的乱发上，往下看到卷在破毛毡里一双小脚，那如高粱秸束成的身体，如地狱画里的饿鬼的面貌，在这一点微光的小团屋子中，气象的幽森与古怪，徐利虽然年轻，突然觉得与他说话的不是他幼小时见惯了穿长衫拿白折扇迈着方步的伯父，而是在另一世界中的精灵！

好容易一个烟泡装在乌黑的烟斗上，偏不急着吸，他忽然执着红油光亮的竹枪坐起来，颇正气地大声说：

"别的事都不要紧！一个人只能做一个人自己的打算，现在更管不了，除去我，……别人的事。日后你得商量商量奚家那小子，我死后能与你奚二叔埋在一块地里才对劲！……我清静，——实在是冷静了一辈子，我不管理人，人也不愿意答理我，独有与你奚二叔——那位好人，还说得来，你得办一办，别人与那小子说不对。……这是我现在的一件心事，你说起他就趁空。……"

他重复躺下吸烟，不管听话的还有什么回复，"去吧！"简单的两个字算是可以准许这白费了一天力气的年轻人去吃他的冷饼。退出来，徐利添上一层新的苦闷，与奚二叔葬在一块地里？不错，是奚家还没卖出的茔地，却要葬上一个姓徐的老秀才，这简直是很大的玩笑。就是大有愿意，兄弟们却怎么说？照例自己没了土地应该埋在舍田里，村南有，村北也有，虽然树木很少，是大家的公葬地处，谁也挑不出后人的不是。这样倒霉的吩咐怎么交代？他走出团瓢吁了一口气，向上看，弯得如秤钩的新月刚刚从东南方向上升。那薄亮的明光从远处的高白杨树上洒下来，一切都清寂得很。堂屋里听得到两三个女人谈话，他猜一定是他的娘与妹妹们打发网，这是每个冬天晚上她们的工作。每人忙一冬可以挣两三块钱，这晚上的工夫她们是不肯虚过的。他向院子的东北角的草棚里去，那边有吃剩的干饼。然而他悬悬于伯父的吩咐，脚步很迟慢。一阵马蹄的快跑声从巷子外传过来，他知道是旺谷沟的秘密送信人回去了。

十六

修路的第三天的下午，天气忽然十分晴朗，劲烈的北风暂时停止住它的威力，每个做工的人可以只穿单布褂卖力气。路上的监工员因为这两天已经把下马的威风施给那些诚实的农人了，他们很驯顺，不敢违抗，但求将这段官差速速了结，免得自己的皮肤有时吃到皮鞭的滋味。这样监工人觉得他的法子很有效力，本来不是只在这一处试验过，他们奉了命令到各处去，一例是这么办，没遇到显然的有力的抗拒。背后的咒骂谁管得了。所以这几位官差到这天脸面上居然好看得多，不像初来时要吃人的样子。他们坐在粗毯子上吸着带来的纸烟谈天，还得喝着村子中特为预备的好茶。有的仰脸看着晴空中的片云，与这条大道上的农工，觉得很有点美丽的画图的意味，满足与自私在他们的脸上渲染着胜利的光彩，与农工们的满脸油汗相映照是很不同的表现。

徐利这个直口的汉子工作的第二天他就当着大众把旺谷沟来了马匹的话质问陈庄长，他的老练的眼光向旁边闪了闪，没有确切的答复，徐利也明白过来，从那微微颤动的眼角的缴纹，与低沉的音调上，他完全了解那老长工的告语是不会虚假的。自然他也不再追问。扰乱着他的一无挂碍的心思的便是伯父的吩咐，幸而大有的病又犯了没得痊愈，否则怎么作一个明确的回答？

不必与别人商量，已经是得了疯子外号的那老人何苦再给大家以说笑的资料。徐利人虽是粗鲁，却是个顶认真的少年，对于处理这件难做的题目上，他的心是与平硬的土壤被那无情的铁器掀动一样，所以这两天他总像有点心病，做起活来不及头一天做得出劲。

陈庄长虽也常在这未完工的路上来回巡视，与徐利相似，常是皱着他的稀疏的眉头仿佛心上也有不好解答的问题。

这一过午的晴暖骤然给工作者添加上无限的喜悦，似乎天还没有把他们这群吃辛苦的人忘记了！干着沉重活，将来还可吃一顿好饭，一样的安慰的神情在每一个挥动着双臂的人的脸上自然流露出来。徐利还年轻，不比年纪较他大的人们对于阳光这样的爱好，然而他也不愿意在阴冷中挨时光的。十一月的温暖挑发起壮力活泼的年青农人的心，他与他的许多同伙的高兴没有差异。在阳光下工作着，暂时忘记了未来的困难。一气平了一大段的硬土之后，他拄着铁器，抽出扎腰的长带抹擦脸上的汗滴。鲜明，温丽，一片云现在没有了，一丝风也不动，多远，多高，多平静的晴空，郊野中的空气又是多自由，多清新。他觉得应该从腋下生出两个翅子来去向那大空中飞翔一下。

天真的幻想，在瞬时中复活于生活沉重的脑壳里。那干落的树木，无声的河流，已经着过严霜的衰草，盘旋在远处的野鹰，这些东西偶尔触到他的视线之内，都能给他的纯真的愉慰！他向前看，向前看，突然一个人影从大路的前面移过来。他还没来得及认清是谁，别人却在低声说：

"魏二从南边来，还挑着两个竹篓子。"对，他看明白了，正是又有半年多见不到他下乡做工的魏二胡子。这有趣的老关东客像是从远处来，没等得到自己的近前，就有一些认识他的同他招呼。魏二的担子没从肩上放下，陈庄长倒背着走上来问他：

"老魏，你这些日躲在哪里？一夏都没见你的面。"

"呕！真是穷忙。像咱不忙还捞得着吃闲饭？不瞒人，从五月里我没干庄稼活，跑腿，……"他只穿一件青粗布小棉袄，脸上也油光光的。

"跑么腿？——总有你的鬼古头。"

"我是无件不干！年纪老了，吃不了庄稼地里的苦头，只好跑南山。"他说着放下担子。

陈庄长一听见他说是跑南山，什么买卖他全明白了，他紧瞪了一眼道：

"好，那边的山茧多得很，今年的丝市还不错，你这几趟一定赚钱不少。老魏，你到我家住一天，现在还不就是到了家？"魏二从远处来，看见这群左近村子的人在大路上做工，还不明白是一回什么事，现在他也看清楚了，树底下几个穿着异样衣服，吸纸烟的外路人，那些眼睛老是对着他打转。听见陈庄长这么说，他是老走江湖的，便接口道：

"恰好今天走累了，七十里，从清早跑到现在，人老了不行，到大哥家里去歇歇脚，正对！"

即时将担子重复挑到肩上，陈庄长回头对那个监工员说：

"领我的亲戚到家去，很快，就回来，……"意思是等待他的答复，穿黄衣的年轻人点点头，却向空中喷出一口白烟，陈庄长在前很从容地领着魏二从小道上走回村里去。徐利在一边全看得清楚，他也明白两个竹篓子里面的东西比起山茧来值钱得多。南山，——到那边去做买卖，没有别的，只有这一攻。幸亏那几个外路人还不十分熟悉本地的情形，不然，魏二这一次逃不过去。他忽然记起他的伯父，这是个机会，同老魏晚上去谈谈可以得点便宜货，横竖他得要买。

回望着那两个老人的影子，渐渐看不见了，徐利手下的铁锨也格外除动的有力。果然在这天晚上徐利溜到陈庄长的小客屋里，同魏二喝着从镇上买的大方茶，与陈庄长谈话。他的买货的目的没有办不到，照南山的本处价钱。魏二很讲交情。他说：

"若不是都化了本钱来的，应该送二两给师傅尝尝新，利子，你回去对师傅说：钱不用着急，年底见，头年我不再去了。愈往后路愈难走，虽然咱这穷样不招风，设若路上碰个巧翻出来，可不要了老本钱！这是从铺子里赊来的钱，还亏老魏的人缘好，也是吴练长保着，这一来事就顺手得多。"

"魏二叔，你这份好心我大爷他顶感激！别管他是蹲在团屋里做神仙，他老人家什么事都懂得。不过老是装聋装痴，今年的土太坏，他就是为这个不高兴。花钱不错，说是老吃不出味儿来，横竖是假货多，人人想发横财，有几个像你还公道。——我还说，魏二叔，我大爷到现今还是让他快乐几天吧！没有钱还吃鸦片，谁家供得起？可是他没处弄，年底我想法子还。"徐利很兴奋地说，陈庄长一旁点点头，又倒抽了一口气，他有他的心事，也许记起了那个只会在他面前装面子的小葵。魏二捋着长长的黑胡子，用手指敲着粗瓷茶碗道：

"好孩子！好孩子！论理你得这么办。师傅从你三岁时他把你教养大了，你娘一年有三百天得长病，那些年记得都是化你大爷的教书钱。别管他老来装怪样，可得各人尽各人的心！三两土算什么，我只要到时漂不了帐，就完。……咳！咱都是穷混，除掉陈大爷还好，谁都差不多。"陈庄长两只手弄着大方袖马褂上的铜扣子，从鼻孔里哼了一声道：

"你看我像是一家财主？"

"说重了，那可不敢高攀。总说起来，你地还多几亩，有好孩子在城里做官，平心说不比咱好？"

"你提谁？"老魏的一句半谐半刺的话打中了这位主人的心病，"又拿那东西来俏皮？今天救了你一架，老魏，你这不是成心和我过不去？"他真像动气，本是枯黄的瘦削的脸上很不容易的忽然泛出血色，魏二急得端着茶碗站起来。

"多大年纪还这么固执！咱老是爱玩笑。说正话，你的家道在这村子里难道算不的第一家？可是葵园呢，……说什么，我不是劝过你么？管的什么，不是白气！——不，我也提不起他来。我可不会藏话，这一次在南山耽误了七八天，恰好碰到的事不管你怎么样要说说。就是你那葵园少爷，真了得！他也真有本事，原来是办学堂的官，不知道——真不知道还兼带着几个警备队下乡查烟税！……"

"冬天了，没有烟苗地查什么税？"徐利说。

"怪么！谁懂得这些道理？其实人家春天听说早缴了黑钱了。好在南山那边不比咱这里人好制，要结起群来，一个钱不交，怕也没有办法。可是究竟还是怕官差，春天下乡去的查烟酒税的人员，也使过种鸦片人家的黑钱不少。不过图省事，好在这东西利钱大。……然而葵园去，却几乎闯下大乱子！"魏二到底比陈庄长滑得多，说到这句，他突然坐下来，从大黑泥壶倒茶一口一口地尽着喝却没有下文。

陈庄长虽然脸上还泛出微红的余怒未息的颜色，听到是葵园在南山里几乎闯出乱子来，他的颜色却又变了过来。他素来知道南山那一带的情形，他们有大刀会，有联庄会，有许多会拳脚枪棒的青年，高兴不交税，不理会衙门的告示，公文，动不动会闹乱子，并不稀奇。因此他又将两条眉毛合拢起来，忧郁地叹了一口气。

魏二这才微笑了笑说：

"放心！到后来算完事，没动武，也没打架。小人儿吃点虚惊，说不了，自己去我的可不能怨人。我怕葵园他还不改，也许要得空去报复，那就糟！……我亲眼守着的事。也巧，还当过说事人，陈大爷，……啊！大哥，你还说我成心和你作对？真不敢，我救的他那一架比犯烟土还要紧！他年轻，也是眼皮太高了，从城里出来到那些穷乡下，——怎么说也许比咱这里还好吧，——带上几个盒子炮作护符。查学堂，这自然是名目，谁不知道几十个村庄有几个学堂？用得到查？咱可以一头午就查得完。其实是到那里先按着种烟的人名要钱，卖烟得交税，与春天是另一回事。多少也没个限数，看人家去，有的怕事的大约也交了一宗。可是到了举洪练的练头上，人家可不吃这一吓。问他要公事，没有，直接利落，人家不同他讲别的，种烟地的这里也没有，赶紧滚蛋，不必问第二句，……事情就这么挺下去。他硬要拴练长，打地保，过了一夜，聚集了几百人，一色的木棒，单刀，大杆子，人家居心惹他，一杆快枪都不要，围起他住的那一家，要活捉。这一来那五六个盒子炮吓得都闭了音。我正在那里，替他找练长，找那些头目，找土，困了一天，好歹解了围。究竟还把他的皮袍子剥了，钱不用提全留下充了公，只有盒子炮人家偏不要，说给他们队上留面子。又说那些笨家伙并不顶用，花钱买的本地造，放不了两排子弹就得停使。……谁知道真假？还是居心开玩笑？头四天的事，……隔城略远的一定没听见说。……"

徐利有一般年轻人的高兴听说新闻的性格，立时截住魏二的话道：

"不管对不对，他总算够数，有胆量，惹乱子。……"

"吓！别提胆量大小，被人家围起来诚心给他难看。我进去时葵园的脸一样黄得像蜡，拿盒子炮的警备队碰到大阵仗还不是装不上子儿。他也精灵，到那时候说什么都行，可有一手，好汉不吃眼前亏，来一个逃之夭夭回头见。"魏二任管说什么事，口头来得真爽利。

"所以庄稼汉是不行，奚大有头年冬前就吃过眼前亏！"

"经多见广，胆气不中用，可会长心眼，依我看，葵园凡事做手不免狠一点，——这是守着老太爷说公道话。他本来是咱这村子里最精灵的孩子，只差这一点，对不对？"他明明是对着陈庄长发问。坐在旧竹圈椅中穿得衣服很臃肿的陈庄长自从听明白魏二那段新闻的演述之后，他的头俯在胸上，右手中的长竹烟管在土地上不知划什么。方顶黑绒旧帽子在他顶上微微颤动，马褂前面的几绺苍白胡子随着左右飘拂，一个人沉思在自己的痛苦之中，他内心的沸乱不容易向外表示。这晚上的陈庄长完全没落于他儿子的行为之中，仿佛自己也被许多不平的农民纠合起来，围困在里面，他们用许多咒骂的言辞，与鄙夷的眼光，以及较善良的慨叹，变成大家向自己示威的武器。他倒没有什么恐怖，然而良心上的战栗使这位凡事小心平和的老办事人眼里溶着一层泪晕。

他要向谁使气呢？他想这末后生的男孩子，因为生不几年后他的大哥死在镇上的铺子里，二哥又因为夏天生急霍乱也没了，三分是顶不中用，上去也跑走了，除去守寡的儿媳与两个小孙子之外，葵园是他四十岁以后的宝物，十岁那年，他娘又先埋在土里，……以后是上私塾，入镇上的小学，出去入师范学堂。本来是辈辈子守着田地过日子的，随他愿意便好，自己也在那时对于聪明的小孩子怀着一份奢望，也许"芝草无根"吧？说不上这么动人爱的孩子会是将来的伟大人物。他可以一洗他的穷寒的宗族中一无出息的古旧的沉落。所以这老人他一心一意经营着祖上传下来的不够二十亩的薄产，希望葵园从此以后，有更伟大更阔绰的一天。青年人有他的出路，不错，毕业后居然能混到县城里去站住脚。说起话来也似乎不下于镇上的吴练长，不管干那行，有出息就有未来的收获。头三年他是怀着多大的欢欣，在一切的人的前面永远觉得有一份特别的光耀。周围一概是爬土掘泥的农家邻居，然而在这些靠天生存的高粱谷子之中突然生发出一棵松树，他是年轻，有生机，高昂着向云霄的枝头尽往上长，谁敢说没有大荫凉的一天？他又可以给那些一年一度被人家刈割的可怜植物作伴侣，作荫蔽，何况还是自己一手种植的，培养的，这是多大的一件慰悦的事！……然而，然而这两年来对于这棵摇头作态的小松他不敢想到他的未来了！骄傲与恣横，那挺生的，可以成为未来的参天的大树的，现在不但看不起他生长在同一地方的小植物，并且借着自己的枝柯，欺骗他们，戏弄他们了！……光荣或是祸害？谁能断定。不过那小松树如今是成了恶鸟的窠巢，他的枝叶上滋生出不少的害虫来。……陈庄长在虚空中似在作这样诗人般的感喟！实在他早已自悔从前他的培养爱护的多事！原来是过于奢大，后悔也是同顿脚一样的无用！……他的受打击过重的心听魏二说到那些话，连怒气也激发不起来。沉默在失望的悲哀之中，他仿佛是没听见那些话。

魏二的问话没得到答复，他反而有点不安！想不到使人家的爹这么不高兴！又是主人家，老交情，他这位好打诨的老江湖，却觉得踧踖了！幸亏坐在蒲团上的徐利提出了另一种问话：

“魏大爷，咱另说一点事，你这一趟约莫可以发多少财？”

“怎么？你打听下子，——再一回想跟我当小伙？”魏二也觉得应该用几句快活话打破这一时的沉寂。

“过年春天后不忙，只要生意好，咱什么都行。”

“好！只要他们那里常种，这生意准干得成。我同你讲，今年烟土贱大发了，因为外头来的北口货太多，从铁路上下来的贩子只就到县城到镇上去的多少批！所以本地土一定得贱卖，卖不到前两年的价钱。说，你许不曾留心，回家去问问师傅便记得，头十年不是到九块十块一两？不用说本地土，是没处掏换，从外头来也难得很。现在可比不得了，只要在偏僻地方不逢大道就能种，……头年不是还要叫种吗？不知怎么，咱这里没办成。老百姓太老实了，种上怕惹祸，有些地方人家可不管，叫种自然是干，就是不准种那些话谁听？准有办法，到时候能以换得回钱来，比种高粱，——那就不用提。

南山的土秋天两块钱一两，上好的本地土没掺假料。你想吧，在这里不是三块六七一两，还说是不贵？这份利钱什么比得上？……话说回来，事没有一想就得手的。上山里去不熟可不成，准保带了钱也拿不回黑货来。行有行规，人有人面，……所以得谁去办！”

徐利也曾听说过魏胡子往往到南山贩黑货，却没听他自己说的这么地道。他接着问：

“到镇上去怎么卖？”

“哈哈！你真是雏子，有卖的就有买的，没有销路我自己还吸得下？”

“自然，吴练长家里是你的好主顾。”

“他么？”魏二将大眼睛闪一闪，笑道：“这些事问陈大爷他都明白。——你从实是庄稼孩子，连这个不知道。吴二绅那份心思谁也比不上，他肯买土吃？那才傻！——”

"他自己种得很多么？"徐利奇异地说。

"种？他还用得到图这点小便宜。犯不上！人家干的什么，打猎的还没有鸟儿吃？每年到镇上做这份生意的谁不得去送上三五两，不止一个土贩子，一个人三五两，你猜，他还有收的给人人办事的这样礼物，少说一年也有五几十两的，用到种还用到买？"

徐利回过头去用他的明锐的眼光对着陈庄长，似在考问这事的真假。陈老头沉浸在他自己的忧郁的思索里并没曾听清这两位客人谈的什么事，还是魏二为证明自己的话起见又向他重说了一句：

"喂！你说是不是？咱那练长每年就有五几十两的进土。——我说的是用不到花钱的呀！"

陈老头如从梦里醒过来，将早已灭了火的旱烟管拄着土地，摇摇头，叹了一口气道："自家的事还管不了，谈论人家干么！他愿意要，再有个五十两也许办得到！"

经这句无力的叹息话说过后，徐利才恍然明白了。一个在乡村间作头目的有这许多进益，这是他以前料不到的事。他平常认为那不过是有势力罢了，然而他不种烟，也不贩土，幸而用不到自己去向这位收现成税的乡官去进贡！在玻璃罩的油灯之下他们又谈些修路与乡间收成的种种话，不久，徐利便回家去和他的怪伯父报告这段交涉的经过。

十七

又过去十多天。

一场一场的西北风中间夹着一次小雪，恰好给农民信从的旧历的小雪节气加上点缀。于是又很容易的转入严冬，乡间的道路上又减少了夏秋的行人、车辆。这一年中的灾荒，过兵，匪乱，到冬天来与去年比较比较是只有加重了民间的恐怖、担负、死伤，独有收获，却从田野中走了。晚豆子还不是绝无收成，又因为豆虫多，豆荚没成熟，青青的小圆叶却变成玲珑的小网了。收在农场中，十颗豆粒倒有七八颗是不诚实的，瘪弱的。于是农民又将食物的希望移到番薯上，虽然不能家家种在每家的坏地、沙土地里，总分出一小部分秧上番薯根，预备作冬来的食品。因为这类东西很容易生长、充饥，任管如何都能吃得下去。陈家村左近还不是十分坏地的乡间，每年农民总是吃着高粱米、谷米，用番薯作补助食品。现在呢，多数的人只能倚靠着这样的食物过冬。连陈庄长家里早已没有了麦子、谷米的存粮，至于一天吃一顿的农民并不少，饥饿与寒冷使他们走出了多少人去，自然很容易调查。到镇上去，城中去，是没有多少活计可干的，至于补个名字当本地的兵、警，难得很，没有空额；没有有力量的介绍、保证，便不成功。他们只可更向外走了！然而究竟是冬天呢，各处的工作都已停止，邻近的县分中也没招雇农工的许多地方，何况灾情与匪乱是扩展到很远的地方。他们想到离家乡近的地方吃饭，无奈到处是自己家乡的情况，有的更坏，没有法子，有些人勇敢地更走远了。有的便强忍着这风雪的权威，预备到明年春天好去逃荒。因为冬天都不能过，春间有什么呢？即使守着肥沃的田地，那几个月的生活可找不出着落来。于是下关东去，成了大家热心讨论的问题，路费呢，这是要坐火车与渡海的火船方能过得去的，纵然几十块钱也没处筹划，于是这个冬天在每一个农民心中打击着，焦灼着，苦闷着！

大有与徐利两家好坏总还有自己的土地，不比那些尽是给人家佃地的。可是他们也有那些佃农所没有的困苦，就是无论灾荒如何，这不是从前了，一个紧张的时代，求情告饶却是没有效力的，地亩的捐税不但一次不能少下分毫，却层层的加重。谁知道有一亩田地应分交纳多少？这里的法律是说不到"应分"二字的，只能听从由城中下来的告示，催交的警役说粮银多少，这一次多少钱。至于为什么？要作什么用？可不必问。又是一些省库税，当地附捐种种的名目，他们听也不懂，永远是不会了解的。但无论怎样，有地的人便是地的奴隶了！他得随时支付无量次数的奴隶的身价。这一年来这一个省份里养了多少兵，打过多少仗，到处里产生出多少大小官员，又是多少的土匪，多少的青年在监狱里，在杀场里，多少的人带着从各地方弄来的银元到更大的地方去运动，花费，谁知道呢，——徐利与奚大有只能眼看着他们仅有的土地发愁，幸而还有番薯充塞着饥肠，在惨淡恐慌的时间中一点方法想不出来。

大有虽然是经过一场劳伤的重病之后，他却不能再像他的爹能够蹲在地窖中过冬天了。编席子纵然还有材料，却是缓不济急。他仍然需要工作，去弄点农田外的收入，方能将到年底的债务还清。讲到卖地，只有二亩家乡地。

他想来想去，无论如何忍心不下，何况找不到人家能够要呢。于是他同徐利又得在冷风中出门去。

徐利比起大有的担负还要重！家中幸得有叔兄弟们，除去自己的二亩五分地外还佃种着镇上人家的地。不过人口多，他伯父的鸦片烟的消费尤其要急，即在不是灾荒的年岁每到冬天往往是十分拮据，这一年来更是想不到的困难。男人们的棉衣连拆洗另缝都来不及，小孩子有的是穿了单裤在火炕上过冬，出不得门。徐利虽然有年轻人的盛气，不像大有老是转入牛角尖似的呆想，可是现实的困苦也使他不如平常日子的高兴。他是个向来不知道忧愁，悲观的，自傲自足的年轻农人。每到没有工作的时候在太阳光下拉着四弦琴，是他惟一的嗜好。秧歌唱得顶熟，至于踢毽子，耍单刀，更是他的拿手把戏。

在村子中没有一个人能与他比赛。他常常说些什么都不在乎的话，他不想存钱，也不会花费，他处处还不失乡野的天真。他没有娶妻，因此更觉得累赘少些。他本是快活的年轻人，然而为了家中的人口少吃没用，不能不出去卖力气了。他们这一次是给镇上裕庆店到靠铁路的 F 站上去推煤炭。向例每到冬天作杂货存粮的裕庆店就临时经营炭栈的生意。本来地方上人们用的燃料是高粱秸与木柴，不过为省火力与烧铁炉关系，镇上较好的人家到冬天都需烧煤，不大用那些植物作燃料了。何况几千户的大镇上，有公所，有游击队的分巡所，有保卫团的办事处，有商会，学校，这些地方多少都用煤炭。至于店铺，住家，改用铁炉的也不少。裕庆店的王经理凡是有可以生利的买卖他什么都做。所以他在冬日开的煤炭栈成了全镇上煤炭的供给处。大有与徐利这一次是雇给他们去推隔着一百里外的煤炭。

大有家的车辆在上一回送兵差中丢掉了。徐利家还有一辆，牲口是临时租到的。他们这一次去，一共有十多辆车子，裕庆店的经理对于这些事上很有经验，在年前就是这一次的运煤，他也怕再遇到兵差，车辆人马有被人拿去的危险，所以乘着一时平静便发去了这些车辆。

大有从前曾到过 F 站，有几年的事了。徐利还是头一回。他们推了许多豆饼送到 F 站去，再将大黑块的煤炭运回来，是来往都很重累的劳力，并不能计日得到工资，是包运的办法。一千斤运到裕庆店多少钱，多少都依此为准，好叫推夫们自由竞争。王经理再精明不过，他对推夫们说这一切是大家的自由劳力，他并不加限制，然而既是为的出卖力气赚钱，谁也不肯少推，只要两条膀臂支持得来，总是尽量的搬运。不过比较之下，这一回无论去、回，大有与徐利的车子比别人总要轻一些。大有觉得很对不起他的年轻的伙伴，徐利却是毫不在意的。一路上在刺面的北风里，他还是不住声的唱小调，口舌不能休息，正如他的足力一样。肩头上轻松得多，不多出汗，很容易的扶着车子的前把赶着路往前去。他第一次看见火车的怪车头，与听到汽笛尖锐的鬼叫般的响声。那蒸汽的威力，大铁轮的运转，在光亮的铁道上许多轮子走起来，有韵律的响声。还有那些车子中的各样衣服，打扮，言语的男女，他如同看西洋景似的感到兴味。虽然在近处，火车穿行在田野之中，究竟相隔六十里地，他以前是没去过的。所以他与大有在站上等着卸煤的时候，曾倚着小站房后的木栅子问大有道：

"原来有这样的车！——在铁上能走的车，比起汽车还奇怪，但是那里来的这些终天走路的男女？"

大有笑了笑没的答复，谁晓得他们为什么不坐在家里取暖呢？

"看他们的样子，"徐利低声道："一定不会没有钱！衣服多整齐，没有补绽，不是绸缎，就是外国料子做的衣服，看女的，还围着狐狸尾巴，那样的鞋子。不像贩货，又是手里没东西拿，……"

他口里虽提出种种问题，大有也一样在木栅后呆看并不能给他答复。火车到的时候，那些在站上等候的人是十分忙迫，买卖食物，与上下的旅客，以及肩枪拿刀的军警，戴红帽子的短衣的工人，都很奇异的映入徐利的眼中。及至他看到多少包头扎裤管的乡间妇女，与穿了厚重衣服的男子也纷乱地上下，他才明白一样像自己的人可以坐在上面！然而与那些穿外国衣服带金表链的人们是不能相比的。坐的车辆与吃穿的不一样，他们口里衔着纸烟，眼上戴着眼镜，有的穿长袍，如演戏似的女子，都悠闲地看着这些满脸风尘的乡民，背负了沉重的东西与辛苦的运命拥挤着上下。这明明是些另一世界中的仙人了！徐利眼送着火车慢慢地移动它的拖长的身子，远去了，那蜿蜒的黑东西吐出白烟，穿过无边的田野，带着有力量的风声向更远的地方去。他方回过头来寻思了一会道：

"多早余下钱我也要坐坐那东西！多快活，坐在上面看看！"他微笑了。

"你多早会有余钱？我同你一样，有钱我要去找杜烈。"大有将手笼在破棉衣的袖口里。

"有法子，有法子！过了年，天暖了，我就办得到，下南山同魏二去一趟。……你说杜烈，我不大认识他，听说他在外头混得很好，曾借钱给你？"

"就是他！真是好人！他曾许下我没有法子去找他，他帮忙。……他就是坐这条火车去的，到外头，他说有力气便可拿钱。镇上去的人不少，做小买卖的有，下力的也有，为什么咱老蹲在家乡里受？"大有又提起他的勇敢的精神。

"你还行，我就不容易了！"

"为什么？你反而不容易？你没有老婆，孩子，清一身，往那里去还不随便，怎么不行？"

"有我大爷，虽然一样他有亲生的孩子，都不小了，可是他如果不允许我，真不能走！多大年纪了，忍心不下！"徐利是个热心的年轻人，对于他伯父的命令从心上觉得不好抗违。

"可是，还有这一层！……远近一个样，像今年大约咱在乡间是过活不下去了。下关东那么远，除掉全卖了地没有路费，也是不好办。……"大有惨然地说。

徐利眼望着木栅外的晴暖的天光，沿着铁道远去，尽是两行落叶的小树，引到无尽处的田野中。他的思想也似乎飞到远远的地方里去。及至他们在站上实行装炭的时候，又把在木栅后面的谈话暂时忘了，他们只希望能够早早回到镇上领了运价，回村子，好还债务。经过来去的四五天，大有在车子的后把上虽然吃累，却欣喜的是当天晚上一定可以推到镇上了。这一天天刚破晓，十几辆车子就从宿店里动身。一百里的路程，他们约定用不到张灯须赶到。幸得没有下雪，冷点免不了，是与天气硬挣。短短的旧棉袄，在木把上有两只棉布套，这便是他们保护身体与两手的东西了。在干硬的路上走不到一个钟头谁也得出汗，纵然风大也可以抵抗得住。不是夏天热得不能行动，冬天的推脚是大家乐于干活的。有时遇到天暖，他们便只穿一件蓝或白色的洋布单褂。沿路互相说笑着，分外能以添加用力的兴味。何况这一次是凭了劳力能挣到彩头的事，凡是推夫虽然挥着热汗尽力的赶路，却不同于上次当兵差时的痛苦了。

一道上还很平静，田野间固然少了人迹，而大道中却遇见不少的两人推的像他们的车子，与轿式的骡车，一人把的小车，尽载着许多货物。有的装在印字的大木箱中，有的用麻袋包起，据说都是从火车站上运下来的，往各县城与各大镇集上去。也有赴站的豆饼，花生油，豆油的车辆，不过去的当然不比来的多。豆类的收成不好，影响了当地的出品的外销。然而由火车上运下来的布匹，火柴，煤油，玻璃器具，仍然是分散到较大的地方中去。因此这条大道上在晴光之下平添了多少行人，推夫都是农人，他们利用这冬日闲暇的时间工作着挣每日的脚价，自然是一笔较好的收入。大有病后虽还勉强能够端的起车把，终是身子过于虚怯，一路上时时呛风，咳嗽，汗出得分外多，幸而不是长道，一天便能赶的到。他在起行与到尖站时，仍然脱不了高粱酒的诱引。饭吃不多，这烈性的高粱酿成的白酒却不能不喝。好在沿道的野店中到处都能买得出，那里没有火酒的掺对，是纯粹的白酒。每当他喝下五六杯后，枯黄的面色映出一层红彩，像平添了许多力量，他能够高兴地对人说话。及至酒力渐消后，他推起车子不但是两腿无力，而且周身冷的利害，颤颤地把不住车把，必须到下一站再过他的酒瘾。

　　这是从夏天中习成的癖好，病后却更加重了。本来乡间的农民差不多都能喝点白酒，可不能每天喝，现在大有觉得酒的补助对于他比饭食还重要。他知道这不是好习惯，然而也不在乎，对于俭省度日与保养身子这两方面的事，他已经与从前的思路不对了。谁知道他与他的家里人能够生活到多少日子？家中的田地，甚至自己的身体，终天像是人家寄放的东西。他对于未来的事感不到计虑的必要，因此并不想戒酒。他虽然笨，也有他自己的心计，失望，悲苦，深深的浸透了他的灵魂，解脱与挣扎他一时没了力量。除去随时的鬼混之外再想不出什么方法。一年中，好好的土地有一多半以很少的价值让到别人手里去，家里人手又少，种地非找雇工不可。乡村间土地愈不值钱，雇工的工夫却愈贵，加上一场旱灾，是一个重大的打击。……大有推煤回来，喝过酒，在大道中有时是这样想，于是脚下的力量便松懈下去。徐利在前面虽然用力推动，却走不快。这天在午尖后再上路时，前边的车子将他们这一辆丢在后面，相距总有二里多地。徐利也知道大有现在不能如从前似的推快车，只好同他慢慢地向前赶，好在早晚准能到镇上去。太阳的余光在地上已经很淡薄了，向晚的尖风又从平野中吹起来。距离镇上约莫有十多里地，中间还隔着两个小村子。所有前后走的车辆都放缓了脚步，因为从不明天动身，是重载的车子，赶着趱这一百里地，在冬日天短的时候容易疲劳，还觉得走不多路。无论如何，掌灯后可以到镇上喝酒，吃晚饭，他们不愿在这点时间中尽力的忙着走。人多，也不怕路上出岔子。拉车子的牛马都把身上的细毛抖着，与野风相战，一个个的蹄子也不起劲地挪动。大有与徐利这一辆更慢，相隔二里地，望不见在前头七八辆车子的后影了，还是徐利催促着已经消失了酒力的大有快点走，要赶得上他们。及至到了淮水东岸的土地庙前，徐利在前却看着那些车子都停在小树行子里，没走，也不过河，一堆人集在土地庙的后头，像是议论什么事。

"怪！你看见他们没有？还等着咱一同过河？"

"一同过河？他们大约也是累乏了，——不，你再看看，他们不是在那里歇脚！有点不对，大概河西又有事，怕再与土匪打对头。怕什么，就让把这几车子煤抬去吧！"

徐利不做声再向前走几步，"住下，"他说，"咱先往前探问探问什么事！"恰好那一群推夫也看见了，在微暗的落日光中，向他两位招手。大有与徐利先放下车子跑上去，原来是裕庆店的一个小伙，跑得满头汗珠，过河来迎他们。

这时大有才明白，他猜测的不错，果然是出了事。虽然不干他们的事，也没有土匪等着抢煤炭，然而裕庆店来的信，却千万嘱咐他们不要过河！原来这天下午从旺谷沟与别的地方突过来许多南边几县里守城不住败下来的省军，属于一个无纪律、无钱、无正当命令向那里去的这一大队饿兵，虽然有头领，却有几个月不支军饷了，这一来非吃定所到的地方不行！与上一次的由江北来的兵不同，那是比较规矩的，而且只是暂住一宿。现在不过千多人，到他们这些村庄中来却一点客气没有了。更穷，更凶，尤其奇怪的是这些在南边几县中为王的军队，每一个兵差不多都有家眷，小孩子略少些，女人的数目不很少于穿破灰衣的男子。除掉有军队的家眷之外，还带着一些妇女，少数的没穿灰衣的男人，说是挈带来的。总之，他们都一样，衣服不能够挡得住这样天气的寒威，没有食物，恰是一大群可怕的乞丐！令人怎么对付？他们一到那里，十分凶横，索要一切，连女人也是多数没有平和的面目。

困顿与饥饿把他们变成另一种心理。他们的长官自然是还阔绰，然而他有什么？一群的兄，弟，姊，妹，于是对于各村庄的农民就视同奴隶了。据裕庆店的小伙向这些推夫说：这大群败兵分做三路向北退却，都经过这一个县境，总头目住在县城里，虽然还向北走，可是后头没有追兵，看样要预备在这县中过年再讲。因为再向北去，各县中一样闹着兵荒，都是有所属的省军，谁的防地便是谁的财产，怎么能让外来的饥军常住。于是分到镇上来的有七八百人，余外是妇女、孩子，得叫这一带的人民奉养他们。县里现在苦得利害，顾不及管乡中的事，只可就地办理。现在镇上也容不了，又向左近的小村庄中分住。他偷出来的时候，乱着的这群出了窠的穷蜂到处螫人。加上他们想找到久住的窠巢，谁家有屋子得共同住，因为他们也有女人、孩子，不能说上人家的炕头算做无理。这惟一的理由是，"咱与老百姓一个样，也得住家过日子，躲避什么呢！"于是乡村间在这天晚上大大纷乱，要紧是如何住屋的问题。同时有多少人忙着给他们预备饭食。这位小伙早跑出来在河岸上迎着车辆的使命，是不让大家把煤推到镇上去。因为他们正需要燃料，如果知道，裕庆店这次生意得净赔！再则还怕扣留下这七八辆车子不给使用。所以小伙扇着扛鸟帽再说一遍：

"王掌柜偷偷地叫我出来说，把车子全都送到，——回路，送到汉河口的大庙里去。他也知道大家辛苦了三四天，这里我带来的是一个人一块钱！到大庙里去随便吃、喝，尽够。那主持和尚与掌柜的是干亲家，一说他就明白，还有一张名片在我的袋子里。"于是这颇能干的伙计将袋里的十几块大洋与一张王掌柜的名片交出来，他喘着气又说：

"好了，我交过差，以外不干我事，还得赶快跑回去。来了乱子，柜上住下两个连长，两份家眷，真乱得不可开交！……打铺草堆在街上比人还高。"他来不及答复这群推夫详细的质问，将钱与名片留下，转身便从草搭的河桥上走回去。

广阔的大野已经被黑影全罩住了。

推夫们不能埋怨王掌柜的命令，还十分感谢那位小眼睛稀稀的胡子的老生意人。他们要紧是藏住这些劫余的车辆，有的是借来的，租到的，那一回丢的牲口、车子，给农民一笔重大的损失。如果这次再完了，明年春天他们用什么在农田中工作？实在，他们对于农田的用具比几块钱还要紧。虽然要回路从小道上走，还有十多里才能到又河口东头的大庙。然而谁敢将车子推到镇上去呢？赶快，并不敢大声叱呵着，套着缰绳的牲口，只可用皮鞭抽它们的脊骨。

大有与徐利的车子这一回反而作了先锋，往黑暗的前路上走。风大了，愈觉得腹中饥饿。加上各人牵念着村子中的状况，说不定各家的人这一夜中没处宿卧，家中存储的仅有的粮米等他们吃上三天怕再也供给不出！潜在的忧虑伏在每个推夫的中心，他们惟一的希望是各人的村子中没住兵，住也许到别人家里去。但谁能断定？这突来的灾害，这荒苦的年头，这一些到处作家，还挈带女人孩子的蜂群！徐利更是有说不出的恐怖，他的伯父，那样的古怪脾气，还得终天在烟云中过生活，如果同不讲理的穷兵闹起来，不用器械，一拳头或者能送了他的老命！再不然气也可以气得死。这年轻力壮本来是对于一切毫不在意的孩子，当他的心头被这不幸的消息打击着，他觉得身上微微发颤了！

大有只是想痛痛快快再喝一回烈酒，他咬着牙齿努力不使他的想象发生。汉河口是在这小地方中风景比较清爽的村落。相传还有一些历史上的古迹，因为这县城所在地是古史上的重要地带，年岁太久了，古迹都消没在种种人事的纷变之中，独有这汉河口的村子还是著名的古迹区。曾被农民发掘出几回古时的金类铸器，以及古钱，又有几座古碑，据考究的先生们记载过，说是汉代与晋代的刻石。除却这些东西之外，所谓大庙更是这全县的人民没有不知道的古庙了。什么名字，在乡民传述中已经不晓得了，然而这伟大略略残破的古寺院仍然是具有庄严的法力，能够引动多少农民的信仰。本来面积很广大的庙宇，现在余存了不到一半的建筑物，像是几百年前重修过的。

红墙外面俱改成耕地，只有三三五五的残存的佛像在地上受风雨的剥削。有些是断头，折臂，或者倒卧在地上面，也有半截石身埋在土中的。都是些身躯高大，刻画庄严的古旧的佛像。虽然没有殿宇作他们的荫护，而乡民对于这些倒下的与损坏的佛像还保持着相当的尊敬的观念。谁种的庙田里有段不完全的佛身，纵然是倒卧着，仰着不全的笑脸上看虚空，而佃地的农户却引为他自己的荣耀，不敢移动。庙中的和尚自然还要借重这破坏的佛像的势力维持他们的实在的利益，时时对农户宣扬佛法的灵异，与不可亵侮佛像的大道理，然而他们却无意再用香花供养这些美术的石块了！庙里还有十多座佛殿，有的是种种经典、法器，和尚也有十多个。里面空地不少，有的变成菜圃、花园，还有些大院子是完全荒芜着。因为庙上余外有足够应用的庙产，用不到去利用这些小地方求出息。古树很多，除去松、柏、枫树、槐树之外，也有檞树，是不多见的别种的大树，而乡村中不大生长的。房屋多了，难免有些损破，和尚又没有闲心去点缀这些事，除却香火较盛的两座大殿之外，别的大屋子只余下幽森的气象与陈旧的色彩了。沿大庙走过一段陂陀，一片泥塘，有很多的芦苇，下去便到河的叉口。

每到夏秋水很深，没有桥梁，也没有渡船，只有泥塘苇丛中生的一种水鸟在河边上啄食，或没入水中游泳。庙的地点较高，在观音阁上可以俯瞰这一处的小风景。尤其是秋天，风摇着白头的苇子穗，水鸟飞上飞下作得意的飞鸣，那一湾河流映着秋阳，放射出奇异的光丽。所以这大庙除却古迹之外也是旧诗人们赞赏的一个幽雅的地方。前多少年，古旧的文人往往从几十里外来到庙里玩赏，或是会文，但自从匪乱以后，不但文人不敢到这样荒凉的地方，就是大无畏的和尚也终天预备下武器作法地的防护者。那样的空塘，那样的弯曲的河流，与唱着风中小曲的芦苇，都寂寞起来，似乎是全带着凉凄的面目回念它们昔日的荣华！

因为不通大道，新修的汽车路也走不到大庙的左近，所以它在这纷乱的年代与时间中还能保存着古旧的建筑，与庙里的种种东西。土匪自然是对于庙中的和尚早已注意了的，不过究竟是一片古董的地方，相传佛法的奇伟与神圣，在无形中免除了土匪的抢掠。其实还是庙中的财富较大，人也多，和尚们自己有枪支，火药，领着十多个雇工人，形成了一个小小的武力集团，所以土匪也不大敢去和他们出家人惹是非，这便不能与陈家村村外的龙火庙相比。

大有与徐利在暗道上率领着后面的车辆，摸着路走，他们不燃上纸灯笼，也不说话，尽着残余的足力从小路上向大庙去。冬天的晚饭后，轻易在路上遇不到走路的人，何况这条小路只是往汉河口去的。经过不少的柿子行，路旁尽是些丛生的荆棘与矮树，高高的树干与尖枝在初上升的薄明的月光之中看去像些鬼怪的毛发、手臂。有时一两声野猫子在近处叫出惊人与难听的怪声。虽然是一群人赶路，谁听见也觉得头发一动一动地像是先报什么恶兆。这条小路只有徐利在多年前随着他那古怪的伯父上庙走过一回，别的人只到过汉河口，却没曾往庙里去过，虽然风是尖利地吹着各个人的面部，他们仍然从皮肤中向外发汗。太沉累了，饥饿与思虑，又有种下意识的恐怖，赶着往大庙的门前走，谁也觉得心正在忐忑着跳动！

经过一点钟的努力，他们在沉默中到了圆穹的石砖大门前。住下车子，都疲倦得就地坐下。这时弯弯的凉月从庙里的观音阁上露出了她的纤细的面目，风渐渐地小了，冰冷的清辉映在淡红色的双掩的大木门上。徐利振作精神想向前捶门，听听里面什么声息都没有，他方在踌躇着，大门东面的更楼上同时有几个人在小窗子里喊呼。一阵枪械的放拿声，从上面传下来。经过详细的问询，从门缝里递进名片去，又等了多时，门还是不开。而更楼上边的砖墙里站上了几个短衣人的黑影。并不是庙里的和尚出来问话，仿佛是也有军人在上面，听口音不错，上面的问话：

"咱们，——军队住在庙里，不管是谁的片子，过不来！谁晓得你们车子上推的什么东西？"

听见这句话大有从蹲的车子后面突然跳起来，上面的人没有看清楚，觉得大有是要动手，"预备！——"两个字没说完，听见几支枪全有拉开机关的响声。徐利与其他的推夫都迷惑了！他们不知道是碰到的什么事？怕是败兵住到大庙来了。也许是被土匪据了，他们岂不是来找乱子？要跑，又怕上面飞下来的火弹，这已经是有月亮的时候了，照着影响下打，没有一点遮蔽。……怎么办？

"咦！……快开门！你不是老宋，我是奚大有，……陈家村，一点不差！给镇上推煤的车子。……"大有高叫，带着笑声。

"太巧了！咱同兄弟们刚刚进来吃饭，你真是大有，……没有外人？"上面的头目问。

大有走到更楼下面又报告了一番，他们都看清了，这时徐利也跑到前面，争着与久别的宋队长说话。庙门开了，推夫们都喜出望外，得到这个一时安全的避难所。

十八

大有想不到的与宋大傻会在这古旧的大庙中见面，他在意外的欣喜中忘了饥渴。徐利与大傻——这一对幼年时顽皮的孩子也有将近一年没得见面了，于是他两个人离开别的推夫吃饭休息的空屋子，到庙里后面的大客堂中与大傻畅谈。因为究竟是城里下来办公事的警队长的势力，他们也受着主持和尚的特别招待。原来大傻是奉了大队长的命令，为现在某军败退下来住在城中，下乡到没驻兵的各大村催供给，草料、米、面、麦子，都在数。怕乡下人不当事，带了六匹马巡去严催，限他们明天送到，他与马巡跑了一天，想着赶到镇上去宿，来不及，听说镇上也满了住兵，就宿在这所大庙里，预备不明天就回城销差。

"这一来可有趣！咱被人家逼得要命，还不知道家里人现在往那里跑？大傻哥，你却骑着大马游行自在地催人去！"徐利感慨着说。

"官差难自由，就是大队长也不是冷冰做的心，过意不去，是过意不去！干差可还得干差！——县长前天几乎挨上这位军长的耳刮子，那就不用提了。我出城的时候，噢！城里真乱得够瞧。谁家都住满了兵大爷，被窝、衣服，用得着就顺手拿来。借借用吧，说不了，他们说是为老百姓受的苦难，这点报酬还不给？真也不是好玩的事，多冷的天，棉衣裳还不全，有几个不是冻破皮的？……有什么法！"大傻用马鞭子打着自己的黄色裹腿，仿佛在替那些穷兵们辩护。

"大傻哥，这里没有老总们，我还是老称呼，太熟了，别的说不来。"徐利精细他说："你当了一年的小兵官，也该变变了，自然同乡下人不一样看法。可是不能怪你，本来是差不多的苦头。上一回还是我同大有去送兵，——那一回几乎送了命，——眼看着那些老总们遭的份罪，也不是人受的！这该怨谁？者百姓更不用提起，——不过你在城中比他们，比咱，都好得多呀！"

大傻将小黑脸摸了摸，右手的两个指头捏出一个响声来道："好吗？兄弟！"大有半躺在大木圈椅子里看见他这样滑稽态度，不禁笑道："好宋队长，你真会找乐！"他在这大而暗的客堂中走了一个回旋，回过脸对着坐在木凳上的徐利道：

"好是好，有的穿，冬夏两套的军衣；有的吃，一个月的饷总够吃馒头的。除此之外，若是干，还有捞摸，怎么不好！——再一说，出去拿土匪吓吓乡下人，都不是赔本的生意。对呀，利子，你也来干干，我给你补名字！"

他很郑重地对着徐利的风土的脸上看。

"这可不能说着玩，我想想看。"徐利认真的答复。

"哈哈！还得把老兄弟说转了心，在这时候蹭着受人家的气，——咱自家不会干？……"他还有下文没说得出，旧门帘动了动，庙里和尚做的饭端进来。这两个用力赶道的农人那里想到在这匆促的晚间还能有这样的饭食！一盘炒菜，一碗炒鸡蛋，还有一碟小菜，大壶的白干，与热的高粱饼子，他们来不及再讨论别的事，迅疾地吃喝起来。大傻已吃过饭，只陪他们喝酒。

空空的肠胃急于容纳下这样香甜的食物，谁也不说话，酒是大杯的一气喝下，有多半是装到大有的口里去了。大傻只喝过半杯，又着腰在地上走。过大的客堂中，一盏油灯仅仅照过木方桌前的东西，四壁仍然是十分黝黑。

大傻用着走常步的法子踏着地上的陈旧的方砖，来回踱步。整齐的深灰色的棉军衣，一双半旧的皮鞋，武装带，一杆小小的手枪藏在皮匣之中，虽是细瘦的身材，却显见得比从前在乡间地窖子中披着棉衣捉虱子是另一个人物了。

快要吃完饭的时候，大有还独自喝着瓦壶中的残酒。徐利的心思比大有活动得多，这一次眼看着旧日的同伴作了城里的小队长，又看他穿的整齐，想到自己的一切，不免不甚高兴！在从前老人们都说大傻是到底不大成材的年轻人，有的还叫他做街滑子，现在能够这样的威势，比起自己穿着有补丁的短袄，老笨布鞋，还得终日卖力气，担惊受骂，怎么样？在嚼着炒鸡蛋的刹那中，这年轻聪明的农人颇觉着自己太难堪了！心里老在打主意。大有见过这小队长算两次了，他从没动过羡慕他的心思，他只是佩服大傻的能干与胆力！他的朴质的心中没有一点惭愧！所以他这时喝着酒，除去悬念家中的情形之外，觉得颇为快乐！大傻在他们中间虽然从前是惫懒的不叫人欢喜，然而他算最有心思的一个，对于大有与徐利的性格他都明白。他这时看着徐利细嚼着饭不做声，他咳嗽了一声道：

"我替你想来，你将来也得干咱这一行，只要有志气，怕什么，反正种不成地，逼着走这一步。你还用愁，不愿意当小兵，找人想想法子！……"大傻露出得意的笑容。徐利简直离开了木桌，松松腰带道：

"先不用管我干不干，你真有什么方法？"

"容易！就一口说得出？不用忙，非过年以后办不到，你只是静等。"徐利把很长的下颌擦一擦道：

"你简直像另换了一个人！说话也不像从前，吞吞吐吐，有什么秘事值得这样？"他觉得大傻是对他玩笑。

"不，老兄弟！——不是我变，你想想，我在地窖子里的样子能变到那里去？可是话不到时候有不许说的情形，现在多麻烦，说你不懂，你又俏皮我是摆架子，全不对！常在城里便明白与乡下不同。"大傻真诚地说。

"我多少明白点，大傻哥的话，……话呀，……他究竟比咱明白得更多。"大有据着在城中的经验，红着脸对徐利慢慢地说。"这一说我直是怎么不懂的乡下老粗了！"年轻气盛的徐利突然地质问。大傻将军帽摘下来，搔着光光的头皮道：

"谁还不是乡下老粗！咱是一样的人，比人家的刁钻古怪，谁够份？大有不用提，是第一号的老实人。就是我，白瞪着眼在城里鬼混，哼！不懂的事，使你糊涂的玩意，多啦！地道的乡下老粗！说你也许不信，不老粗，就像小葵一样那才精灵的够数！……"

"说来说去，还没问问咱村子的阔大爷小葵，一定又有什么差事吧？"大有这时的精神很充足，他坐不惯大太师椅子，便从门后面拉过一个破蒲团来坐在上面。

"怎么不说到他！陈老头养着好儿子，老早打从上一次过大兵，他居然成了办差处的要紧角，不唱大花面，却也是正生的排面了。""办什么差？就是兵差？"

"对呀！名目上办兵差，什么勾当办不出。见县长，上衙门，请客，下条子，终天吃喝，说官司，使黑钱，打几百块的麻将牌，包着姑娘，你想，这多乐！大洋钱不断地往门上送。说一句，连房科、班役，谁不听？老爷长，老爷短，简直他的公馆就是又一个县衙门。利子，你再想想，像咱这道地老乡下粗，够格不够格？"

徐利也从木凳上跳下来。

"怪得陈老头子一听有人说小葵脸色便变成铁膏。上一回镇上的魏二还提过下南山收税的事，——原来真有点威风呢！"大傻吸着纸烟，将他的红红的小眼一挤道：

"怪，真怪！仿佛离了他不能办事。想不到才几年的小学生，有那份本领，坏也得有坏的力量！使钱还要会玩花枪。我常在城里，有时也碰到他，那份和颜悦色的年轻人的脸面，不知道怎么会干出那些事来？"他向暗暗的空中吐了一口白烟，接着又说：

"那份作为怪不得陈老头从此担上心事，究竟那老人家太有经历了！他见过多少事，等着瞧吧！小葵看他横行到多少时候，怕也有自作自受的那一天！"

"可也好，他是咱村子的人，乡下有点难为事求求他，应该省许多事。"大有说。

"你净想世上都是好善良人，他才是笑在脸上，冷在肚里的哩。乡下事，本村中的难为，干他鸟事！不使钱，不图外快，他认得谁？连老太爷也不见得留二寸眼毛。有一次，我因为一个多月没发饷，向他借三块钱，没有倒也罢了，借人家的钱原没有一定要拿到手的。可是他送出五角小票来，说是送我买纸烟吸，……哈哈！……"大傻笑着说。

"五角钱，真的，送你？"徐利很有兴味地追问。

"谁骗你？当打发叫化子的办法，他还觉得是老爷的人情！是一个村子里邻居！……"

"真的，他成心玩人，没有还不说是没有，谁还能发赖！"大有愤愤地说。他们暂时没往下继续谈论，然而徐利与大有听了，都觉得平日是非常和气见人，——很有礼貌的小葵，虽然好使钱，却想不到是这么一个人。在想象中他们都能想得出大傻当时的情形。大傻将一支纸烟吸完，丢在地上，用皮鞋尽力踏着道：

"别论人家的是非了，他是他，我是我！本来就是不一样的人，两下里怎么也不对劲。可怜是我还不敢得罪他，见了面仍然是笑着脸说话。……"

"他还能够给你掉差？"徐利问。

"怎么？你以为他办不到？岂但是掉差，他的本事大了，真把他得罪重，什么法子他可以使。——如果不干，不吃这份饭，马上离开城圈，自然不管他，仍然想在那里混着，你说要同他翻脸？……"

"这么说来，还得吃亏？"大有点点头道。

"知面不知心！小葵什么心劲都有，要吃他的暗亏真容易！"大傻在城里当差一年，居然变得十分深沉了，不是从前毛包子的脾气。

生活的锻炼，与多方面的接触，他虽然还保持着那一份热气的心肠，却不是一任情感的冲动，随便说话举动的乡下人。因为他吃过一些精神上的苦头，受过多少说不出的闷气，把他历练成一个心深而思虑长的，会办事的能手。与徐利、大有比，便迥乎不同。他这时淡淡的答复了大有的疑问，接着到油污的方桌上挑了挑豆油浸的灯芯道：

"净谈人家有什么意思，横竖是一条冰，一块热炭，弄来弄去，各人得走各人的路。不是站在一个地处，谁分出什么高下？现在我想开了，老是在城里吃饷也没有出息，好在我是独人，说不定早晚有机会向外跑，干吧！……"

徐利脸上微微显出惊异的颜色来。

"还往外跑？能够上那里去？"

"说不准，——怎么还混不出饭吃！多少知道一点现在的事，再不想当笨虫一辈子，你们不知道，这一年来我也认得了许多字。"

"啊！记起来了，大傻哥准是拜了祝先生为老师。"大傻望着一动一动的灯光笑道：

"猜的真对。小时候认得几个字，还记得，在队里没事的时候，就当学生。你别瞧不起祝先生，他比咱还年轻，说话倒合得来。他没有那些学生的架子，他懂得很多很多的事，说起来没有穷词。不管他不是本处人，够朋友！——我就从他那里学会了许多事。"

"什么事那么多？"徐利问。

"说来你更得像听天书一样，急切明白不了。……"大傻显见得不愿意多谈，徐利对于他这位老同伴歇歇螫螫的神气也大不满意，他心里想："真不差，你现在不同咱们站在一个地处了！架子自然会摆，咱还是回家向地里讨饭吃，谁巴结你这份队长！"

赌气也不再问，从怀里掏出短竹子小烟管吸着自己园地里种的烟，闷着不说话。大傻知道他的言语不能使这位年轻的邻居满意，却又没有解释的方法。不过一个年头，自己知道的事与祝书记传授给的好多新事，怎么敢同这冒失小伙提起。从省城里下的命令多严厉，看那样书的人都得捉，不是玩笑，即使自己领祝书记的教，还是得没有人听的时候。那些讲主义的话与他说，不是吃木渣？并不是一天两日讲得清的，所以说话的吐吞也没法子请他原谅。

大傻沉着地想这些事，大有却是一无所觉的。他仍然是抱着简单而苦闷的心牵记着家中的情形，没有徐利的多心，也想不到大傻在城中另有一份见解。这些全是大有梦外的事，他一时理会不来。夜已深了，这两个费力气的乡间人再熬不住瞌睡，便倒在大木炕上。大傻似乎还要讲什么话，却又说不出来，末后他只说了两句：

"不定什么时候再得见面？徐利，你到底有意思补个名字？"

"看着去，我也不很稀罕你那一身衣服！……"

大傻微笑了，他知道老同伴的脾气，再也不说什么。第二天的绝早，这两路上的人一同离开了大庙的暗影。宋队长带着马巡走大道往城中交差，大有这群像是躲猫的老鼠，将车子全存在庙里，谢了和尚的招待，分路从别道上回各人的村子去。

刚破晨的冬天的清肃，满地上的冷霜，小河湾里的薄冰与微号的朔风，在这么广阔的大野中著上了几个瑟缩的行人，恰是一幅很美的古画。然而画中人的苦痛遮蔽了他们对于自然清趣的鉴赏。冷冽的争斗，心头上的辛辣，与未来命运的横阻，使他们不但不会欣赏自然，也生不出憎恶的心思，只是冷漠的无情的淡视自然的变化，与他们的烦苦几乎想不到有什么关联。他们现在所感到的是旷野的空虚，与凉气逼到腹中的冷战！走不出几里路，同行的推夫渐渐地少了。不是一个村庄的人，都各自拣便道走去。后来到镇上与陈家村去的只剩下五六个人。大有除去感到烈酒的虚渴之外，他情愿看看这群新到的兵是什么景象。有上一次的经验，并不对他们害怕。至于家中的穷苦，又遇上这样的横祸，他现在想也不想，得过且过，是他病以前的念头，现在连这么无聊的意念也没了。他以为非"打破沙锅"不行，再不图安衣足食好好过乡下的生活！那个幻念现在在他简单的心理上打得粉碎。徐利一路上老是忘不了昨日晚上大傻的口气，神情，愈想愈不对劲。一会又觉得自己不争气，完全成了乡下的老实孩子，受人家戏弄。他是多血质的人，想头又活动点，又不明白宋大傻现在是有什么心思，所以觉得是十分不服气。虽然他答应自己补名字，那不过是对乡下人夸嘴要脸面的好听话。

两位人虽是各怀着异样的想头，而脚下却是同一的迅速。他们踏着枯草根与土块，越过一片野塘，穿行在河边的树林子里，图却行道的利便，来不及按着次序走。绕了几个圈子，当温和的太阳吻着地面时，他们已经到了陈家村的木栅门外。

好容易进了村落，大有与徐利才明白他们各人家中昨夜的经过。幸而只有一连从镇上分到他们这边来，自然人数并不足，只有五十多个枪械不全的兵士，然而也有一半的女人，像投宿客店一般的不客气，随便挑着屋子住。春天立的小学校，那只是五间新盖的土房，只一盘火炕，住了一份男女。别的人谁也不愿意到那大空屋子里挨冻。于是这二百家的人家有多半是与这些突来的野客合住在一个家庭之中。陈庄长家的客屋成了连长的公馆，徐利家中的人口多，幸而只住上两位太太，一位是穿着妖艳的服装，虽是小脚却有绸子长袍，时时含着哈德门的纸烟，那一位却是很老实的乡下的姑娘。大有的三间堂屋里有一个矮子兵带着他的年纪很不相称的妻，一个五六岁的孩子，变成了临时的主人。大有的妻与聂子却退到存草的牛棚里去，幸而还有两扇破木门。

大有被这些新闻闹糊涂了，一进村子便遇见人同他说，他跑到家里去看看，还好，他的主人是五十几岁的老兵，连兵太太也是穿戴得同乡下人一般的寒碜。显见得他们不是原来的夫妇，女的比男人看去至少小二十岁。破青布包头，粗布袄，一脸的风土，小孩子流着黄鼻涕，时时叫饿。那位兵爷并没有枪械，络腮胡子，没修刮，满口说着好话，不像别的穷兵一个劲地凶横。至于屋子中的存粮食物，毫没有疑问，大家共有，临时主人的空肚子不能让它唱着饥饿的曲调。大有问过几句话，看看妻与儿子虽是睡在干草堆里，究竟比露宿好得多。他眼看着自己的人与老兵的狼狈情形差不多，都等于叫花子，他只能从厚厚的冻得发紫的嘴唇上含着苦笑。的确，对于那样年纪与那样苦的老兵以及他的临时组织成的眷口，大有什么话也说不出。

然而全村中的人家却不能够都有大有家中的幸运。年轻的，带枪械的兵士总起来有多半数。连同他们的女人，也一样更不会和气，不懂得作客的道理，占房子抢食物之外，人家的衣服，较好的被窝，鸡、鸭、猪，凡是弄得到的，该穿，该吃，丝毫不容许原主人的质问，随便过活。这一来全村中成了沸乱的两种集团：受灾害的无力的农民，与在穷途不顾一切的兵客。虽然在枪托子皮带之下，主人们只好事事退避。不过情形太纷乱了，大有各处看看，觉得这恰像要点上火线的爆发物一样。找陈老头去，到处不见，据说昨夜在吴练长家开会，还没回来。这一晚上原是空空的地窖子里却塞满了村中的男子。自从春天奚二叔还在着的时候，地窖早已空闲起来。每年冬天，奚二叔约集几个勤苦的邻居在里边共同做那份手工，即使农人用不到这点点的收入，他们也不肯白白的消磨了冬天的长夜。何况烧炕用不到的高粱秸，——那是另一种的细杆的高粱秸，——既然由田地中收割下来，也不忍的损坏了。所以这多年的地窖每到冬晚便变成村子中的手工厂，也是大家的俱乐部。近几年已经是勉强维持着他们的工作，可是一年不如一年了，因为虽然还没有外来的东西能以代替乡村间的需要，而人手却聚拢不了几个。除去按户轮班，守夜巡更之外，也有年轻人，却多数不愿干这样出息少的工作。甚至年老人教教他们，也觉得这是迂拙的事。劈高粱秸，刮穰子，分条，编插成一领大席子，须四五个人几晚上的工夫，卖价也不过一吊大钱，合起洋价来连两角不够。至于工作的兴趣，年轻的农人当着这年头哪一个不是心里乱腾腾的，怎么能使他们平下心在黑焰的煤油灯下做这样细密活计？摸摸纸牌，喝白干，有的便到小鸦片烟店里去消夜；不吸烟也不用花钱，可以听到许多故事，比起这沉静寂寞中的地窖写意得多。所以奚二叔在以前就对着这样情形发生过不少的感慨，他曾向陈庄长说过，要将地窖子填平，种果子树。多年没曾填塞过的地处，奚二叔虽然有此志愿，却终于没实行。还是每到冬天在里面编席子。工作人多少，他不计较，也不管一冬能编出几领席来，他总认为这是他的冬天的职业，是从祖上传下来的农民应分勤劳的好方法。及至他死去以后，大有轻易不到这里来，成了存草的厂子。又是一年的冬天，大有也没想到继续他爹的志愿，再编草席，村子年纪较大的人也被这一年的种种事闹糊涂了，谁也不提起这件事。

然而这一回的意外事却添了这冷静的土窖中的热闹。

客兵们都找有火炕的屋子住，有现成的农民的被窝，用不到讲客气，谁愿意到这里边来。村中的男子逼得在家里没处安身，他们有的是母亲，姊，妹，与兄弟们的女人，只是让她们并居在一间，两间，几家邻舍共同倒换出的小屋里。男人自然无处容纳。大有虽然对于住在自己家中的老兵还觉得安心，却也不情愿与老婆，孩子，挤在小牛棚的草堆里过夜。因此村东头的他家的地窖便恢复了奚二叔在时的情形。

差不多有几十个男子都蹙眉叹气地蹲在里面，低低地谈着话。一个题目，是怎么度过年关前的日子？住处如何，他们还想不到。家中本来没有多值钱的物品，也还能舍的丢掉，迫在目前的是粮粒的缺少！一年收成不过五成，人工，捐税，吃，用，到这样的穷冬已经得饿着一半的肚皮，才能混过年去。这一些天神的下降，只几天便可以扫数清楚出来。虽说镇上要从各村子中征集麦、米，那里来得！平空中添上近千口白吃的客人，这简直比夏天与土匪打架还难！

不用讨论也不用预想，明明白白的困难情形，要逃荒也没处走，又是多冷的冬天！这一地窖中的男子，——几年来吃尽了苦头的农民，谁也没有主意。他们没有枪械，又没有有力量的援助，即使横了心学学他们的客人的榜样，也带了妻子往别的地方当吃客，怎么办的到？与这些饿鬼相争，明明不是对手，怕连村子都守不住。……

大有在地窖下口的土阶旁，半躺在干草上瞪着大眼看从上面坠下来的一条蜘蛛丝，有时飘到灯光的亮处，便看不见，又荡过来，方看清沿着那极细极软的丝上下来了一个土色的小蜘蛛，正好在他的脸上面爬动。一指尖便可将丝弄断，使这小生物找不到它的旧窠。无聊的气闷横在胸间，他很想着破坏了在当前一切有阻碍的事物。他刚刚举起右手，一个念头又放下了。

不知是为什么？他这样心粗的人忽然怜悯这拖着自己腹内的生命丝出来在空虚中寻求食物的小东西。这么枯冷黝黑的地方里，它还没蛰藏了它的活动的身体，不怕什么，也不管有无可以给它充饥的食物，在这细柔的一条丝上仍然要努力寻求充实它的生命的东西！大有虽不会更精细地替它设想，与更凄凉地感到生活的悲惨，然而他觉得他不应用自己的手指毁坏了这小生物的希望，像是同自己一样。他想不出所以然，却把那份气闷消停了不少。"怎么，徐利子没来？他家里不是也盛不开？"不知谁忽然这么说。"他许是在家里要替他大爷保驾？——他倒是个孝顺孩子。"一位弯腰的老人说。

"不，我知道。"这是那痨病鬼萧达子的声口，"他自从天明回来一趟，就到镇上去，午后我还同他打了一个照面，看他忙的满头汗，问他有什么事，他说什么什么都完了，至少他大爷与那些老总们再混上两天准出乱子。他说他非想办法不行，到底不知他有什么办法，以后就没看见。"

"谁都没法子想，难道他就分外刁？"第一个说话的掷回一个冷问。

"人家有好亲戚。"又一个说。

"你说的是那老师傅的表兄？大约利子要走这条路，本来冷家集不逢大道，那一家不是在那个村里开着油坊？"

"准对。徐老师的脾气，一定得搬。他，没有饭吃还将就，他是眼里放不下去这些老总们的！闹急了，他会拼上老命！"弯腰的老人又说。

"唉！有好亲戚的投亲，好朋友的投友，都是路！苦了咱这无处投奔还是空着肚皮的人家！……"萧达子哭丧着瘦瘪的黄脸，蹲在墙角里咳嗽着叹息。

大有听了这些话他躲开那飘动的蛛丝坐起来。接着萧达子又道：

"我猜他准得把他大爷，女眷送出去，他得回来看家。"他们正在猜测着，地窖子上面的木框中填干草的门推开，跳下来一个人影。

"说着曹操，曹操就到。徐利，是你要搬家？"另外一个年轻人抢着问。果然是徐利，面色红红的，像是喝过酒。他一步跳到土地的中央，仿佛像演说似的对大众说：

"不能过了！这一来给个'瓮走瓢飞'，非另打算不行！哭不中用，笑不中用，——为的我大爷，没法子，不把他送出去，他那个脾气非干不可！不是白送了老命？一天多没得吃烟，躺在团屋子尽着哼，好歹我向他们告饶，说是病，可怜年老，才好容易没撵他出来。不管怎么样，明天一早我得连家里的女人们送到冷家集去。——知道大家是在这里蹲。……"

他的神气十分兴奋，在大家是灰心丧气的时候，他跳进来大声说这些话，也不怕外面有人听去。大有看着也很觉得诧异。"少高兴！——这是什么时候，搬就搬，谁叫你有好亲戚。别那么吆天喝地地，——你知道老总们站了多少岗？"先前猜他要搬走的那一个农民说。

"高兴！'火烧着眉毛，且顾眼下'！我徐利就是不怕硬，送了他们去，回来，我并不是躲开，倒要看热闹到个什么样？——再一说，站岗，也还像样？你们不知道只是木栅子大街两头有四个老大哥，难道还站到咱这地窖子来？他们的胆量更小，夜里出村子去，要他们的命！不是为了后患，看那些家伙，收拾了他们不费事！"

他喝过酒，话更多，这突来的遭遇使他十分激动。他不像别人只顾忧愁，思虑，像一群害饿的绵羊，愈在这样的时候愈能见出他对于困难的争斗与强力反抗的性格。

他毫不在意地向大家高声说着那些饿兵的举动。他到镇上，问裕庆店要钱时所见的种种情形，引动了这全地窖中人的注意。他们虽然恐怖，然而也愿意有个勇敢的人给他们许多消息。大有始终用宽大的黄板牙咬着黑紫的下嘴唇，没说话，虽然是听徐利的报告，他的眼睛却没离那一根飘来飘去的蜘蛛丝，这时他突然问道：

"你当天还赶回来？"

"我当天走黑路也要来！我不能把房子干干净净让给这群饿鬼，——而且回来还得想法子！"

"小声点说！我的太爷！怎么还想法子？"萧达子吸着短旱烟管说。

"耳刮子打到脸上，难道硬挨着揭脸皮不成！"徐利睁大了他那双晶明的大眼。萧达子吐了吐舌头，接连着咳嗽着摇头。

"好徐太爷！大话少说点，够用的了！"

"哈哈！放心，连累不了你这痨病鬼！"

"连累不连累说不上，你忘了头年大有哥的事？"

"除非是他！……"徐利眼看着发呆的地窖的主人冷笑。

"怎么样，依着你？"大有把右手向前伸一伸。

"依着我？一年更不是一年，去年的黄历现在看不的，依着我！……"他像颇机警地向四下里望了望，话没说下去。

"可是你以后别说'除非是他'的话了！"大有脸上也现出决断郑重的颜色来。

"静一静，听！……"弯腰的老人向草门外指着，果然从远处来了一阵马蹄的蹴踏响声，似是向村子里来的。接着有人站起来，一口气将土墙上的煤油灯吹灭，都没说什么话。

黑暗中，大有将伸出去的手用力一挥，那条柔细的蛛丝断了。

十九

这群穷兵在这些村镇中住了五六日之后，正当一天的正午，吴练长的大客厅里集满了十几个乡下的首事人。穿方袖马褂的老者，戴旧呢帽穿黑绒鞋的中年的乡董，还有尖顶帽破皮鞋的小学教员，余外多半是短衣大厚棉鞋的乡下老。他们有的高居在红木的太师椅上，有的站在粉墙前面，大张着像失了神的眼光去看墙上的古字画。穿短衣的乡老蹲在方砖的铺地上，两手握着时刻不离的旱烟管。他们属于一个集团，由各村中集合来，捧住了同一样的心，想对他们的头领求一条援助他们在困苦中的计划。

幸而练长的房宅宽大，东园中虽然也住着团长的家眷，卫兵却是另走通街的小门，所以这刻砖映壁后的大门除去两个照例把门的两名团丁之外，还没有老总们的阻挡。他们仗着人多，又是为公事来的，就一起拥到这讲究的大客厅中。他们很急闷，在这里无聊地等待，因为练长刚被团长请去谈给养，怕不能即刻回得来。他们都耐住心思不肯放过这好容易集合成的机会，练长是做过官的，识字比他们多，儿子又在省城里当差，见过世面，有拉拢，他是地方上多年的老乡绅，什么话都会说，心思是那样的深沉，老辣，他应当在这一些村庄中作一个首领。纵然他是著名的手段利害，可是谁也不想到把他去掉，不但没有这份势力，去了他谁敢替代他哩？镇上有来回的大道，兵差，官差，一个月不定几次，警备分队，保卫团，货捐局的分卡，牙行，商会，这许多麻烦事不能不办，谁敢应承下来没有差错？而且到县上去有比他更熟，说话更有力量的么？这声望，干才，外面的来往，心计，谁能和他相比哩？有这许多关系，所以这十几年中他还能够很尊严地维持他的练长的局面，各村子中的首事都得听他的调遣。

冷清清的大屋子中没有炉火，也没有火炕，虽然是十几个人也还不见得拥挤。幸而天气还好，从开放的大木风门中射过来的阳光，少少觉得温暖。大厅上面高悬的"世代清华"的四个金字的木匾，已经剥退了光明的金色，一层黯光罩在深刻的颜鲁公的字体上，细看，却有不少的蛛网。厚重的长木几，刻花的大椅子，四个带彩穗的玻璃灯，两山墙下各有一堆旧书，是那样高，不同的书套，破碎的白绫签子，纸色都变成枯黄，摆设在这空洞的旧屋子中，不知经过多少年屋主人没曾动过手。墙上的字画也是有破损与虫咬的地方。向南开的两个大圆窗，虽是精工做成的亚字窗棂，糊着很厚的桑皮纸，却与屋子中的陈设，颜色，十分调和。这大厅吴练长是不常到的，他另有精致的小房，在那里出主意，商量事情，吸鸦片，请军人打牌。这大厅只是一所古旧的陈列品。

然而这一群人这天到来却也将空虚黯然的心情充满了空虚黯然的古旧的大屋。

这都是被那些穷兵们糟践得不能过活的村子中的代表。他们村子中的人都在强忍着饥饿，一任着他们的客人的强索、硬要，女人、孩子都被逼的没处住，被褥是抢净了，只余下各人的一身衣服还没剥去。仅有的柴草，木器，也禁不住那些饿鬼的焚烧。甚至鸡狗，也随意的宰杀着下锅。总之，他们本来十分有耐力的乡民现在被人家逼到死路上来。突来的这么多的军队，还连同着许多的家眷，——也可说是带来的另一地方的灾民，要住多久？要怎样过活下去？他们现在不能不问了。明知道不是容易想法子的事，然而聪明老练的吴练长总该有个交代？或者同县上能想出一个办法来？眼看着那些年轻的农民，性子急的都咬不住牙根，再过下去，不是饿死也要出乱子！

"狗急了跳墙，"是大家所熟知的一句俗话，当这急难中间，谁也有这样的预恐。因此他们为自己的家，自己的性命，自己的肚腹，不得不集中到这里来。由正午等到太阳在方砖的当地上的影子斜过去一大段，人人都是空着肚子来的，没有多东西吃，也吃不及，可是在静静中的盼望使他们暂时忍得住耐性，忍不住饥饿！于是在檐下，在大院子中，在方砖的地上，每一个都急的叹气，有的顿着脚，向喉中强咽下酸冷的唾液。

"饱肚子的不晓得饿肚子的心！——什么事！还商量不完？"一个面色枯黄指甲尖长的人低声叹气。

"事商量完了！不是还得过瘾？这一套少不了。刚才团丁又去请了一遍，就来，就来，又过了半个时辰！"一位五十多岁的小学教员说。

"还是近水的地方，得到月亮，你瞧镇上也有兵，比乡间来怎么样？十家里不见得住上五家，闲房子多，究竟还规矩点。……做买卖的，担担的，不是一样的干活？……练长家里还能摆门面，咱呢？……"这一位说的话很不平。

"话也不能这么说，这究竟是镇上，如果也像乡下那么乱，不全完？还能办事？……"

"吃完了乡间，还不一样的完！看镇上也不会能有多久的安稳！"

"这么样还要从各村子要给养，没看见办公处是不闲的称面饼收草料么？"他们急躁地纷纷议论。忽然一位花白胡子的老人从大椅子上站起来，弯着腰道：

"我知道比大家多，陈家村隔镇上最近，这回兵到时，我在镇上过了两整宿，把眼睛都熬坏了。乡间是乱，是没得吃，可是镇上的实情你们还不明白。别看大街上还是一样开门做买卖，八百钱的东西只给你三百，有的是强赊，若是关门一走，准得一齐下手。这是暗中办的，借着还有交易好说话！不能硬干！买卖家的赊账，后来想法子包赔！……后来还不知道怎么算？住的人家自然略少一点，这又是旅长的主意。……他不愿意他这份人马在镇上聚集起来，怕被人家一会包围了。所以要分出去住靠近镇上的小村子，仿佛是他的一个个的小营盘，出了岔子，可以到处打接应。……"这是陈庄长的话，他不是有意替吴练长解释，也是一部分的实情，这群胆小的饿兵的首领是时时防备有人暗算的。

大家听了这几句话对吴练长的私心似乎多少原谅点，可是马上他们又集中到他不快来的题目上。有人说他居心躲避，也有说他专拍团长的马屁，不理大众的困苦，甚至有人提议到东园的团长公馆中去见他，不过没有人敢附和。那边有带手提机关枪的站岗的卫兵，去这么多的人，进不去，还怕有是非。于是那个首先提议的年轻人也骨突着嘴不说什么。

在他们纷嚷中间恰好一个团丁给吴练长提了水烟筒由院门的藤萝架底下先进来，接着是那高身个穿了半旧狐皮袍的练长低着头走到大众的面前。仿佛在阴雪的深山后面射过来的一线阳光，这短上胡，瘦身个，尖眼睛的练长走过来后大家把刚才对他的不高兴的神情全收回去，而且恭敬地围在他面前，争着述说等待他过来好想法子的事。

吴练长在团长的鸦片烟旁早明白了这些乡下首事找他是为的什么，而且他早已打好了主意，并不惊惶，仍然着似在微笑的眼睛，让他们到大厅里去，他在后面慢慢地抬动方头的丝缎棉鞋，踏过了高高的门限。他不理会大家对他诉说的种种困苦，实在他都清楚得很。没有粮、米、被褥，甚至柴草也快要烧尽，许多农家的今冬的状况他不待别人报告给他，他不到他们的家中，却像给他们当账房先生一样算得十分明了。于是他用尖长的手指甲敲着水烟筒道："明白，明白！还用得到大家说？我在这镇上干的什么？烦你们久等！我到团长那里也为的这件事。咱们没有硬手头，却有硬舌头，再过下去，我也得逃荒。……哈哈！……全穷了，自然没有你的，我的。可不是谁没有家小？谁家不是'破家值万贯'？来呀！这是什么年头，我在这一次足足吃了三天苦，一点钟也没得睡，别看这房子中还没住满兵大爷，你瞧，我家里的女眷也是没敢在家。粮米量出了一大半，还不行！当这官差说不了自己先得比别人交纳的早！……来呀！这在咱得想个好主意。你们先说……"

他的话是那么有次序，如情如理，爽利而又是十分同情，减除了大家要叙述的乡村中的困苦，单刀直入，要从方法上做起。这么一来，大家在大厅中反而愣住了，主意？谁有更好的？怎么办？说呀！沉默起来，或者是从此便无抵抗到底？这一个眼光投射到另一个人身上去，互相推让着，"你先说，"

似是有各人的主见，然而终没有人说得出。末后还是陈庄长笑着说：

"练长有什么法子想，请告诉出来！大家原是没有主意才到这里来求求你的！……"

"对呀！"大家仿佛恢复了说话的能力，"对呀！就是想请出主意的。"吴练长把戴着小红线结的缎帽的头向左右摇了两下道：

"你们还是说不出！——只有两条道：我想，硬抗，与软求……"他没直说下去，把尖黄的似有威光的眼向座上的首事们打了一个回旋。

谁也没敢插话。

"打了破灯笼遇见狂风，什么法子？天也不行！哼！"仿佛说："你们成群结党就办得了么？"是啊！这句话很沉重，击落到每一个人的心里。

"两条路：硬抗，是不管来的是什么，我的粮米呀，我的衣服呀，你凭么来白吃白拿？干不顾死活，不理会他们后面有多少兵，撺出去，结合起来打出去，这就有救！……哼！话可说在先，那是反乱，是作反！是干得出，驭得动！谁能行谁去领头，我也不能阻挡，也不怕老总们把我怎么样，大家的事，我一家就算毁得上，敢抱怨谁？可得有干的！……"说这些话的声音的抑扬轻重，他像演剧似的很有斟酌。他这时脸色由枯黄转成阴黑，额角上一片青，尖利的眼从这一个的脸看到那一个的。一屋子的人谁碰到他的可怕的眼光，谁就把头低一低。一时是严肃的沉默。他停了声，别人都屏着气息没敢说什么。陈庄长的两只手在肥袖的棉袍中索索的颤抖，那黑脸的小学教员紧蹙着浓密的眉毛，刚才提议到东园中去找他的那位乡董对着墙上落了色旧画的大孔雀尾巴直瞧，把两个有皱纹的嘴角收敛起来。

"不是么？……哈哈！哈！……"

练长的烟嗓子的冷笑声听的人都觉得身上发毛，"来呀！人！……"接着那站在廊檐下的团丁进来，小心地替他用火柴点着了火纸打成的细纸筒。仍然在沉默中间，唿噜噜他吸过一筒水烟。

"不是么！……还得安本分的走第二条路！"扑的声他将铜烟筒的水烟灰吹落到地面上，还冒着余烬的青烟。大家缓过一口气来！就有一位嗫嚅着问他：

"第二，……第二条路？练长说怎么求？谁能不愿意？……只要，……"

"对呀！谁能不愿意？咱不能跟人家干，还有什么话说！……第二条路，有前，有后，大家多约人去跪求旅团长！——求他另到好地方去吃好饭！……说不的，我得在暗中用劲，如果求得成，大家的福气！……对吧？"他的语调柔和得多了。

果然是一条路，走得通走不通自然连那心思最密的吴练长也像没有把握。围绕着练长的这十几个穷困的代表人，听了这个主意，像是从漫黑的天空中坠下了一颗明星，跪求，甚至于每一个人挨几下打都能够。生活的破产就在目前，谁还顾得了脸面。首先求问第二条路的人道：

"能够求的他们给大家超生，多约些人去跪门，一定办得到！"

"如果不答应，跪上一天也行！"另一位红眼皮的短衣的老农人颤着声附和。

"丢脸吗！……我也不能说不对，可是他们若板下脸来不准，哪怕咱跪上三天三夜！高兴一顿皮鞭轰出，走，那不是丢脸，还不讨好？……"小学教员话说得很周到，似乎也在顾虑到自己的身份。

"那不是没有的事！不能保得住一求就成？要明白，刀柄攮在人家手里！再不然去上刀锋上硬碰，试试谁比谁有劲！"吴练长微笑着答复这位教员的话。不偏不倚，他像一个铁面无私的法官，要称量出这两造的言语的分量。他说着，弹着纸筒灰，多半白的眼睛向上看，毫不在意地听从大家的多数的主张。

小学教员看看这位临时主席的脸色，本来舌底下还有他的愚笨的话，即时压了下去。陈庄长向来不曾对吴练长的话抗议过，这一次他觉得到底还是他们的首领有点主张。看他那样不慌不忙的态度，这是谁也不能与他相比的。又看看大家，虽然脸上急躁着，说话却怕说错了收不回来，他就大胆着说：

"大家都愿意！练长说什么时候办？……"

"今天办不了，去准碰钉子。刚才听团长说，旅长为兄弟们要每人一块钱的事冒了火。将传令兵打了两个，那能成！我想……明天十二点，大家聚齐，也不要太多，人多了容易出错。再来十几个，可是先得嘱咐，你们同声说是自己情愿来的！如果透出是我的主意，糟，该成也得散劲！明白吧？"

"大家的事那能说是练长自己的主意！那不是给自己打嘴巴？"几个人都这么说。

"这是头一件不能不说在前头，不成不起来！挨骂，甚至打也得充劲！如果卫兵们喊一声就算了，趁早不如不去！"这一点却是重要的举动，他不急着往下说。等了几分钟，看着大家虽然是蹙着眉头，却没人说反对话，他便继续说下去：

"苦肉计！为了自己的事说不得，愿打愿挨！好，在今日晚上我得先用话暗中给旅长解说解说，自然不真告诉他，……只要他们答应走，自然喽！过几天难道还受不了？有些别的条件，咱可得量量轻重，该承认下来的可不要尽着推，激恼了他们谁敢担这份担子？是不是？"

他像一位老练的鸨母对于生怯怯的初见客的小姑娘们有种种的告诫，是为的那女孩子的本身，还是为的客人呢？吴练长接着又指点了不少的话，谦虚得很，"是不是"总离不开他的口头。在场的乡董，首事，谁都清清楚楚地记在脑子里。恰像没有出场的学戏的戏子，教的纯熟，可是喜、笑、悲、恨，要你自己做！教师当然得在后台门看火色。已经默认了这第二条路，不走不行！走起来也不是容易举步的！可是每一个人身背后有若干不能度日的乡民在那里催促着，哀求着，小孩子饿得不能抬步，老人们夜里冻得要死，再过十多天怕连撑着空架子的小房屋也要拆下来！这比起上场时的苦肉计利害得多！况且去跪求的人得多找有年纪的老人，难道军官们没有一丝毫的良心？他们也会想得到他们的家乡，他们的爹、娘、兄、弟吧？

没有更好的方法，明知道是困难，只好从宽处着想。在吴练长的切实的嘱咐之后，大家捧着饿肚皮与忧惧的心，疲软无力地走出。对着堆砖花、照壁的大门，正迎面，一个黄呢军服的少年兵用木盘端了两大盘菜过来。谁也看得清，那是一盘清炖鸭，一盘烤牛肉。少年兵越过这些乡老，到送客的吴练长前面行了一个举手礼。

"旅长叫自己厨子新做的菜送给练长尝尝新，晚饭后还请你老过去，——到旅部里耍牌！"

"不敢当，不敢当！里面去歇歇，我就回复。……"这样一问一答的中间，陈庄长在前面领着这群代表人已经转出了有木栅门的巷子。

"看样许有九成？你瞧咱那练长的面子！"其中的一位低声说。

"他到底有一手，这份军队才来了几天，他就与旅长有多大的来往！"红眼皮的乡老似乎十分惊异。过了中年的小学教员像另有所见，他用力地吐了一口唾液落在巷口的粪堆上。

二十

刚刚打发了这大队的饿兵在镇上集合起来分批走后，已经快近黄昏了。他们预备另到别的地方去，已有三天的忙乱，每个兵如同迁居似的，衣服，被褥，零用的小器具，甚至如碎木柴，磁饭碗，都由各村中的农人家强取了来，放置在高高堆起的行李包上。车辆经过上一次的劫掠已经很少了，听说军队要走，各村的壮年农夫早学会了逃走的方法，不等待要人夫的军令下来，都跑出村子去躲避。只有他们早看定的牲口不能藏起来，将镇上与近村的耕牛，驴子全牵了去，驮载他们的行囊。幸而各村子都用高利取借了买命钱，先交付与他们的头目，没曾过于威迫，人夫，车子，算是"法外"的宽厚，没有也不多要。然而凡是经过住的小乡村只余下农人的空屋子了，虽然很破很坏的什物，一切都没有了。债务负在每一家每一个人的身上，剩余的粮米他们吃不了全行带去，只有土地还揭不动。虽然在目前这些小村中的人民没有衣服，食物，也没了一切的用具，但究竟他们不曾在这个地方过冬，另去寻找更丰饶的乡镇。大家已经觉得大劫过去了，损失与饥寒是比较许多有武器的饿鬼蹲在眼前还好得多。

然而那些饿鬼也不是容易动身的，尤其是他们的女人，那些小脚、蓬头，不知从哪里带来的多少女人，因饥劳与风尘早已改变了女人们的柔和，慈善的常性，她们虽没有执着步枪与皮鞭，可是也一样的威风！她们对那些没有衣服穿的农民，根本上就看不在眼里。至于她们的同性，更容易惹她们动怒。也有像是有说不出的苦痛的年轻女人，有时凄楚地说着对农妇们用红袖子抹眼泪。不过一到饿得没力气的时候，谁还去回顾已往与憧憬着未来呢！由兵士们的手里拿得到粗馒头充足了饥腹，这样的生活久了，会将喜乐与悲苦的界限忘掉。所以女人们在这片地方暂时安稳地待过十几天，临走的时候在街上巷口上都难堪的咒骂她们的军官，男的更没好气，说是头目图了贿，他们却不过甘吃过几天抢来的饱饭，于是在左右的农民很容易触动他们的火气。

这一日在镇上，无故被打的人都没处诉苦，有的包着头上的血迹，还得小心伺候。办公所中只有吴练长与旅长团长在一处吸鸦片、交款，吃不到一点亏。别的乡董，耳光，挨骂，算得十分便宜的事。大家都在无可奈何之中忍耐，忍耐，任管什么侮辱都能受！只求他们早早的离开这里！不幸的陈庄长就在这一天受了重伤。

他在办公所门口的石阶上替人拉仗，有几个副官同两个别村子的老人为要芦席吵了起来，他们正要对任何人发泄出这股没住够的愤气，两个瑟缩无力的老人正好挨他们有力的拳头。已经打倒了一个，又飞来一只带铁钉的皮鞋踹在那颤动的额角上。陈庄长拉不住，横过身子去，恰好高高的胸骨代替了那位的额角，即时在石阶前倒下，磕落了他仅有的两个门牙。经过许多人的劝解，副官们挥着沾有血迹的拳头走了，陈庄长也盖着血衣被人抬回家去。这样的纷乱直到日落方才完了，镇中虽然还有一小部分压后路的兵没走了，一定要明天起身去追赶他们的大队。

看看那些牲口，牲口上面的妇女，一个个的行李，光亮的刺刀尖，破灰帽，瘦弱的马匹，全在圩门外的大道中消灭了后影。所有的办事人方敢散场，满街上是瓜子皮破棉絮，不要的盛子弹的小木箱，仿佛在乡间的社戏之后的匆忙光景。所有的居民都疲倦得同丧家的狗一样，但无论如何，这些无处诉苦的居民觉得可以重复向空中吐一口自由的气息。

太多了，受伤的人、被损毁的家具，不是新闻，也用不到同情与怜悯。大家想：即使受不到他们的踢打的，也不是格外有什么幸运！这一晚各家都早早的安歇了，像是经过一场大病，需要安全的睡眠。明天的食欲，与拿什么填在胃口里，谁也不想。团丁们在这些日子里给武器比他们更多的那群人做公共听差，作守卫，累得每个人连枪都拿不动。虽然还按规矩在巷口，圩门内站岗，时间略晚一点，都到巡更的屋子中躺下去了。有什么事？前面有大队的军队，镇上还有几十个，可以放心，不会再闹乱子的，其实即使有什么事变也难于警醒他们疲极的甜梦。暗中一个高大的身影从一段街口闪过去，迅疾地向吴练长的巷子中去。

没有月亮，也没有星光，尖利的北风到处吹动。黑影对于路径很熟，巷口外一个人没有，他一直奔到那砖砌的大墙下，一色的砖墙与钉了铁叶子的大门，除非炸弹能够打得开。里面听不见什么声息，再向东去，直到东花园的木门口，那是较小而且矮的木门。用绳子打在有铁蒺藜的墙头，这矫健的黑影从下面翻过去。

不过半个钟头，黑影又从墙头的绳子上缒下来，在暗中消逝了去。就在这一夜中，吴练长家起了一场不明原因的大火，镇上的圩墙上留下了两条麻绳。风太大，又都是大家料想不到的事，在沉酣的睡眠中。及至吴练长与他的年轻的姨太太从鸦片灯旁起来喊叫时，火势已经将他的花园全部毁灭，并且延烧到那所古董的大厅，火光照耀出十几里路去，直到天明方才救熄。

第二日，靠近镇上的乡村这新闻很迅速地走遍了。在劫后，在无法过冬的忧愁之中，这件事成了农人们谈话的中心，许多人猜测是镇上没走的兵士干出来的。有点心思的人都信不过，因为那几十个整齐的后队第二天走的时候一个人不少。本来住在镇上，圩墙上的麻绳是解释不开的疑团。一定是外边的人，这是显然的事，且是很熟悉的，因为镇上的街道不少。吴练长家中的房屋又是特别的高大，坚固，本不容易失事的。大家的口头上虽然不肯说什么，但是听见这事情的谁也心里清楚的动一动，这样大的威势，也有这么一次！或者就说那是天火？不过处罚也太厉害点了！他没做什么歹事？鸦片烟，小老婆，说不到好歹，任管如何，也不是损人利己的，只是耗损他的精神。办地面事，没有薪水，招待花费，他得算开头的人。纵然不计较，这些年来给他数数，数目也可观了。人家有买卖，做生意赚钱，有土地，收租钱，这是本分。……还有他的儿子，又那样的能干，……像是"家有余庆"的？凭什么遭这样的事？于是这哑谜闷住了不少老实的乡下人。

凡是在数的各村中的庄长，董事，知道了这一件大事，每人心里都惊惶，跳动，人人记得头五六天在那古董的大厅中的情形，吴练长领头出的主意，给大家担着这份责任。第二天他们跪在旅部的吴家宗祠的门首，任凭兵士的靴尖踢到肩头与面颊上都不起来，那瘦小的旅长后来亲自出来讲的价格，要送他们两万元。是这么办，钱到就走，不行？跪到死，在人家的宗祠前面，不干他事！再三哀求，终于是穿花皮袍的练长从后面出来也求情，一万六千元讲定了。晚上又到那大厅中聚议一次，除掉镇上担任六千元外，统统归落到几十个乡村中去。不用想，现钱是办不到，总有法子。吴练长的担保，每个乡村中的首事写立字据，盖上手模，由他向镇上的商家垫借。限定的日子内还钱，少一个不能成事！……这样才办过去。凡是在场的乡童，庄长，他们在大厅中的光景都忘记不了！卖了自己，卖了全村子的人，哪一个不是流着泪去签名，打手模！……他们回到村子中去，即时宣布分配的数目，按照各家的财产平均分摊。一个月缴还！又是一次重大的预征！这是地方款项，……他们又记得对那些破衣饿肚的乡间邻居在宣布时的为难光景！……然而现在吴练长家遭了这场天火！

恐怖，怕连累着自己的利己心在他们的心中时时刻刻的占据着，对于火灾的评论他们像是约定的沉默，什么话都不好说。他们却十分明白，这不是天火，也不是兵士的后队捣乱，这责任有一半在他们的身上！

陈家村中是一样的议论纷纭，距离镇上过于近了，人人怕连累到自己的身上！所以虽然有陈老头的重伤与住兵后的穷乱，都不如这个新闻使人激动。

大有现在又从地窖中回来。他昨天跑出去到野外的树林子中过了一整天，一点的食物没曾下咽。冬天林子中什么可吃的东西，他只可将存在地窖里的番薯带到隐秘的地方用干枝烘着充饥，不知村子中的饿鬼走完了没有？直到晚上，他踌躇着没敢回去。徘徊在冰冷的沟底，靠着大石块取暖，虽然打着冷战，他想起上一次的滋味，再教他剥去一件棉衣，也还情愿，就这样在冷栗的昏迷中度过冷夜。脚上尽是冻裂的伤口，竭力忍着，仍然快走不动。

天刚明亮，一群冻雀在干树上争吵，仿佛站在高处对他嘲笑，多日没曾刮剃的短胡子被冷霜结成一层冰花，呼吸也十分困苦。全身的血液像全凝结住了。好容易才走回村子中去。

果然是十分清静，听不到那些特异的咒骂声与女人的哭声。全村子的人都起身得很迟，一个男人没碰到。想象中的兵士全行退出，不错，符合了自己的意愿。踏着霜花，他觉得从腰部以下平添了力气。越过无人把守的栅门，往自己的家中去。他进栅门时忽然听得从东边来了一阵急促的脚步声，在斜路上，他刚回过脸去，一个人的背后他看得清，直往他的空地窖中走去。

"谁？"迸出了一个字音。

隔着几丈远的距离，那人机警地回望了一下。

"徐？……"他也放缓了脚步。

清切地急促地摆摆手，一定怕还有兵？明明是徐利，却没向村子里来。

"这东西同我一样，不晓得到那里去受了一夜的冷罪！……地窖子准保没人还躺在那里睡觉。"他想着急于看看家中的情形，也来不及去追问徐利了。

什么器物都没余下，那位可怜的老兵与他的伙伴们全替大有带去了。只有两条破脏的棉被，还是那住客的留情。空空的盛米粮杂物的瓦瓮，与余下的空箩，连烧汤的柴草都用尽了。妻在屋子里躺着起不来，打熬的辛苦与对于物件的心痛，将这个诚实的，梦想着过好日子的女人病倒了。大榆树下一只瘦狗虽然撑着尖锐的骨头勉强起来迎着这流离冻饿的主人，它的皮毛几乎根根尖竖起来，连欢吠的力气也没有了，听听左右的邻居也一样的寂静。淡淡的晨光从树枝上散落下来，茅草屋角上的霜花渐渐只余下几处白点。大有看看妻的黄瘦的脸，与平薄的胸间一起一伏不很均匀的气息，他又走出在院子中立定。正对着少了门关的黑板门，门扇上缺少了半截身子的门神仍然威武地向自己看，意思是说又快到年下了，得重新一次华丽的衣服！虽然是被日光晒淡了的红脸，却是那么和平，喜笑，仿佛是大有的老朋友。

"难道全村的人都病倒了？还是累的动不得？"他咬着牙望着，似在同自己讲交情的门神这样想。再向屋子里看了一遍，还有什么呢？现在真是只余下不到二亩的小亩地了！债务是旧的还扛在肩上，不用想，这新的负担又稳稳的压上来！年底要怎么过得去？还有明年的深春呢？凭什么去耕种？幸而没被他们掳了去，可是平安地蹲在这一无所有的小屋子里能够喝西北风度这几个月？他恍惚间记起去年冬天的事，比这个时候还晚，遇见杜烈才能够过了一个平稳年。大约他知道这里是这样纷乱，不会再回陶村去的。那雪地，爹爹的身影，风，杜烈的言语，一时都涌上心头。还记得他在温暖的炕上曾对自己说：

"乡间混不了，你去找我！"这句话，自己在当时也觉得是被人欺负后的一条大路，及至借了他的款项之后，又糊涂地过下去。还是想着生产的土地，想着丰富的收获与披蓑衣，光身子在高粱地内出汗的工作。最大的事是爹的老病。现在什么都完了！再挨下去，连走路的盘费恐怕也被收拾到人家的手心里去！

"你去找我！"他觉得那没有到过的伟大的地方有人向自己招手，那边一定有不很费气力可以拿得到的银元！还有许多新鲜的美丽的东西等待自己的玩赏。这残破，穷困，疾病，惊吓的乡间，除去老人的坟头，他有什么依恋？于是在晨风中他重复听到杜烈的声音了！忘记了冷与饥饿，简单的心中预想着未来的安适与快活。"也许三两年后这一切的乱子全过去了，乡间又能恢复往日的丰富，人们都能够本分的过日子。那时在外边集存下钱项，孩子大了，当然的能够学习上点能干，重复回来，买回交与人家的地亩，另建造如同陈老头家的小房子，仍然是还我的本等。爹的教训，要后人老老实实的过庄稼生活。那也算不得是改行，如同出去逃荒一样，——至少比起卖了儿女下关东的人还好！"

就在这一时中大有忽然决定了他的计划。无论如何，要咬定牙根，不必后悔，现在要典出地去还债，凑路费，还得写信去与杜烈，这两件事非找陈老头办不了，于是他不去叫醒睡迷的妻，也不去找聂子，很有兴头的跑出门去。

到了陈庄长的房子上，他才完全知道了昨天镇上的情形，与夜间练长家的大火。陈老头包了下颏，口里不时地往外喷血，左肋骨肿胀着，什么话说不出来。他家里的人如没头的蝇子慌的没了主意，已经打发人去叫葵园回家。没曾预想到的这几件突兀事，把他在自家院子中的决定游移了。妻的病，陈老头的重伤，大火，连徐利的摆手不说话也像个哑谜。大有走出陈家的大门外，觉得头上痛的利害，对于这些事不敢寻思。家是那样真实的残破，遇到几个邻居，瑟缩着肩头像失神似的，谁也提不起谈话的精神。他任着迟重的脚步向西去，绕过陈家的农场，那片干净平坦的土地上什么都没了。往年这时的草垛，干树枝堆，如今全行烧净。只有那几棵垂柳拂刷着空无所有的寒枝，在冷淡的阳光中喘动。再向北转，到了一片新盖的草檐土墙的房子前面，外门卸下一扇来倒在门限上。一块剥落了粉地的黑字长木牌劈作两段，丢在门外。这是秋天才成立的小学校，是全村中人被那少年绅士想方法逼出钱来筑成的教育的空壳。大有平时没工夫到这里边看看，虽然他家曾付过数目不很少的一笔钱。不认字的乡农本来并没有到学校去闲逛的资格，他怕那由城中分派下来的教员，——有黑胡的戴近视眼镜的老师，自己的寒碜样儿，很惭愧见到念书明理的文明人。除去牵着扎牛在墙外站站，望望那教员硬拉着十多个小孩子来回喊喊"开步走！一、二、一、二，"的可笑的情形之外，他并没到里面去过，自从将屋子帮同大家盖起之后。这时他无意中走过，知道里面一个人不会有，便任着脚步踏进去。方方的土院子，奇怪，掘起了两个大坑，都被柴草木片的灰烬填满。一堆灰烬中有不少的鸡爪，鸡毛，碎鸡骨，与坑外边凝冻的血迹。五间北屋原是有几十只小书桌的，全毁坏了，仅有三五只并在一处，像是当做睡床用过。黑板还挂在东壁上，用粉笔画的粗野的男女，床上的……，一边还有披发的两个鬼怪，他首先看见便吐了一口唾沫。黄土的墙壁上有的地方用报纸贴起来，在铅字的空间有很多的苍蝇矢，也有用手擦抹的血迹。从小门穿过的那间小房，他猜一定是黑胡老师的住屋。

果然，还有一个煤油铁筒做成的烧煤炭的火炉，一个木床，墙角一个破网篮，里面还余下一双连老总们都没肯带去的破皮鞋，一部书。他捡起来，是明纸小字印的《四书大全》，这几个简单字，他还认得。墙上挂着没有多厚的月份牌，两面窗子上的玻璃一片完全的也没有。

大有站在南窗的前面，呆呆地望着院子中的火池子，他能够清切地看得到老总们住在这学堂中烧鸡、喝酒的光景。怪不得进村子中来连狗也看不到，——除去自己家中那一只——多分是被他们一样的宰割，当做了酒肴？他想：这学校不管好坏，曾经花费过自己出卖祖业的钱项，曾受过小葵的迫捐，现在大约也用不到再有那黑胡老师来教小孩子"开步走"了！这不算教孩子有进益的学塾，却变成了住客的屠宰场，自己到这里来如同逛被人掘烧的坟墓。

他紧咬了咬牙根，拾起那部小字的四书来扯做几段，将那些记载着先哲的议论与教化思想的纸片，用力投入那屠烧的火池子中去。自己也不知道这算对谁泄气，也不计较这是不是有何罪恶，他这一时被头痛痛的心思全乱了！

二十一

二月的天气还脱不下冬日的棉衣，虽是一路上已可看到初放青芽的草木，早晚却还是冷丝丝的。大有这一家的走幸得有萧达子帮着忙，省好多事。那痨病鬼每到初春咳嗽便渐减轻，可是去年冬天的饥饿与忧恐，埋伏下长久的病根，现在走起路来还得时时向土地上一口口地吐着黄色的稠痰。他送大有到外边去，是自己的情愿，不是大有的邀请。年纪固然不过三十岁，他知道很不容易等到大有从外边再回故乡。多年的邻居，又是一同共过患难的朋友，这次离别在他跳动的心中感到淡薄的悲哀。明知道处在这样反反复复的世界中，乱，死，分手，不意的打击，离散，算得了什么事！何况自己这么今天病明天不能吃饭的情形，对于谁也没有过分的留恋。然而自从知道大有一家三口人决定要过海去找杜烈，去找他们的命运时，萧达子觉得这便是他与大有末一次的分离了！自然不能劝人家死靠着可怜的荒凉地方，喝着风，白瞪眼，像自己一样的活受。出去么，也不一定可以找得到好命运。他对于这件事不赞成，也不反对，不过良心上觉得非把这位老邻居送到海边不行。

"大约就是这一场，病倒在路上也还值得！"于是他便牵了拉太平车的牲口在前头给大有引路。

太平车是较比两人推前后把的车子来得轻便，只要一个人推起来，前面有牲口或是人拖着拉绳便能走动。小得多，不能坐几个人，也载不了许多东西。自从去年的兵乱，乡村中的大车已经很少了，大有这次全家走路非用车子不可，好容易从别村子里借到这一辆。萧达子把他们送到海岸，住一宿便可推回空车去还人家。他们走的是到海边坐舢板往那个都会的路，比起坐一元几角的火车来能省得下不少的钱。大有自己推着，孩子随着走，时而也替萧达子拉那只毛驴。大有的妻坐在车子的一边，那一面是被窝与新买的家具食物。

因为决定了多日的计划，大有在启行的时候并不觉得有什么难过。陈老头虽然可以勉强拄了拐杖少少走动，大有典地的事却不肯再麻烦他。刚过了年，他托人到镇上去典给裕庆店里，也仿佛是指地取钱，一共得了不过六七十元大洋。债务偿清便去了半数，添买了点零用的衣物，他计算着到杜烈那里也所余无多了。多耽延一天的日子就得多一天的花费，他现在真成了一个无产者！吃的东西都得现用钱去买，所以天气刚刚温暖些便决定出门。陈庄长还送了一袋子面食，几斤咸菜，那被世事压迫着快要到地下去的老人说话也没了从前的精神，他不留恋大有守着那几间破房子在村子中受饿，可是到外边去怕也有穷途的日子！当陈老头拄着拐杖在门口看那太平车要往村外走的时候，从他的干枯的眼睑里流出了两点真诚的热泪。那不止是为的奚二叔的儿孙要永别他们的故居，也不是平常分离的悲感，那老人什么都明白，眼看着像"树倒猢狲散"，大家终有一个你东我西的日子来到，这多少年来是快乐安稳的农村弄到要沉落下去，他的经验与感怀，自然逼得出他的热泪来！大有自从由那老旧的屋子中往外走时，他板着呆呆的面孔不愿意同谁多说话。对于妻与孩子似分外有气，行李本来是很容易收拾，然而放上去又拿下来，不知要怎样方能合适。末后他将一大瓶从镇上装的白酒用细绳子紧紧缚住，才闷闷地推起车把。

萧达子虽然不懂事，他却能够了解大有的心情，直待这出门的主人说走，他才把那条短短的皮鞭扬起来。村子中的男女自然有好些都到村口送他们远行，谁也不会说句好话，愣着眼看这辆车子碾着轻尘向大道上滚去。

就这样上路，一个上午仅仅走出五十里地去。

过午打过尖，再动身，渐渐向山道上奔，这道是通向南方去的几县的通道。尽是岭，坡，柞树林子，很不平展。路中遇到不少的太平车，与挑着孩子行李的人，有往南去也有向北走的。谁也知道这穷荒的道上的行人都是一样的逃荒的农民，虽然有几县的语音，然而是遇到同一的命运！初春正是好做一年计划的始期，到各处去还容易找到工作。离开没法过活的他们的故乡，往四方去作漂泊的乞人，他们脸上都罩着一层晦暗的颜色。破旧的衣裤与蓬乱的头发，有的还穿着夏日的草鞋，几岁的孩子坐在车子与竹篓子里淌着黄鼻涕，饿的叫哭，大人却不理会。即便有点预备的干粮也不肯随时哄孩子不哭。有的还在母亲的怀抱里，似乎也吮吸不出乳汁，那样婴儿的啼声更加凄惨。大有在路上遇见的逃荒群中他总算是很富足的了。有食物，有酒，还有余钱，穿的衣服还比人家整齐许多。从南方来的人看着大有与他的妻以为他们是去看亲戚的快乐人家，有人问他，大有便含糊着答复。走过十多里，他们找到一个下坡的地方停住车子，在那里休息。萧达子烟瘾颇好，虽是咳呛，他的小旱烟管总时时带在身边。他放开拉驴子的细绳，放任它在石头旁边啃干草，自己便蹲下吸烟。

"还有六十里地，今天得宿那里？"

"黄花铺一宿，明日头午早早便到海崖。"大有的答复。

"就还有一天的在一堆儿了！大有哥。"

萧达子不会说客气话，往往有许多纯真的情感他只能用几个字音表达出来，这两句的语音有点颤动。大有用冻酸的大手指托着右腮向那个黄瘦带了黑毡帽垫的同伴看一看，眼光又着落到路旁的一棵小柳树上。

"快！柳芽儿再过半月便都冒出来了！"

不对问题的谈话，他们两个都十分了然这些话的技术。"快！"匆匆的生活，几十年的流转，分解不清的痛苦与疲劳，可不是迅速的？将他们从打瓦抛石头的童年逼到现在。再想下去，如同陈老头的花白胡子，到处挂着拐杖，甚至如同奚二叔被黄土埋没了他的白发，不过是光阴的飞轮多转几次，一些都迟延不得。尤其是将穷困的家计担在各人的肩头上时，一年中忙在土地上，农场里，夜夜的拿枪巡守，白天闲时候的拾牛粪，扫柴草，何尝觉得出时光中有从容的趣味！一年一度的嫩柳芽儿在春天舒放，但不久就变成黄落，在田野、陌头上呻吟。大有的话里含有的意思，自然不止是对柳叶发感慨。萧达子默然地又装上一带黄烟。

"不知道杜烈那里也有柳树没有？……"

"没有柳树，还没有别种树？总得生叶子，长果实，有开，有落，……咱们是一棵树上的叶子，这一回可要各飞各的了，大风催着各自飞！……"

"我记得老魏常说：'夫妻本是同林鸟，大难来时各自飞'！男人，老婆还得各顾各的。……本来你得走！"萧达子将竹管从薄唇间拨开，轻轻地嘘出一缕青烟，接着道：

"杜烈来信终究是要你去干什么活？"

"他说抓钱也不见得很难，可是得另变架子，什么活没提，到了之后再找。"

"变架子，不是咱这份衣服去不得？"

"那里没有穷人，他的意思倒不在衣服上。你想咱这是去逃荒，去找窝窝头吃，不是去摆阔！大约得变了种田的架步？……"

萧达子立起来想了想，重复蹲下，"咱这样老实本等，那里不能去？为什么变架步？又怎么变法？"

大有用大的门牙咬住下唇，急切答不出这一个疑问。他知道撒种，拖粪，推车子，收割高粱，豆子的方法，他还会看天气的好坏，真的，要怎么全变成另一样的人，他自己也没有主意。不过他明白非用力气到外边去更换不出饭食充饥。

"没有别的，出汗卖力，可不是种田那样的事。"

"他来信不是说我还可以去当女工么？"大有的妻在车子上掺入这句话。

"是呀！"大有接着说："女工容易找地方，可不知道是干什么？干了干不了可说不定，她也不能白闲着。"

"我听说，不用提大嫂子可以做活，那边也有小孩子做的事，一天干得好能够吃饭的，这么一去你三口人先不用怕饿煞了！"

萧达子忽然联想到他的田地的主人——镇上的地主——家的老妈子曾同他说过这些事，说钱是好挣，比起庄农人家来不受气，也不用捐款，只是能够出一天的力量，就有几角钱的酬劳。连小工也得五六角。于是这简单的病人对于大有全家像是可以有约定的幸运，他便从愁郁的脸上露出一丝的笑容。

"说不定下年柳芽再黄的时候，你们就发财还家了！"

"一点也不会错！柳芽是一年一回黄！……"大有没再往下说，这意思萧达子并不是不明白，可不愿意再追问。其实他的悲惨的心中对于这句话的预感比大有的心思还难过！痨病虚弱的身子，还得挨着饥饿，给主人家种田，到那里去呢？更不如大有的自由。能够等得到柳芽儿再一回发黄的时节？不能再往下讨论那发财与重回故乡的话了。萧达子直着眼向前路上看，恰巧由微青的小柞树林子中的小路上走过来三四个男女。

"又是一些逃荒的！"找到这句眼前话对大有说。

"不到一天碰到了十多起，都是沂州那一带的，他们偏向北走！"大有的答复。

"谁也不知道上那里去好，像苍蝇一般的乱撞！"静静着等到前路上的男女走到他们的身旁，相望之下，大家都可了然。

不过来的这几个外路人境况更坏，没有车辆，也没有多少的行李。一个弯腰抹着鼻涕的老人，用草绳子束住深蓝色的棉袄，上面有十多个补丁的地方，袖口上像是补的两片光铁，油污的颜色映着日光发亮。头发是花白稀少，连帽子没的戴，走道十分吃力。另有两个男子，年纪轻的挑着两个草篮，一对两三岁的小孩在那端，另一篮中有小铁锅，破碗，棉被，还有路上捡拾的柴草。他有高大的体格与宽阔的面目，令人一见知道他是个很好的农夫。女人穿着青布包的蒲鞋，红腿带，肩头上扛着一个小被卷。最后面的男子像是挑篮子人的哥哥，四十多岁，用两只空手时时揉着肚子。他们都很乏倦，到这些石堆前面早已看见有人在一边休息，便不用商量也停住脚步。女人坐在小被卷上张着口直喘，一个如乱草盘成的髻子拖在肩头上，还约着褪色红绳。

"憩憩罢，也是从沂州府来的？"大有站起来问。挑担的年轻男子从肩上卸下两个篮子来道：

"一路，和前边走的都不远。"话没完，一个小些的婴孩呱呱地哭起来，头上戴的大人的布半帽，扣到那小耳垂上，他躺在草堆里伸动穿了破红布裤的两只小腿。

"哎！要命！小东西哭，再哭也没有奶给你吃。"女人将孩子从篮子里抱起来，解开拴的衣带，露出一个下垂的松软的乳头，堵住那不过一周岁婴孩的小口。还在篮子里瞪着眼向她妈直看的小女孩没做声，把两个脏黑的指头含在舌头底下。年轻的男子用背抵住一块大青石，伸伸膀臂。

"有孩子真是活冤家！奶又不多，讨点干粮来又吃不下，多早路上丢了就完事！"

老人简直伏在树根上像没听见，揉肚子的男子还隔几十步就蹲下来。女人一面拍着孩子，眼里晕晕地道：

"早知道这样年头都打下去，也省得死了还放不下心！……"她身子一动，怀中的婴孩又无力地啼哭起来。

"走！走！走下去，还不是得卖给人家！"

"果然能卖给有钱的人家还真是孩子的福气！"那面目和善的年轻女人像哀求地这么说，两颗很大的泪珠却落在孩子的红布裤上。萧达子不转眼珠地向他们看，现在他再忍不住了。

"二哥，你这是一家？"

"一家，咳！"

"后头揉肚子的是？……"

"我大哥，他从上年给人家做工夫，喝凉水弄出这个病，如今什么力气也没了，活受！一家人就是我和她还可以挑的动，拿得起，要不，怎么会落在别人的后头！"

他不诉苦，也像不求人知道他的困难，板板的脸上似没有悲愁与忧苦的表现，萧达子在旁边瞅着，很觉得奇异。

"两个孩子是你的？大的几岁了？"

"三生日，记得清楚，养她那天村子里正教官兵包抄着。"

"啊！那么巧？为什么包抄？"

"这个你还不懂？"男子向萧达子望了一眼，"先是被土匪占了，霸住做匪窠，过了多日老总们调了大队去，围了十几天，他妈的，单凑成一天，这小东西教炮子轰出来的！"他说的那样直爽，大有的妻在车子上忍不住笑。

"哎呀！她娘吃惊那么大，真了不得！"萧达子郑重地说。

"人还有受不了的？两间屋炸破了一个窗子，她还没养下来。"

"好大命！这孩子大了一定有好处的！"大有的妻对那年轻的女人说。

"一下生就这么怪气，什么好命，养也捡不着好日子！大嫂，你不知道，那时谁也想着逃命，我坐在炕洞里自己把她弄下来，什么也觉不出了，连灰加土，耳朵里像是爆了火块子，眼前是一片血！……"大有的妻下了车子，"好不容易！那个女人碰到这样的事还昏不过去！"

"该受罪的命偏偏死不了，连孩子拖累到现在！……"

"人不可与命争，磨难出来，还指望日后哩！"

"话总是好的，凭什么？这两年愈过愈坏，年纪老的怕连块本地土死了也捞不着，一点点血块子更不用提！……那里，你没去看看！……"男子接着说。

"也是荒年？……"萧达子的话。

一直没说话的老人这时摇摇头，意思是这句问话与实情不对。年轻的男子将右臂一扬道：

"从前也有过荒年，那里的土地本来不好，收成在好年景的时候也有限，现在不止是年荒！……人荒！难道你们家里还好些？想起来差不多？一样的事，纳粮税，一回又一回，土匪更是那里都有，怎么干？不当兵，不抢人家，这是结果！……讨饭！也不比从前容易了。"

"现在要到那里去？"

"那里去？那里的人少说也走了一半。今年准保地亩贱了个没法办，不止是很穷的人家，那些小财主一样是有地不见粮食，也得同大家似的抛开地滚他妈的。一开春有许多人向县衙门里去缴地契，情愿都送给官家，以后别再问地要钱，不行！朝南的衙就是化银炉，要的是大洋元，钞票。地契不收！……

人家有下关东的，往南省去的，也有向北来的，咱们这一路因为连盘费都凑不起，只好先到就近的县分里，——好点的地方逃难！……你要往关东去吗？"

"送人去，他这一家往，……"

"这一条路向南到黑澜坡……上船过海。"

"要过海。"

男子对着大有与大有的妻，正在掘草根的聂子看了一遍道："一样的人不一样的命，你们好得多了。能够过海去发财，比着到各县里去叫化强得多！"

大有在车子旁勉强笑了一笑，"发财"这两个神秘的字音，刚刚听萧达子说过，现在路遇的这个不认识的男子又向自己祝福，或者海那边有洋楼的大地方里，一片银子地等待自己与老婆，孩子一齐去发掘？银子不到手谁也不会疑心自己是财主的。也许有说书词里的好命？一个人穷的没有饭吃，黑夜里在破床上看见墙角里发白光，掘起来，青石板底下是一坛白花花的银块。

就那样，做买卖，置土地，盖起大人家的好房子，事情说不定，这总不是坏兆？……大有在一瞬中动了这个奇异的念头。他不禁对那个陌生的男子道：

"那里好？咱都是一路人！上那边去也得混！——碰运气，不是实在过不下谁能够抛地舍土的向外跑？你就是有老，有少，格外的不好办。"

"老的老，小的小！……"抱着婴孩的女人说。弯背的老人虽然不高兴说话，耳朵可不重听，媳妇的话很刺激地到他的耳膜里面。他将倚在身旁的木条子摔了一下道：

"老！……哎！老不死！……这年头，就累，……哼！……累坏了年纪小的？……可惜我年小的……时……那时偏不逃难！有那……时候，把上一辈留下，……省事！……"

他扬着头直喘，声音像是劈破毛竹筒似的又哑又嘶。

"爹，你还生气？她心里也不好过呀！"男子这时的脸上稍稍见出一点为难的神气。

"是呀，谁也不情愿，像我现在连老爹也没福担哩！"见景生情，大有笃厚的真情逼出了这句安慰人，而自己心中是很凄楚的话。女人没做声，又是两滴热泪滚在腮旁。

又憩了一会，他们这南北分头的同路人都各自用脚步踏着初春的日影向前边走去。大有虽然推动车子，还不时从绊绳上回望那四个愈去愈远的背影。从矮小的没有大叶子的树枝中间可以回望的很远，一直到他们下了这片高沙岭的下坡，看不见了那向穷荒的地带里寻求命运的漂泊者，大有才用力将车子向前推动。

这一晚他们宿了隔海口很近的黄花铺。往海口去的逃荒的人家许多没有余钱到客店中住宿，村头上，野外，勉强混过去就算了。大有因为手里的路费颇有盈余，再说还有萧达子，便到这个小村中的店里住下。

　　黄花铺是沿着一片高山的小村落，因为往海边的道路一定从这里经过，每当初春与十二月中到海边与从海那边回故乡的人特别多，所以小客店却有三四家。不过稍微有点钱的人坐火车的多，凡是来回走这条路的除去是离家极近的客人，便是图着省钱冒险坐舢板渡海去的。开客店的也是种着山地的农民，并不专做这样的买卖。

　　大有一家人奔到店里已经是点上煤油灯的时候，在店中公共住客的大火炕上作为卧处，幸而还有一层窝铺——是用高粱秸打成吊在火炕的上面，紧靠着屋梁，当中仅可容开人卧得下，——大有的妻与聂子便从木梯爬上去。大有与萧达子同两个另一路来的孤身旅客占住了没有席子的下炕。虽然是为客人开的店房，除掉面饼、大葱、萝卜咸菜之外，并没有预备什么蔬菜。这边的土地很坏，青菜很难生长，至于肉类不是遇到近处有定日的市集便买不到。大有一定要给萧达子酬劳，因为明天就得分手。找店主人出去跑了几家买到十个鸡子，用花生油煎炒过作为酒菜，好在有自己带的白酒，这样他们便吃过一顿丰美的晚餐。

　　因为同在一个屋子中的关系，大有将白酒分与两个客人与店主喝。他们虽然不吃他的鸡子，然而都很欢喜。大有自从在家中将剩余的二亩地全数典出之后，余下的钱项他也没有从前竭力保存着的那样心思了。横竖留不下多少，到那里去白吃几天，现拿来糊住口，所以这晚上他格外慷慨。虽是化了三角钱买来的鸡子，他也要一顿吃下去，图个酒醉饭饱。

　　反是萧达子觉得不对劲，在家中谁也不肯这么吃家常饭。他一边抚着胸口渴酒，却嗫嚅着说：

　　"太贵了！太贵了！三角，差不多要两吊多钱，……吃一顿，你何苦呢！"店主人是个有经验的中年人，他点点头道："就在这里一个样，谁那么傻，——实在也吃不起！三角钱！这近处的鸡子比海那边还贵。"

　　"这不怪？"萧达子不明白这是什么缘故。

　　"怪什么？年中由各处贩卖多少去？你没听说那里有工场，专把鸡子打破将鲜黄装成箱运往外洋去。还有那个地方消多少？我去过，谁能够算计出一天吃的数？……鸡子还值得少，就是鸡，一天得宰他几千只。……也好，这几年乡下有这一笔入款，——卖鸡子，所以贵么！从前几十个钱一把蛋，还当什么，如今，好！养鸡的人家都不肯吃。"

"唉！不止鸡子，牛也是一个样。"一位穿着青布短衣，青裤子，带圆呢灰帽的年轻人道："每一年多少只牛？一火车一火车的载了去，洋人好吃。那里有屠牛场，简直天天杀个几百只不奇怪，乡间的牛贵得很，就是被他们买去的缘故。"

"那也好，虽然耽误事，卖钱多呀！"在炕下小矮凳上坐的一个乡下布贩子说。

"不，不，这么说不对！贪图一时的现钱，等着用牛，卖了钱也花个净，用到耕地哩？再买牛，少了钱还能行？这是和乡间鸡子比海那边还贵是一个道理。"店主人的话似乎很聪明。

"对呀，说来说去，还是当中间的人发财。"模样似是工人的那一位的答复。大有听他们谈话，知道这个工人与店主都是到过海那边的，不像自己与萧达子的迂拙，不懂得码头地方的情形。他呷下一口冷酒，突然问那个工人道：

"你二哥往那边去做工？——什么地方？"

"火柴工厂，我才去第二年，见钱有限。"

"啊，火柴工厂里面也有外国鬼子？"

"不，那是一家中国人办的，比起东洋人的差得多。"

"知道有个杜烈？他是在东洋人开的弄棉花的工厂里做工。……"

"杜烈？……什么名字的工厂？"

"××？……是啊，真难记。我为他写信来告诉这个名字，记了少半天。"

"好大的工厂！是那里的天字第一号的绵纱厂。不过，杜烈——杜烈啊？这人名怪生，工人太多了，一个厂里几千个，不认得。你的亲戚么？"

"邻居啊，我觉得在一个地方，或是认得。……有几千个？一天工钱要上万的化岂不是？"大有真觉得惊奇。

"上万的化，对呀！就是那片房子盖起来也得近二百万，——二百万块呀！"

"二百万洋钱！"这个莫名其妙的数目，大有简直无从计算。究竟得算多少？平常以为千以外的数目就轻易不会有，万，还是百万，从那里来的这些洋钱？就是县衙门里的收钱也听不到百万的数。萧达子一碗酒举到唇边，又放下来，吐了吐舌尖。

"房子净得二百万，人工每天上万块的支，他们干什么做这么大的事业？"

那个工人连店主人，布贩子都一齐笑了。

"什么呀！有大钱才能赚大利！你想人家只图个一百八十？"布贩子为表示他的行贩的知识，夷然地对萧达子这么说。

"真是穷的太穷，富的太富了。大有哥，你瞧见在路上碰着的那几个逃难的人比咱还差色，许是世界上就这个样？"

"是啊，少一般不成花花世界！"店主人老是好对过客们说这句惯熟的模棱话。

年轻的工人将盛酒的小黑碗用指头扣了一下道：

"照你这么说，叫化子、花姑娘、拉土车的，都是命该如此？不要怨天，也不要有什么想头，总括一句，得挨受！"

"万般皆由命，我觉得差不多，你以为什么是强求得来的？"店主人黧黑的脸上得到酒力的润发，微微发红，他捻着不长的胡子根对工人点点头。工人哼了一声，没立刻答话，显然他是不赞同店主人的话。住了一会，他蹙蹙眉头道：

"一些事，你总不会明白的，——许多人都不明白！"

"什么呀？这么难懂。"萧达子问。

"你更不会知道，在乡间就是镶爬，犁爬，望着天爷吃碗粗饭。……"

"本来是谁不这么办？就是你，看不的每月能拿十几块大洋，难道不是吃的碗里的饭？"店主人报复似的插话。

"我也是吃的碗里的饭！"工人淡淡地说。

店主人与萧达子，布贩，都不约而同地笑了。这工人的话他们听来真是取笑。谁不害饿，谁每天不要饭吃？

"真开玩笑，要问傻子还对劲，管这些闲事！沾了这位客的光，来来，再喝两口。"店主人觉得酒还没足兴，他举起盛酒的大碗来对着大有。独有大有没笑，他听这年轻工人的话头怎么与杜烈的议论有点相似，也许是一路？干他们这一行的总比不得安安稳稳守着土地的农人，不是一个派头。然而他知道这不是开玩笑的趣话，可是也不好意思再去追问其中的道理。静静地用红木筷子拨动盘中的鸡子。他说：

"好！咱这才是碗里的菜大家吃呢。"

于是他们在一时的欢笑之中将大有的圆瓶里的白干喝去了大半。

二十二

在这里，从来看不见薄暗朦胧的黄昏的景色，只知道满街上的街灯齐明便是都市的夜间。

大有冒着寒风从市外归来，一小时的谈话，使他明白了自己现在所处的环境，因为晚上还得提了篮子沿街叫卖菜饺子，他不能再在杜烈的家中耽误时间。杜烈教给他如何坐长途的老虎车，到那里下来，又亲自送他到路口的车站上替他买上车票。

然而这个对于一切陌生的人，感激杜烈的还另有所在，就是他这次跑了几十里地的马路，找到杜烈的家中，借了五块钱的一张绿色印的纸票。他紧紧地攥在手里，觉得那有花纹，有字，有斜的弯曲的外国画的纸上迸出温暖的火力来！手心里一直出汗，平常是裂了皴口的指头现在如同贴上一贴止痛的药膏。在家中的时候，他也曾有时在镇上用米粮、气力，把换回来的银洋以及本处的小角票包在手巾包里带回家去应用。也许拿的比这个数目还多一点，奇怪，不但手里不曾出汗，而且还轻松得多，纵然乡间有难以防御的匪人，说不定可以抢掠了去，但他总觉得有平坦的道路，有宽广的田野，还有无边的静谧，这些都似乎可以替他保安的。现在所踏的地，所坐的东西，所见到的是种种形状不同，打扮不同的许多人，——是自己不能够同人家交谈的人。多少眼睛的向他直射、一直射透过他的手掌。尤其是到进市内时，大道旁持枪站岗的警士查车，偏向他多看了两眼，意思是说你手里那里来的票子？他即时觉得手心中的汗分外多了。幸而那警士没进一步地问他。及至车轮又走动的时候，他暗中咽下一口唾沫，又嗅着车头上的臭油气味，忽然呕吐起来。

对面是一位穿西服的青年，光亮的黄皮鞋，鞋带拴系得非常整齐。恰巧大有忍不住的酸水进到那双漂亮的鞋尖上，青年人感觉是灵敏的，突然将皮鞋缩回去。

"干么？——这么脏！"他一手持着崭新的呢帽，向大有瞪着晶光而有威棱的眼。

有话在这众目睽睽之下大有也答复不出，急得直弯腰。车上的人都含着轻视的微笑，独有卖票的带打鸟帽的小伙子走过来道：

"土气！坐不了汽车别花钱受罪！连累人！幸而是这位先生，如果是位太太呢？小姐呢？你不是存心教人怄气！"

在车轮跳转中车上起了一阵笑声，那西服青年露出一脸的讨厌神色，从小口袋里取出印花的洁白手帕将鞋子擦好。也说道：

"这太不规矩了，怎么好！咳！中国人老没办法！守着外国人不教人家说脏？同这样的人生气也没法子讲。……"算是在大量之下，青年自认晦气，不同大有计较。于是车中人有了谈话的资料，有的赞美青年的大度宽容，有的叹息乡下人到这大地方来是毫无办法，不知规矩。然而题目是一个，谁都瞧不起这十分土气的乡下人。大有低着头只觉得脸上出汗，一点也没有冷的感觉。比起前年在镇上被兵士打的两个耳刮子还难过！如果不是在这样的车中，他真想痛痛快快地哭上一场。

幸而强忍着到了末一站，他畏怯地随在众人的后面下了汽车，那时满街上的电灯已经照耀的如同白昼。路是那样的多，又那样的不熟，好容易求问着一些生人，费力地走去。有车中的教训，他十分小心，走路时防备着擦着行人的衣服。每逢有好些穿的光亮的男女在他身边经过，他只好住一住不敢乱闯。然而谁曾看他呢？在这么大的地方，像他的并不只是他自己。在大玻璃窗下，水门汀的坚决的地上抱着发抖的孩子与披着破麻袋的，连他还不如！然而大有虽然还穿着棉衣，带顶破旧呢帽，并且手里紧捏住一张纸票，他却不敢对比他还要下一等的沿街讨乞的人自觉高傲。每每经过他们身旁时，他自然多看一眼，很奇怪，他的故乡纵然是十分贫苦，像这么可怜的叫化子却不多见。为什么偏在这有高大华丽的楼房，与电光通明的街上将他们点缀在围着狐狸皮与坐老虎车的人们中间？他也晓得，这也算是这个大地方的丑恶。似乎在这么好看的热闹的地方，就连他这样的乡下人也不应分到街上乱撞，何况是他们！然而没有这些抖颤乞喊的生物，也许显不出另一些男女的阔绰？他想，这是他们得以留在这个地方的唯一的理由？更有从市外回来的年轻妇女，每一个人都有小小的布包提在手中，从小街道上拖着疲软的腿、足，赶着回家。他知道她们全是由工厂中散工回来的，至少每一天她们可以拿到几角的票子，一个人吃用不了。他记起杜烈安慰自己的话不禁感到凄凉地失望！"他只是说等到再一回招工，可是老婆只好在灶头上张着口清吃，做小买卖自然少不了她，可是长久能够有利？"称分量，讲价钱，这与他是完全外行，而且要他拿了东西到街上卖，他明白，轻易喊不出口来。何况他原是扶犁下锄的出身，两只手除去会编草席之外什么都做不来。杜烈虽然将本钱出借，说是在未入工厂之前先卖点食品敷衍着吃饭，自己没法不应允下来。自从下了老虎车，他本能地在人丛中躲避着碰撞，心里却不住闲的作忧郁地盘算着。

自从他到这个大地方五六天以内，他一个人没敢在晚间出来闲逛。幸得杜烈给他在靠海边的地方赁到半间屋子，是在一片大房子入口的旁边小屋。左近是穷人多，好一点的像镇上与城中的买卖人，人力车夫，码头上扛货包的工人，小饭铺，纸烟店，小客栈，所以大有与他的妻子蹲在那半间木屋里还能安心。也有邻家的拖着鬢发大袖子的女人过来与妻说话。白天他溜到通行老虎车的马路上看热闹，晚上出来这算头一次。他奇怪那些男男女女为什么穿得很明亮整齐的到街上纷忙？各种的车子，各样的伟大建筑物的门口，喊着冲破喉咙有划拳声音的楼上，全是鬼子衣服与绸缎的装裹的，颜色，花道，已经耀得他的迟钝的眼光发呆。还有到处都是的强烈的灯光，与那些戏院，商铺门上的红红绿绿的彩光，一闪一灭地映照着。耳朵一时都清闲不了，分不出是什么东西的发音。街道中心的柱子，柱子下面的挥着短棍的警察，看样谁都比他还忙。他想这这么有幸福的人们为什么忙的比他这为吃饭没有地方的苦人还厉害？他可惜没曾把这件事问问杜烈。

至于大商铺内的陈设，奇异的窗饰，电影院门口的无电线发音机的怪唱，各种皮色鬼子的言语，大有的神经在这样的雾围中简直有点狂乱了。他忘了思寻，也失却判断的能力，只是任着腿直走。然而经过长途汽车中的警告，他时时提防着妨害别人！

一直求问到他那临时的家中，他才明白，虽然同在一个大地方里，却分出若干世界来。这条僻静脏窄的靠海的街道，灯是少得多，不是有特别事老虎车也不会从此经过。全是尘土罩满了的小玻璃窗子，紧紧挨靠成堆的小屋子，街上的尖块的石子映在淡薄的灯光下如同排列着要吃人的利齿。几个喝醉了酒的短衣的工人沿街唱着难听的音调，加上楼上的破留声机片子的二黄调，成了自然的和谐。大有认清了这条街，沿海边的铁阑干走，可以看得见披了黑衣的大怪物上面有几百点帆船上的小灯光，无力的退潮时时撞动海边的石坡，他听得很清晰。

由繁华的大街到这里来，大有提起的心骤然觉得放落了。虽然不似在陈家村的清静，他却认为这是他还能够暂时安居的地方。左右是可以比较着说得上话的人，与看在眼里尚不是十分奇怪的物事。没迷失在那些有香味与华美衣服的人群之中，他反而觉的得到片时的快慰！

幸而在杜烈家中喝过几杯好酒，虽然时候晚了，在海边的冷风中走还不觉得怎么畏缩。远远地听见闹市中的嘈杂的声音，尖锐的，宏大的，低沉的，凄凉的，分别不出是什么响叫。回头看，是一团迷雾罩在那片高矗的建筑物上面，迷雾中弥漫着一层微红的光彩，仿佛是下面有了火灾。他知道在那片迷雾之中有多少人的快乐去处，吃的，喝的，以及种种他所不懂的玩意，比起这海边的穷街的凄冷，是一个天上一个地下的世界。然而这比起他生长的乡村来呢？他以为那些白杨树、榆、柳树围绕的荒村，虽然没有那片迷雾下的种种奇异的东西与他们的快乐，却比这又脏又乱的海边好得多！稀稀落落的灯火，直爽亲切的言语，炕头上的温暖，夜的沉静，无论如何，还是自己的故乡能够令人怀念！几天以来，这海边一带的情形他已经完全熟悉。没有穿鬼子衣服与华丽绸缎的男女，然而酗酒的醉鬼，争斗叫骂的渔夫，专门乱唱与调弄妇女的青皮，蓬头破衣的女子，臭水，鱼腥，满街上收拾不及的垃圾，捡煤核的穷孩子，除他们外，整齐漂亮的上流人谁肯从这里经过？自然也有像大有一样从乡间新上来的安分老实的农人，而在这里更多的是被这都市原有的罪恶洗刷过的贫民。他们失去了本来的面目，因环境的被迫学会了种种的新方法，去侮弄欺负他们的伙伴。

大有觉得海风拂在脸上，脚步一高一低地踏着尖锐的石子，突然一股无名的悲哀在心头激动。他为什么流离到这个古怪复杂的地方？为什么舍弃了自己的好好的乡村，房屋？更追念上去，他无故的卖去了祖宗的产业，领着妻子跑出来，找罪受？他又想：他空空的向大地方去乱撞，还不及宋大傻能够单人独骑的找好处，抖抖威风！又怎么自己没有杜烈那份手艺，到工厂里去拿钱？……他怀念着，悔恨着，于是又想到那些扰乱乡村的匪人，那些征收捐税的官差，以及镇上的绅董，仿佛他是被许多人在暗中居心把他挤出来似的！然而……他迷迷惑惑地乱想，从身旁一个短小的暗影闪过去，即时那个影子在他前面停住了。

"喂！……你走错了路了！"

大有被这突来的细声叫住，借着电灯光看看，身前站着一个深蓝布袄青绸子棉裤的三十多岁的女人向自己笑。不是有灯光照着，他一定认为她是海边的女怪了。她的厚厚的面粉，涂得近乎发黑的红唇，一个松大的发髻拖在颈上，从那些头发中放出一股似香似臭的气味。他不明白天这样晚了，为什么有这样的一个女人在海边的路上走。

"路，没错！我是到元兴里旁边去的，——谢谢你！"

大有觉得在这种地方他必须学着说那句自己说不惯的客气话。

"你这个人，——不懂事！你跟着我走才错不了。唉！你手里拿的什么？那么紧！"女人渐渐挨近他的身旁，红晕的大眼睛里放出妖笑的光彩。

"没……有什么！"大有想着快走，但是女人靠在前面却像同他开玩笑，挡住去路。

"你瞧，谁还会抢你的不成！你难道没看明白我是一个女人？——一个老实的女人呀！"

大有被她的柔媚的声音感动了，他便怯怯地道：

"从朋友那里借的，……"

本来还有"东西"两个字没说出来，女人又笑着抢先说：

"不用说，是借的钱！一个票角子我早已看见了！"

大有听她说出来，才慌张地举起右手。女人的眼光真厉害，果然在手掌中有一角的纸纹没曾握紧。他便老实说：

"是借的钱！我家里等着下锅。这是跑了半天路的。……"

"不用再说啦，你道我会抢你的？……走罢，我给你领路！"

女人像很正经的，热心给他引路。大有正在拿不定主意，又找不出什么话来辞她。女人毫不客气地前进一步，简直拉住他的右手。他是头一次被女人这样的困窘，即时背上发出了一阵急汗，恰巧海湾的街道转角处有几只皮靴走过来，还夹杂枪械挂地的响声。女人死力地推了他一把，转身快走，抹过一个墙角便如妖怪似的没了踪影。

大有吐了口气，更来不及寻思这是一件怎样奇突的怪事。他刚刚举起腿来，迎面走过来两个巡逻的警察。他们提着步枪不急不缓地走来，正好与大有相对。大有的额上的汗珠还没擦干，脸色是红红的，举止失措的神气。

“站住！——那里走？”

大有被他们的威严的喊声吓住了，右手更急得向身后藏躲。惯于侦看神色的巡逻警，对于这么慌张的乡下人还用到客气？

“手里什么东西？……藏！……”

枪已横过来，有一个向前走一步转到他的身后，大有这时只好把右手伸出来，将紧握了多时的一张绿花纹票纸摊在掌心给他们看。柔柔的纸张被汗渍湿透。巡逻警取过来互相看了一看，又打量了大有一回道：

“五块，你那里来的？怎么这样的神气？”

大有吞吞吐吐地将到市外借钱以及刚才碰到要给自己引路的女人的事全告诉出来。他眼看着那张有魔术的纸币已经捏在一个警察的手中，他说话更说不痛快，听去仿佛是现造作的言辞。警察那能听他这么一个形迹可疑的人的话，横竖是得到各条街上去尽他们的冬夜的职务，问明了大有的住处，叫他领着他们一同送他到家里去。

然而票子却放在一个警察的外衣口袋里。大有这时不是被人家领路了，他得领着这两个全身武装的勇士到自己暂时的家里！最令他难过的是那张绿花纹纸张！他一边走，却嗫嚅着道：

“票子，……是我借来的！”

一个左颊上有红记的警察向他笑了笑道：

“谁凭空会抢你的，你明白吧，咱们干吗？夜晚出来巡逻！送到你家去，保险，还不好？你等着，到时候交代你不晚！……瞧你这样儿还是雏子。”大有低了头不敢再说什么，他明白这两位巡逻的老总对他起了疑心。这事不好办，说不定钱难到手还得吃官司。他觉得抖抖地，皮肤上都冻得起了冷粟。

然而他也有他过去的经验，知道现在哀求是无效的，而且每到事情没有转圜的时候，他的蛮性也会跳出来去对付一切。他觉得对于有武装的人小心的乞求是没有用，所以他虽然遇到这样的意外，却默默地在前面走去。

“还会有女人在这海边上，多冷的天。”一个警察将老羊皮外衣的领子往上提了一提。

“也许胡混的出来找食，”在左边的一个的答复。

“那么就偏找到这五块大洋的主顾？”

"哈哈！……哈哈！……"这两位勇士似乎也找到开心的资料。

这时大有的汗全消失了，也觉不出冬夜的寒冷，他只觉得有一颗活热的心在胸中跳动，而周围的空气似要阻住自己的呼吸。路不远，不久他们都到了他的小板房前面。叫开门，大有的妻因为路上坐小船头晕，又受过很重感冒，卧在木板上起不来。孩子蜷睡在墙角的草窝中如一只小狗。

费了多时的工夫，两个警察问过大有的邻居，然而那些开小杂货店，与挑水打扫街道的工人，都说他是新由乡下搬来的，别的不敢保证。幸而有一位小生药店中的老板，对他们说：

"你看他这个样也不是歹人！土气是有的，我记得来给他租房子的是一个姓杜的工人，最好你去打听打听他的房租经收处的先生，想来姓杜的一定跟他熟。……"

这几句话很有效力，热心的警察便留下一个守在大有的小木房里，那个去了不多时，回来道：

"那位先生说他是个新上来的种地的人。姓杜的有这么个人，走罢。……"又回头对大有说："日后你也大样点，别自己找麻烦！"就这样他们吃过生药店的两口淡茶之后便到别的地方去了，那张纸票早已放在大有的窗台上面。大有始终没对这两位警察说什么话，事情过了，对门生药店的老先生戴着花眼镜在柜台里对他说：

"你这个人非学习学习不成！你应该谢谢他们！不是遇到好说话的，非追问到底这事完结不了，你可不能够说他们不是。你还太土气了，总得留心！在外是不容易混的！"老先生是这所药店的老板，也当着中医，胡子一大把，对于一切事都有个把握似的。大有看着他便想起了死去的爹，与现在不知怎样的陈庄长，所以这时听了老人的告诫虽然自己也有自己的牛性，却十分感激！到房子中看着妻吃过老人给开的发汗的方剂，他方得回忆着这半天的事，对着那盏五烛光的黄电灯发愣。

二十三

从樱花路的北端，大有与杜烈并排着往小路上走，杜烈的妹妹因为同一个熟识的姑娘在后面说话没得紧追上来。天气是醉人的温暖，恰好是樱花落尽的时季。细沙的行人道上满是狼藉的粉色花片，有些便沾挂在如茵的碧草上，有几树梨花还点缀着嫩白的残瓣。北面与西面的小山全罩上淡蓝色的帔衣，小燕子来回在树林中穿，跳。在这里正是这一年好景的残春，到处有媚丽的光景使人流连。这天是五月初旬的一个星期日，虽然过了樱花的盛开时期，而这所大公园内还有不少的游人。

"大有哥，到底这儿不错，真山真水！所以我一定拉你来看看。难得是找到个清闲的日子，可惜嫂子不能够一同来。"杜烈将一顶新买的硬胎草帽拿在手中说。

"亏得你，我总算见过了不少的世面！唉！像咱终天的愁衣愁吃，虽然有好的景致心却不在这上头。"

大有经过几个月的生活的奋斗，除去还能够吃饭以外，他把乡间的土气去的不少。穿上帆布的青鞋，去了布扎腰，青对襟小夹袄，虽然脸上还有些愣气，可不至于到处受别人的侮弄了。但是他在乡野的大自然中看惯了种种花木的美丽，对于这些人造的艺术品心中并没曾感到有很大的兴趣。他时时想：现在的小买卖能够养活他的一家，聂子幸而有地方吃东西作学徒，他可以不用愁天天的三顿粗饭，而且还有余钱，能添置几件布衣，然而后来呢？

后来呢？他的好蓄积的心理并不因为是移居到这大地方便完全消灭了，乡村中不能过活，拼着一切投身到这迷惑的都市中，既然有了生活的途径，不免发生更高的希望了。所以他这时答复杜烈的话还是很淡漠的。杜烈——那年轻的很沉重而有机智的工人，用左手摸了摸头上的短发笑了。

"无论在那里你好发愁，愁到那一天完了？如果同你一样，我这个有妹妹的人担负更重，可不早变成少白头呢！"

"你不能同我比。"大有放缓了脚步，用软胶底用力地踏着小径上的乱草。

"怪！你说出个道理来。"

"别的不提，你多能干，——你能拿钱！每一个月有多少进项！"大有坚决地说。

杜烈大声笑了，他也停住脚。

"等一等我妹妹来你可以问问她，我一个月除掉一切的费用之外还余下多少？你别瞧一天是几角，算算：吃，穿，房子，咱虽然穷也有个人情来往，高兴工厂里出点事给你开格？你说像我这么不僧不俗的还有什么可干？……"

杜烈停一停又叹口气道：

"你巴不的到工厂里来，不到一山不知路苦。论起来我还真够受呢！一天十个多钟头，在大屋子里吃棉花末，一不留神手脚可以分家，就算死了还有人偿命？风里，雨里都得上工，哪怕病得要死，请假也是照例的扣钱。这还不说，现在是什么时候？你知道铁路的那一头的大城里叫矮鬼子收拾成个什么样？沿着铁路成了人家的地方，任意！咱还得上他们的工厂里做工！动不动受那些把门的黄东西的监视！唉！大有哥，你以为这口饭好吃？……可是就算我单独停了工，怎么办？在这里还有别的大工厂？我同妹妹都得天天充饱肚子！……"

他正发着无限的感慨，脸望着前面山腰里的高石碑，他的妹妹从梨花的树底下走上来。

她穿得很整齐，却十分朴素。青布短裙，月白的竹布褂，一条辫子垂到腰下，在黑发的末梢结了一个花结。她在这里已经年半了，除却有包卷纸烟的技能之外，认得不少的字，她白天到工厂里去，夜间在一个补习学校里读书。她才十九岁，平常对一切事冷静得很，无论如何她不容易焦灼与纷乱。读书，她的成绩有快足的进步，她比起杜烈还来得聪明，而且有坚决的判断力。

"说什么，你们？"她轻盈地走到小径旁边，攀着一棵小马尾松从不高的土崖上跳下来。杜烈蹙着眉将刚才自己说的话重述了一遍。然而他却注重在后头话里的感慨，忘记了辩驳大有说他能多拿钱的主题。

"哥哥，你说别人多愁，你还不是一个样！白操心，空口说空话，值得什么？这点事凡是在人家工厂里干活的谁觉不出？连提都用不到提。'帝国主义'并不是说说能打得倒的！可又来，既然要混饭吃不能自己另找路子生活？说什么，我们走着瞧吧！"大有虽然见过了杜英——她的名字——有不少的次数，却没曾听到她有这么爽快的谈话，知道杜烈向来是十分称赞这女孩子的能干，这时她说的话自己有些听不清楚的地方，所以更无从答复。

"我何尝不明白，不过想起来觉得难过！"杜烈长吁了一口气。

"所以啦，一难过喷口气就完了，是不是？"她微笑着说。

"又怎么样？"

"怎么样？咱得硬着头皮向前碰！谁也不是天生的贱骨头！哥哥，我不是向你说过么，人家书上讲的理何尝错来！岂但矮鬼子会抖威风！"她将一排洁白整齐的上牙咬住下嘴唇，没施脂粉的嫩红双腮微微鼓起，一手接着发梢。她那双晶光美丽的大眼睛向前面凝视，似乎要在这崎岖难行的小道上找一条好走的大路。

"是呀，我也听人家说过一些道理，可是白讲！咱懂得又待怎么样？还是得替鬼子做牛做马！……"

她笑着摆一摆手，"走罢，这不是一时说得清的。人家在那边杀人、放火，干罢！横竖现在咱得先瞧着！——奚大哥，你再听咱的话更闷坏了！"本来大有自从到这个大地方中来就感到自己的知识穷乏，就连在他那份小生意的交易上都不够用。一样是穿短衣服的朋友，他们谈起话来总有些刺耳的新字眼与自己不懂的事件。甚而至于自己的孩子到铁工厂去了两个月，也学会了不少新话，有时来家向大有漏出来，却也给他一个闷葫芦。现在听杜英随随便便说的这几句也不完全了然。他不免有点自伤，觉得这个复杂，广大，新奇的地方里像他这样十足的庄稼人是过于老大了！

"什么道理？说得起劲，咱一点都不明白。"大有向杜英说。

"唉！咱明白什么？谁又会识字解文的懂道理。——现在怎么说！哥，过几天再讲，是不是？……"

后面的梨树旁边有人笑语的声音，杜英回头看看，向她哥哥使个眼色，便都不说别的话。沿着小路往小山东面转，大有也跟在后头。原来后面有一群小阔人似的游园者，刚从樱花路上走过来。花缎的夹袍男子，与短袖子肥臀的女影，正在愉乐他们的无忧虑的青春。路往上去，道旁更多了新生的植物。覆盆子、草绣球、不知名的小黄花，在大树下自由的迎风摇动它们的肢体。似乎这五月中的阳光已经将它们熏醉了。小鸟成群在矮树中飞跳，时而有几个雏燕随着大燕子掠过草地上寻找食物。没有草木的土地也呈现一样令人可爱的温柔。那些细碎的小土块，也不像乡间大土块的笨头笨脑，惹人生厌。大有虽然不是个都会的诗人，他更不懂得应该怎样去作这春日收获的赞美，然而这样微茫的感触他也不是一点没有。虽然他见惯了乡村中的大自然，那是质朴，粗大，却没有这么人工的精细与幽雅。他踏在那经过人手的调制的草径上，他联想到刚才杜英这女孩子的摸不到头脑的话。他也觉得凡是从乡间挪移到这里来的不论是花木还是人,都会变化。到底有什么使它们变得这么快?又何以自己老是这样笨?虽然从乡下到这个五色纷迷的地方中已经五个月了,虽然也知道有汽车,电灯,电话,与许多新奇的衣服,然而自己仍然是得早起,晚睡,提着篮子到各处兜卖菜饺子。一天天所愁的是钱,所吃的是粗面,萝卜干,更使他念念难忘的是自己的破败的乡村,与那些终日忧苦的男女的面容!他回想着,却看见杜英与她哥哥走得比他远了十多步,低声说话。那女孩子的声音很细,稍远一点便听不清楚。大有也不急着往上追,他总觉得杜英是个不好惹的姑娘。

离开乡间不过两年,学的多外调,谁知道她的小小的心里藏着些什么!"女大十八变",自是有的,像她这么样可也少有?比起久在外面的杜烈来还老辣呢。在后面他已经看见他们兄妹坐在那个早已望得到的大石碑基石的层台上,他便紧走几步,也从小路上赶到。太幽静了,这半山坡的树荫下,简直没有一点声息。连吹动柳条的微风也没有。几株落花的小树像对着这大石碑擦眼泪。阳光映照着高高的碑顶,在金黄的耀光中闪出一片白色的辉彩。地方高可以下看那片阔大的公园,杂乱颜色的小花躲藏在绿色中,起伏的波光,远处有三点两点的红色白色的楼房,像堆垛起来的,粘在那些山坡与山头之上。向西南看,一线的碧绿的海岸,蜿蜒开没入东方的山脚里。大有也有些累了,坐在下一级的白石阶上,端详那高大的石碑上深刻的几个大金字。

"这就是忠魂碑?咱不是说过——现在日本人大约又得在 T 城另立一个了!"杜烈仰望着石碑说。

"打死了,立碑,偏偏得立在中国的地方里?"大有直率地回复。

"一样是些笨货!怎么办,好教后来的人学着做!"杜英轻蔑地望着这大碑。

"怎么?人家是来争光的?"她哥哥似反驳的声调。

"是啊,争光?却是给领兵官争的!"

"依你说,就是谁也不当兵,像中国怎么办?"

"哥,你说中国人多,中什么用?这不是明明白白的,这忠魂碑在这么好的地方!铁路的那一头现在用大炮刚刚毁完,怎么样来?"

杜烈没答话,她用一双红嫩的手托着腮道:

"顶苦的是许多无知的日本人，日本那些像有个劲的兵，到这里来，拿刀拿枪与中国的老百姓拼命，真像当了屠宰的主人！可怜中国人，提什么！就是他们还有什么荣耀？"

"你这些话说的真是在云彩眼里！"杜烈摇头，似在嘲笑妹妹的虚空的理想。

"是啊，这真像云彩眼里的话！无奈人都好怎么办，有什么法子！"

她的天生的理解力与她的环境，将她这么一个乡村的女孩子，在这都会中造成了一个思想颇高，而少实际生活的训练的理想家，在大有想来是一点都不能了解的。他只觉得女孩子在外面学野了，连哥哥的话也得驳过去。她想怎么好？谁知道？大有在这半天的闲逛里，到现在对于好发议论的杜英微微感到烦厌。他又想：年青的男女到外头来，不定学成个什么型。聂子大概在将来也会比杜英变得更坏？他又记起了小葵，怎么全是在一个乡间生长出来的，一离开家全反了个！怪不得陈老头平日对于年青人出外，总摇着头不大高兴。他想到这里，望望杜英，她活泼地转着辫梢，在冷静中略有涡痕的嘴角上现出一切都不在意的微笑。

"有一天，"忽然她又说话了，"总得把这个石碑推倒铺马路！"

"哈哈！来了傻话了！"大有忍不住了。

"也有一天，中国人都起来报一下，"她没来得及答复大有的话，杜烈却坚决地插上这一句。

"哥，我说的是另一个意思。……"

"倒是你哥哥说的还像大人话，你是有点孩子气。"大有想做一个正当的评判者。

"真么？"她斜看了大有一眼。他们正谈得高兴，前路上微微听得到皮靴铁后跟的沉重响声。他们从意识中都知道上来的一定是住在旧德国兵营的日本兵。一想起他们这些日子一批批的经过马路，或者在夜间可以随意布岗的凶横情形，杜烈与大有便都停止了议论。独有杜英仍然转着辫梢，不在意地微笑。渐渐地走到下层的石阶，一群约有十多个地挂了刺刀的黄衣兵，都年轻，互相争辩似的高谈着，每人手里有一张纸。及至看见大有这三个下等的"支那人"坐在上层的阶石上，有几个仿佛用力看了他们几眼，互相谈着。从大有三个身旁走上去，有的将手里的白纸展开慢慢地看着走。

　　杜烈面色红红地，首先立起来，大有与杜英随在后面，他们便从日本兵来的绿荫小道中走下山坡去。他们不再向公园中转弯子，里面已经满了许多华丽衣服的男女，杜烈引着路，从公园东面往小山上走，当中经过一条窄狭的木桥。这一带没有很多有花的植物，除却零星的几朵的野杜鹃外便是各种不同的灌木，比人高的松柏类的植物很多。愈往上去，绿荫愈密，身上满是碧沉沉的碎影子，而树下的草香被日光蒸发着散在空中，使人嗅着有一种青嫩的感觉，如同饮过薄薄的绍酒。

　　"哥，下石阶时你看见他们手里拿的是什么？——那张白纸。"杜英微微喘着气。

　　"怪气！一个人有一张。……"大有表示他的疑念。没等杜烈的答复，她便抢着说："我留心看得很清楚，一张山东沿海的地图，上面有这四个中国字。不是说他们到这边来的每人一本学中国话的本子，一张地图？可不假。"

　　"真厉害，什么人家不知道。"杜烈老是显出少年似的愤慨。接着大有在山顶上申述他的经验。

　　"前天夜里闹的真凶。我住的隔东站不远，才没得睡觉。火车啸子直吹，从没黑天到下半夜。有的说是载日本兵，有的说是铁路上败下来的中国兵、人声、马叫乱成一阵没人敢出去看，明了天才知道真是败回来的中国兵。你说，这回乱子可闹大了！现在火车上都是日本兵押车，……也怪，这里在白天就像太平世界，只看见逃难的一堆堆的从车站往马路上跑。……"

　　"乱子大！我想这回咱那里就快全完了！"

　　"咱那边不在铁路旁边，还不要紧。"大有盼望故乡的太平比什么事都重要。

　　"你想错了，"杜烈扶住一棵发嫩芽的七叶枫道："由南向北的大道，军队来回的次数多，你忘了，每一次乱子那个地方不吃亏？这回出了日本人的岔子，铁路的那一头大炮还没放完，这一来在铁路这面的军队不成了去了头的苍蝇，随地为王，谁都管不了。那么穷，那么苦的地方还有剩？……"杜烈的脾气不是像大有那样，他更有努力的表现。杜英弯着腰走上来，冷然地说：

　　"又骂了，这能怪谁？"

　　"日本人！"大有简单的断定。

　　"你以为日本兵不来，那些这一队那一队的乱军队不敢自己在地方上为王？"她的问话是那样冷峭，令人听去几乎不相信是不到二十岁的女孩子说得出的。

"你怎么知道？"大有愕然，说出这句笨话。

"这不是她的孩子话，大有哥，难道你在乡下这么些年岁还不明白？不过趁火打劫，这一来无王的蜂子更可以横行。那几县的兵败下来，一定要经过咱那边，——说起来，哎！也不必只替咱那个小地方打算盘！那里能够安稳？这年头老百姓吃碗苦饭简直是要命！……"杜烈撕下一把微带紫色的嫩叶，用两只手挼搓着。大有在杜烈的提醒之下，想起了陈家村中的一张张的画图。临行时的一只水瓢丢在锅台上面，一段红蜡还躺在炕前的乱草里，……陈老头扶着拐杖满脸的病容，徐利的失踪，舍田中奚二叔的孤坟，还有那许多的破衣擦鼻涕的小孩子，瘦狗，少有的鸡声，圆场上那一行垂柳，残破的学堂血迹，哭号的凄惨，……现在呢？怕不是变成了一片火场？尤其是那些他自幼小时候亲手种植的土地，可爱的能生产出给人饱食的庄稼的土地，依他想，一切的东西都不比这样的生产为重要！都市里什么东西也不缺乏，穿的，玩的，种种他叫不出名字的那许多的样数，然而谁不是得吃米面？非有土地生不来的食物！他觉得如今这片火灾要将那令人亲爱的土地毁坏，将庄稼烧个精光，他的农人的悲哀使他几乎掉下泪来！自然，他在这海边的都会里鬼混用不到去靠着土地吃饭，况且他的余剩的地亩已经典与别人，正逢着这样坏的年月，他应分是骄傲的以为得计，而这忠诚于农事的朴实人，回想起来却有一种出于自然的凄凉。

杜烈看着他呆立在上头不说话，两眼向西面望，发呆的神情像得了神经病，便走近拍了拍他的肩膀道：

"你看得见么？海那边就是你来的路，那片小山现在成了匪窠。"大有迟疑了一会，似诗人的口气答复出几句感叹的话：

"杜烈，怕咱没有回去的路了！这样弄下去，还得死在外间不成？"

"又来了笑话，怎么回不去？像咱怕什么，无有一身轻！——就算回不去，我可不像你一样，那里不是混得过的，还有什么故乡？"杜烈嘲笑而郑重地说。

"谁还想常在外少在家，祖宗坟墓，——人终是有老家的！……"杜英采了一把红紫的小野花，还弯着腰到草堆里找，她并不抬头，却说：

"家？要家干么？奚大哥，总是有些乡下气。"

"咦! 怎么家都不要? 不管是乡下与大地方的人谁没有家? "大有听见这小姑娘的话觉得太怪了。

"你在乡下的家难道还没受够罢? "她的答复。大有总以为像她这么眼尖口辣的姑娘不是正派,他索性不再同她讨论,不说什么,仰头看了看那片晴暖的天空,他首先从小山顶上往下走。杜英与她哥哥似乎也被这么暖的残春熏烘得有点倦意,懒懒地随着大有从满是枝叶披拂的山路上往下走,脚下有不少的虫蚁,石角上微微有些苔点。他们经过半点钟的时间已经从市外的小村庄中转到较为繁盛的 T 市的东区。这里虽然没有许多的大玻璃窗子的百货店,与穿得很时髦的男女,然而长途汽车的经过,与放工的男女,小贩,杂耍,地摊,却也很多。虽然是二层楼与平房多,也显见出一个都市的较偏地带的情形。

他们都抹着额上的汗滴,呼吸着没有修好的马路上的飞尘。起初沿着海岸边种番薯的沙地,走向有矮房子的街道。海面上的阳光炫耀着他们的眼睛。那淡蓝色安静的大海,远远的点缀上几只布帆的渔船,是一幅悦目的图画。大有对于这样美丽的景色还少见,自然在他的简单的心中也有一种说不出的慰悦。然而还有比乡村间更令人烦厌的是大道旁边多少光了背的小孩子,逐着煤鬼的小车站路捡煤块。大有到 T 市以来,因为住处的关系,见的这种事特别多。不能算是偷盗,也不是乞求,他们是为的他们的家,他们的饭食。一样也有散学的学童,在这星期日的过午,有父母兄姊牵着手,领着小洋狗,花花绿绿的衣服,这边去,那边来的似乎到游戏场与电影院。这些有福的孩子,白白的皮色,活泼的态度,有的看去像些小绅士,小摩登小姐,在他们的身旁就是另一群乌黑的嘴唇,眉毛,赤脚,破裤子,手上满是煤屑与泥垢的小流氓。惯见的现象,在这都会中一点都不稀奇。然而大有在刚刚远眺海天的风景之后,见到这些十字街头的孩子们,他的质实的心中也不由得想开去。把那令人悦目的景物压在这些各一个世界的孩子们的情形下面了。

大广场中的长途汽车已经停放了许多辆,来往在路上的还是不断。路旁正有一辆推煤车,车夫从黑口里露出两排白牙,瞪着眼同那些小流氓用劲吵闹。一个巡警走过来,手中的短棍早已高高举起,那群十个多小流氓便争着向道旁跑。其中有两个七八岁的孩子,各人抓着一个小小的麻袋包,从广场的东角上窜，是想由小道上溜走的。他们小小的心中只怕巡警的短棍，却没留心到道上的行人。即时撞倒了一个四五岁的红花衣服的小小姐，还把她那西装绅士的父亲的淡灰哗叽直缝裤用手抓上一个黑印。人声闹起来了，喊打，喊拿的包围中，这两个小流氓终于被巡警一双手扣住了两个的脖颈。西装的绅士走过去赏了他们两记耳光，经过巡警的赔礼才算完事。他抱起啼哭的小小姐，用花手帕温和地擦了她受屈侮的眼泪，然后回头叱骂着，才甘认晦气似的走了。

从人丛中巡警将这两个含着眼泪的小流氓带走，路旁看热闹的人却笑成一片。杜烈跂着脚往前看，杜英却冷静着不说什么话。大有忍不住便回头问她道：

"这算什么！巡警还得拿孩子！"

"小贼么，不会同大人一样办！"

大有不禁嘘了一口气，杜英哼一声道：

"瞧见了么？没钱的人家连孩子也是贼！"

"他不应该再打他们两巴掌！"大有只能从哀悯上着眼。

"你这个人，两巴掌算得了什么！……"杜英对于他的话简直是在嗤笑了。大有觉得这女孩子怎么精明，却真不知人情！正在要同她辩论几句，忽然从路那边的人丛中有人对他们喊：

"喂！……喂！"

"大有，……哈哈！真巧！"

大有一抬头，宋大傻的便服、面貌，恰好映现在路旁的林檎树底下。他身左边站住一个没戴帽子的蓝大褂的青年，正是去年在警备队里认识的祝书记。这一来连杜烈也从人丛中退回来，久别与不意的相逢，使他们忘记了一切。沿着宽广的汽车道，他们且走且谈。在大有的惊讶疑问之中，他才知道宋大傻与祝书记已经由城中到这边五六天了。没处找他们，却因为小流氓的滋闹遇在一起。大有问他们为什么不在城中领队伍，跑出来干。

"这话么，可不是三言两语交代得完的。——总之，咱都不干了！现在成了闲人呀。"大傻说。

"怪好好的事为什么丢了？又不像我，——大约你这个鬼灵精又有什么打算？"

"打算自然不是没有，在路上可不能谈。——再一说，你瞧这是什么时候，还混什么！"大傻颇有意思的答复。

"什么时候？你说的是鬼子进兵、杀人，乱的没有法子办？在大树底下说风凉话，咱就不信有那回事。一天不干活一天不吃饭！问问杜烈还不是怎么样？我更不用提了。像你们当小老总的，有闲手，任便如何好办事。"

"哈哈！大有这老实人到大地方来也学坏了。看，话多俏皮！我，大傻当了一年半的营混子就剩下两身军服，不信问问祝先生。他什么都明白，话说回来，叫做'人穷志不穷'。"

大有把青布鞋用力地踏着马路上的碎沙道：

"好！好个'人穷志不穷'。怕你将来还有师长军长的运气？祝先生，你也信咱这乡亲说的不是吹大气？"

不多说话的祝书记，他的清疏的眉尖，老是微微的斗着，黄脸色上仿佛有一层明明的光辉，下垂的弯嘴角像包含着不少的智慧。他正在马路上眺望什么，听见大有的问话，转过脸来道：

"你们真是'他乡遇故知'，谈得那么痛快。你别瞧不起宋队长，——宋大哥，真有他的！吹大气也不是坏事的，实讲，我在县里也待过一年，一切都明白，如今也应该出来看看！他是听我劝的。……"

"唉！还是祝先生劝他出来的，你们究竟要往那里去？"

"要走海道才上这里来，明后天有船就走。"祝书记答复得很简捷。

"到上海还是到烟台？另去投军？"杜烈来一个进一步的质问，祝书记微微笑着，将杜烈兄妹估量了一回道：

"都不是外人，我听过宋队长说到杜老哥的为人，——投军么？也是的，可不是到上海，也不是北下。……"

"那么怎么说要坐船？"杜烈的疑问。

"怕是往海州吧？"杜英久没有说话的机会，她只好静听这四个男子互相倾谈，这时她才得掺入这一句。祝书记与大傻都不约而同地瞪了这活泼的女孩子一眼。祝书记即时另换了一种话。

"管它哩，快到街里了，这边的路我很熟。往那去是向××公园，靠近机器场的那一个，到僻静地方歇歇脚不好？"

这显然是要把刚才说的话丢开，不愿意在行人的大道上续谈。大有很奇怪祝书记的神气，鬼鬼祟祟的事他平生没办过，更不知道为什么有怕人的话？这情形独有杜英明白，这伶俐的女子她完全了解这两位客人要去干什么，她还猜得到这全是那学生样子的祝书记的把戏。忽然大有记起了一件要事，他赶在祝书记的身前问大傻道：

"怎么忘了！你该知道咱那村子的事吧？"

"怎么不知道。前一个月我还到镇上去出过一次差，见了面却没对你们说一句。咱村里现在安静得多了，因为当地的匪人成总的都到南边去聚成几个大股，听说暗中编成了游击队。"

"游击队？投降了么？"大有不相信的追问。

"有人说是南军，——革命军，派下人来招聚的。由这里暗中去的联络，叫他们把实力聚合起来，不要乱干，等待着举事，——这是真的！我在城里知道得很详细。"

"好，那么一来有平安的日子过了。"大有近乎祷祝的赞美。杜烈摇摇头说："到头看吧，过些日还不是一个样！"

"你这个人说话不中听，土匪里头也有好的！"大有的反驳。杜烈没答复，他妹妹将长辫梢一甩道：

"这不在人好不好呀！奚大哥看事还同在乡下种地一样，以为没有变化。……"

大有想不到自己质直的希望碰到他们兄妹的打兴头的话，便竭力争辩道：

"你们不想回乡下，自然不往好处想，横竖乡下人好坏与你们没有关系。烧人，发火，扯不到这里来？……"祝书记听见这两方的议论，便将他的左臂向空中隔一隔似的替他们解释。

"别吵嘴，都说的对！乡下的太平现在讲不到，可是说将来，……啊！……且等着看！"

"这都是后来的话，不忙，我还没说完村子里的事。有两件一定得先说：陈老头如今成了废人了，几乎是天天吐几口血，事情也办不了。可是吴练长不许辞退！徐利，……"

"啊呀！徐利，——徐利究竟到哪里去了？"

自从大有在冬天离开陈家村的时候，前七八天便不见这个年轻力壮向来不服强项的人的踪影。虽然他伯父还得在破团瓢里等候他这善良的侄子给他买鸦片过瘾，谁知道他为什么走了哩！连大有这样朋友都没得个确信。这是个哑谜，大有一直闷到现在。一听见大傻提到他的消息，便喜得快要跳起来。大傻放低了声音道：

"徐利这一辈子不用回到故乡中去了！——吴练长家烧房子的一案轰动了全县，他有多大的势力！且不尽着量用？直到后来，去年年下才有了头绪。"

"唉！与徐利？……"杜烈猜测的话还没说完。大傻点点头道："一点不差！被镇上保卫团的侦探找到了门路，那大风的晚上爬过圩墙放火的说是他！——徐利！"这突来的消息简直把大有听呆了，他停止了脚步大声问道："血口喷人不行啊！徐利不见能干得出？……"

"咦！你还不知道咱那练长的利害？没有证据他还不办，可是犯在他手里，没别的，家破人亡，那才是一份哩！证据听说是挂在城墙上的绳子，又有人早上看见徐利从镇上的大路到村子里去。最厉害的是吴练长的花园里捡得一个旱烟包。案子从这些事情上破的，可是徐利也真是个家伙，不到年底他早就溜了。总是年轻，他没想到镇上的保卫团与县里的兵会与他家里算账！——全抄了！一条破裤子也没剩。幸亏许多人求着情，没把那徐老师捆起来，只把他的两个叔伯兄弟全押在监里。但可怜那老烟鬼也毁在这一抄上！……"

杜烈瞪大了眼睛道："怎么样，也吓死了？"

"徐老师也是个角色，他倒没被兵士的抄抢吓倒。他硬挣着去给他侄子抵罪，想放回那两个孩子，——什么事不懂的廿岁的庄家孩子。不行！他们说老头子是好人，老念书的，单要年轻的男子！这么一来许多人还得颂扬吴练长的宽厚，究竟对于老人有面子！可是到底怎么来？白白地把那火性烈的老人家气死！——不简直是害死！抄家的第二天下午，他将积存的烟灰，——谁知道有多少！——全咽下去，这一回就过了瘾！"

"啊呀！这一家全完了不是？"杜烈问。

"不用往下说，到现在徐利的两个兄弟在监里，隔几天得挨刑，要逼着他们献出来。"

大有没说话，可是黧黑的脸都发了黄，手一伸一伸地仿佛得了痉挛的急症。突然他大声叫道：

"放火，放火，谁不知道乡下摊的兵款在那个东西手里有一小半！……"他像是受气，又像是朱了心神，高声大胆的叫着，连轻易不肯说得难听的骂人话都说出来。

杜烈与大傻互相递了个眼色，一边一个把大有夹起来，急急地走去。杜英脸上很冷静，她听见这么残酷的事如同刚才看见巡警捉小流氓似的，一样无动于衷。祝书记在后面与杜英慢慢地说着话，跟着杜烈一伙向××公园的偏道上走去。

一九三三，六月十六日。